ENOC HUWS

Ar gyfer oedolion sy'n dysgu Cymraeg

DANIEL OWEN
(Addasiad gan Basil Davies)

Argraffiad cyntaf—1998

ISBN 1 85902 610 9

ⓗ Y talfyriad a'r nodiadau: Basil Davies

Dymuna'r cyhoeddwyr gydnabod cymorth Adrannau Cyngor Llyfrau Cymru.

Argraffwyd yng Nghymru gan Wasg Gomer, Llandysul, Ceredigion

RHAGAIR

Dyma'r wythfed nofel yn y gyfres *Cam at y Cewri*, cyfres sy'n ceisio cyflwyno (*to present*) nofelwyr Cymraeg i ddysgwyr.

Dyma'r ail nofel o waith Daniel Owen i ymddangos yn y gyfres oherwydd ymddangosodd *Rhys Lewis* ym 1996. Talfyrrwyd *Enoc Huws* yn sylweddol. Yn ogystal, addaswyd (addasu – *to adapt*) ychydig ar iaith y nofel o gofio bod y nofel wreiddiol wedi ei hysgrifennu dros ganrif yn ôl ym 1891. Wrth dalfyrru ac addasu defnyddiwyd argraffiad (*edition*) wedi ei olygu (*edited*) gan T. Gwynn Jones.

Mae 52 o benodau yn y nofel wreiddiol, ond gadawyd allan Penodau 21, 22, 23, 24, 28, 44 a 45 – penodau sy'n sôn am gymeriadau ymylol (*fringe characters*), ac felly 45 o benodau sydd yn yr addasiad hwn.

Pwrpas y nodiadau yw esbonio'r eirfa ac ambell gystrawen ddieithr (cystrawen – *construction*) mewn ymgais syml i helpu dysgwyr i ddeall y nofel, heb orfod dibynnu gormod ar eiriadur.

Diolch i Hughes a'i Fab, cyhoeddwyr gwreiddiol *Enoc Huws*, am eu cydweithrediad ac i gyfarwyddwyr (*directors*) a staff Gwasg Gomer am fod mor barod i gyhoeddi'r addasiad.

BASIL DAVIES

DANIEL OWEN (1836-1895)

Ganwyd Daniel Owen yn yr Wyddgrug (*Mold*) yn Sir Fflint. Fe oedd yr ieuengaf o chwech o blant. Pan oedd yn faban collodd ei dad a dau frawd mewn damwain yn y gwaith glo, ac fe gafodd fagwraeth (*upbringing*) dlawd iawn.

Ychydig iawn o addysg a gafodd ac yn ddeuddeg oed aeth i weithio mewn siop deiliwr. Mae'n ymddangos bod y capel wedi bod yn ddylanwad mawr arno a phan oedd bron yn ddeg ar hugain oed aeth i Goleg y Bala gyda'r bwriad o fynd yn weinidog (*minister*). Ond orffennodd e mo'i gwrs a dychwelodd adref i edrych ar ôl ei fam a'i chwaer, ac i weithio yn siop y teiliwr, ac i bregethu ar y Suliau. Ond pan oedd yn ddeugain oed torrodd ei iechyd a bu'n rhaid iddo roi'r gorau i'w waith.

Cafodd ei berswadio gan ffrind iddo i ysgrifennu i gyfnodolyn misol (*monthly periodical*) o'r enw *Y Drysorfa*, ac ymddangosodd Rhys Lewis yn *Y Drysorfa* yn ystod y blynyddoedd 1882 a 1884.

Enoc Huws oedd y nofel a ddilynodd *Rhys Lewis*, a hynny yn *Y Cymro* ym 1891, ac ymddangosodd *Gwen Tomos* ym 1894. Cyhoeddodd hefyd gasgliad o ysgrifau (*collection of essays*), *Y Siswrn* (1888) a chyfrol o straeon byrion, *Straeon y Pentan* (1895).

Pobl y capel yw prif gymeriadau *Rhys Lewis*, ond perchennog gwaith mwyn (*lead mine*) yw cymeriad allweddol *Enoc Huws*. Daeth cymeriadau Daniel Owen yn rhai o gymeriadau enwocaf llenyddiaeth Gymraeg.

Darllenwch am Daniel Owen yn *Cydymaith i Lenyddiaeth Cymru* (1986 a 1997).

CYNNWYS

CYNNWYS (*parhad*)

1: CYMRU LÂN

Mab llwyn a pherth oedd Enoc Huws. Ni chanwyd y clychau ar ei enedigaeth, ac ni welwyd ac ni chlywyd dim arwyddion o lawenydd o unrhyw natur. Nid oedd neb yn ei ddisgwyl, nac ar neb eisiau ei weld. Ond yr oedd *un* yn ei ddisgwyl. Faint o nosweithiau di-gwsg – o ofid, o arteithiau meddwl, o edifeirwch chwerw a hunanffieiddiad, a gostiodd y disgwyliad hwnnw, Duw yn unig a ŵyr!

Ni wyddai Enoc, druan, mo hynny, a phetai'n gwybod mae'n debyg y byddai'n cyflawni hunanladdiad yn hytrach nag wynebu ar y fath fyd. Ond ei wynebu a wnaeth Enoc yn hollol ddiniwed a diamddiffyn. Tystiai'r meddyg ei fod yn un o'r bechgyn brafiaf a welodd erioed.

Cyn bod Enoc yn fis oed gallai fod wedi bod yn llygad-dyst o olygfa na fyddai byth yn ei hanghofio. Roedd yr ystafell wely'n eang a chyfforddus, a oedd yn dangos fod ei pherchen mewn amgylchiadau uwch na'r cyffredin. Nos Sadwrn ydoedd, neu yn hytrach fore Sul, oherwydd roedd y cloc newydd daro hanner nos. Roedd y meddyg newydd adael yr ystafell gan fwriadu dychwelyd yn fuan â rhyw feddyginiaeth i gynorthwyo mam Enoc i groesi'r afon; mewn geiriau eraill, i farw. Cyn gadael y tŷ roedd wedi dweud wrth ei thad, a oedd yn ŵr uchelfalch:

'Mi ddo i'n ôl ymhen ychydig funudau, Mr Davies, ond mae arna i ofn na wêl Elin, druan, mo'r bore. Gwell i chi fynd ati hi. Ewch, Mr Davies, ewch, neu mi fyddwch yn edifarhau ar ôl hyn.'

Nid oedd Mr Davies wedi gweld Elin er y dydd y ganwyd Enoc. Elin oedd ei uniganedig, ei gysur, a'i eilun. Ond y diwrnod y ganwyd Enoc, gwnaeth Mr Davies lw na siaradai â'i ferch fyth eto. Pan ddywedodd y meddyg wrtho na welai Elin mo'r bore, teimlodd ei du mewn yn rhoi tro, a'i waed fel petai'n fferru ynddo. Cerddodd yn ôl a blaen hyd y

---

llwyn a pherth: *illegitimate*
Ni chanwyd y clychau: *The bells were not rung*
arteithiau meddwl: *mental tortures*
edifeirwch chwerw: *bitter repentance*
hunanffieiddiad: *self-loathing*
Duw . . . a ŵyr: *God only knows*
Ni wyddai E: *E did not know*
cyflawni hunanladdiad: *to commit suicide*
yn hollol ddiniwed: *totally innocently*
diamddiffyn: *defenceless*
Tystiai'r meddyg: *The doctor maintained*
llygad-dyst: *witness*

mewn amgylchiadau uwch: *in superior circumstances*
na'r cyffredin: *than the ordinary*
dychwelyd: *to return*
meddyginiaeth: *medicine*i
groesi'r afon: *to die*
gŵr uchelfalch: *a snobbish proud gentleman*
na wêl Elin: *that Elin will not see*
edifarhau: *to repent*
uniganedig: *only child*
ei gysur: *his comfort*
ei eilun: *his idol*
fel petai'n fferru: *as if it were freezing*

parlwr hanner dwsin o weithiau. Cychwynnodd i fyny'r grisiau, a throdd yn ôl.

Cychwynnodd eilwaith a throdd yn ôl. Oedd, yr oedd wedi gwneud llw na siaradai â hi byth. Ond cofiai – ac roedd yn dda ganddo gofio – na ddywedodd na fyddai'n edrych arni. Cychwynnodd eto, ac ni throdd yn ôl y tro hwn.

Roedd dwy nyrs yn yr ystafell yn ymgomio yn ddistaw, a brawychwyd hwy gan ei ymddangosiad annisgwyl. Roedd Elin â'i llygaid yn gaeedig, a'i hwyneb cyn wynned â'r gobennydd, a'i gwallt hir, oedd cyn ddued â phechod, yn llanast o'i chwmpas. Gafaelodd Mr Davies ym mhost y gwely, ac edrychodd ar wyneb ei ferch. Y fath newid a welai! Ai Elin, ei annwyl Elin, oedd hon? Anhygoel! Nid oedd hi ond megis cysgod o'r hyn a fuasai. Eto, tybiai Mr Davies, er yr holl newid, nad oedd hi wedi colli dim o'r prydferthwch y teimlai bob amser yn falch ohono, ac yn wir yr oedd Elin yn debycach nag y gwelsai erioed i'w mam, a oedd wedi ei chladdu ryw flwyddyn cyn hynny. Edrychodd yn ddyfal ar ei hwyneb gwelw a dechreuodd ei galon feddalu. Ond trodd ei lygaid a gwelodd Enoc, a'i wyneb pinc, ei drwyn fflat, a'i ben moel, a dychwelodd digofaint Mr Davies, ac ochneidiodd yn drwm.

Agorodd Elin ei hamrannau, gan ddatguddio pâr o lygaid yr oedd ei thad wedi edrych arnynt fil o weithiau gydag edmygedd. Nid ei thad oedd yr unig un oedd wedi edmygu'r llygaid hynny. Oherwydd gwynder ei hwyneb, ymddangosai llygaid Elin yn dduach, disgleiriach, a phrydferthach nag erioed. Ond yr oedd Elin wedi pechu. Ac yr oedd ei phechod fel cancr yn ysu ei galon oherwydd yr oedd Mr Davies yn ŵr crefyddol a duwiol yn ei ffordd ei hun. Agorodd Elin ei hamrannau, ac edrychodd yn ymbilgar, er yn dawel, yn llygaid ei thad.

---

llw: *oath*
na siaradai â hi byth: *that he'd never talk to her*
na fyddai'n edrych arni: *that he wouldn't look at her*
ymgomio: *chatting*
brawychwyd hwy: *they were terrified*
ymddangosiad: *appearance*
annisgwyl: *unexpected*
yn gaeedig: *closed*
cyn wynned: *as white as*
gobennydd: *pillow*
cyn ddued â: *as black as*
pechod: *sin*
llanast: *mess*
anhygoel: *incredible*
o'r hyn a fuasai: *of what she had been*

tybiai: *he thought*
yn debycach: *more like* (her mother)
nag y gwelsai hi erioed: *than he had ever seen her*
wedi ei chladdu: *been buried*
yn ddyfal: *diligently*
gwelw: *pale*
meddalu: *to soften*
digofaint: *anger*
ochneidiodd: *he groaned*
gan ddatguddio: *revealing*
edmygedd: *admiration*
wedi pechu: *had sinned*
pechod: *sin*
yn ysu: *eating away*
duwiol: *godly*
ymbilgar: *imploringly*

"'Nhad, wnewch chi ddim siarad â mi?'

Nid atebodd Mr Davies air.

"'Nhad, rydw i wedi gofyn filoedd o weithiau i Iesu Grist fadde i mi. Ydych chi'n meddwl y gwnaiff o, 'Nhad?'

Edrychodd Mr Davies ar Enoc, a gafaelodd yn dynnach ym mhost y gwely, ond ni thorrodd ei lw. Dywedodd Elin eilwaith: 'Tasai Mam yn fyw – a mae hi'n fyw, mi gwelais i hi neithiwr – a mae *hi* wedi madde i mi. Wnewch *chi* fadde i mi, 'Nhad bach? Rydw i wedi bod yn eneth ddrwg, ddrwg, ddrwg, ond wnewch chi fadde i mi, 'Nhad bach?'

Gollyngodd Mr Davies ei afael ym mhost y gwely, gwegiodd fel meddwyn, aeth gam ymlaen, gwyrodd, a chusanodd ei ferch unwaith ac eilwaith, a chiliodd yn ôl heb dynnu ei lygaid oddi ar ei ferch, ond ni ddywedodd air. Gwenodd Elin yn hapus, ac yna trodd ei llygaid at Enoc. Megis wrth reddf, deallodd un o'r nyrsys ei dymuniad, a gosododd wyneb y plentyn wrth wefusau oer ei fam. Ni wnaeth Enoc ond rhochian yn gysglyd pan gafodd ei gusanu am y tro olaf gan ei fam. Wedi gwneud hyn, ymddangosai Elin fel petai wedi darfod â phawb a phopeth, ac edrychai i fyny yn ddiddiwedd. Ni thynnodd Mr Davies ei olwg oddi arni, a hyd yn oed pan ddaeth y meddyg, nid ymddangosai ei fod ef yn ymwybodol ohono. Deallodd y meddyg ar unwaith fod Elin, druan, ar ymadael.

'Rydw i'n dŵad rŵan, Mam, rŵan.'

Ar ôl un ochenaid hir, ehedodd ei hysbryd ymaith.

'Mae hi wedi mynd,' ebe'r meddyg yn ddistaw, gan afael ym mraich Mr Davies a'i arwain i lawr. Roedd yn dda gan y meddyg gyrraedd y gwaelod yn ddiogel, oherwydd pwysai Mr Davies arno'n drwm. Syrthiodd yn swrth i'r gadair, gwasgodd ei ben rhwng ei ddwylo, a chriodd yn uchel:

'O Elin! O Elin! F'annwyl Elin!'

Yn syth neidiodd ar ei draed yn gynhyrfus, a thrawodd y bwrdd amryw weithiau, a dywedodd yn ffyrnig:

---

madde (maddau): *to forgive*
y gwnaiff o: *that he'll do so*
Wnewch chi fadde i mi . . .?: *Will you forgive me . . .?*
ei afael: *his grip*
gwegiodd: *he staggered*
meddwyn: *drunkard*
cam: *step*
gwyrodd: *he bent over*
megis wrth reddf: *as if by instinct*
dymuniad: *wish*
rhochian: *grunt*

ymddangosai E: *E appeared*
fel petai wedi darfod: *as if she had finished*
yn ddiddiwedd: *endlessly*
ei olwg: *his look*
ymwybodol: *conscious*
ar ymadael: *on the point of departing*
ochenaid: *groan*
ehedodd ei hysbryd: *her spirit flew*
yn swrth: *sullenly*
yn gynhyrfus: *agitatingly*
yn ffyrnig: *fiercely*

'Enoc Huws! os nad wyt ti eisoes yn uffern, bydded i felltith Duw dy ddilyn bob cam o'th fywyd!'

Ailadroddodd y geiriau amryw weithiau. Arhosodd y meddyg gydag ef nes iddo ymdawelu. Nid oedd Mr Davies, o ran oedran, ond cymharol ieuanc – prin ddeugain mlwydd oed. Edrychid arno yn y dref fel un mewn amgylchiadau cysurus, a pherchid ef yn fawr. Roedd Elin ei ferch, cyn yr amgylchiad, yn boblogaidd. Bu ei chwymp yn ergyd i ugeiniau o'i ffrindiau, ac ni ddangosodd neb foddhad wrth ei gwarth. Roedd cydymdeimlad â Mr Davies yn ddwfn a chywir. Ond ni chododd ef byth mo'i ben. Roedd y saeth wedi mynd yn syth i'w galon, ac ni allai neb ei thynnu oddi yno. Gwerthodd bopeth oedd ganddo, a'r gŵr olaf o'i hen gymdogion y bu Mr Davies yn siarad ag ef oedd Dafydd Jones, a fyddai'n arfer torri llythrennau ar gerrig beddau.

'Dafydd Jones,' ebe fe, 'rhowch y geiriau 'ma ar y garreg sydd uwchben fy ngwraig – na hidiwch am yr oed a'r *date*:

Hefyd
ELIN DAVIES,
Piser a dorrwyd gerllaw'r ffynnon

A heb gymaint â chanu'n iach â'i hen gyfeillion, gadawodd Mr Davies y wlad.

---

yn uffern: *in hell*
bydded i felltith Duw: *May the curse of God*
amryw: *several*
nes iddo ymdawelu: *until he had quietened*
cymharol: *comparatively*
prin: *scarcely*
Edrychid arno: *He was looked upon*
amgylchiadau: *circumstances*
cysurus: *comfortable*
perchid ef: *he was respected*
amgylchiad: *event*
Bu ei chwymp yn ergyd: *Her fall was a blow*

boddhad: *satisfaction*
wrth ei gwarth: *by her shame*
cydymdeimlad: *sympathy*
cywir: *sincere*
saeth: *arrow*
cymdogion: *neighbours*
torri llythrennau: *to engrave*
na hidiwch: *don't bother*
Piser . . . ffynnon: *A pitcher that was broken near the well*
heb gymaint â: *without as much as*
canu'n iach â: *say farewell to*

2: GWEITHDY'R UNDEB

Ar farwolaeth ei fam, gosodwyd Enoc dan ofal Mrs Amos, maethwraig, a dywedid i Mr Davies roi swm mawr o arian iddi am gymryd Enoc 'allan o'i olwg ac edrych ar ei ôl'. Ond gan fod Mrs Amos yn ffrindiau mawr â'r botel chwisgi, diflannodd y 'swm mawr o arian' a roddodd Mr Davies iddi yn fuan.

Cyn bod Enoc yn ddeuddeg mis oed, yr oedd ei famaeth mewn tlodi mawr. O ganlyniad, aeth at y *relieving officer* a dywedodd wrtho nad oedd hi am gadw plant pobl eraill ddim yn hwy – na allai fforddio hynny. Er ei bod yn ddrwg ganddi ymadael â'r plentyn, eto nid oedd dim arall i'w wneud. Roedd hi wedi disgwyl a disgwyl clywed rhywbeth oddi wrth Mr Davies, ac ni allai aros i ddisgwyl dim yn hwy. Ac am dad y plentyn, wel, roedd hwnnw wedi rhedeg o'r wlad cyn geni Enoc.

Wedi llawer o siarad, a llawer o oedi, a mynd o flaen y *Board of Guardians*, a chant o bethau, llwyddodd Mrs Amos o'r diwedd i gael Enoc oddi ar ei dwylo, a'i drosglwyddo'n ddiogel i ofal y *workhouse*.

Yno y bu nes iddo gyrraedd tair ar ddeg oed, pan fu'n rhaid iddo droi allan i ennill ei damaid, ac y dodwyd ef dan ofal *grocer* mewn tref gyfagos. Roedd yn ymddangos, pan ddaeth Enoc Huws allan o'r tloty, ei fod wedi cael addysg led dda mewn darllen, ysgrifennu a chowntio.

Yn ffodus iddo ef, roedd ei feistr, Mr Bithel, yn ŵr synhwyrol a charedig, a thoc gwelodd yn Enoc ddefnydd bachgen medrus. Gyda bwyd sylweddol, caredigrwydd a hyfforddiant, dechreuodd Enoc yn fuan fagu corff a choesau. Mor gyflym oedd y newid ynddo fel, ymhen chwe mis, pan ddaeth un o'r *guardians* i weld a oedd Enoc yn cael chwarae teg, mai prin yr oedd yn ei adnabod.

Gweithdy'r Undeb: *The Union Workshop*
maethwraig: *fostermother*
dywedid i Mr D.: *it was said that Mr D*
diflannodd: . . . *disappeared*
tlodi: *poverty*
O ganlyniad: *consequently*
yn hwy: *any longer*
oedi: *to delay*
oddi ar ei dwylo: *off her hands*
a'i drosglwyddo: *and transfer him*

cyfagos: *nearby*
tloty: *workhouse*
synhwyrol: *sensible*
toc: *soon*
defnydd: *material*
bachgen medrus: *a capable boy*
sylweddol: *substantial*
hyfforddiant: *training*
mai prin: *that scarcely*

3: LLWYDDIANT

Fel yr oedd Mr Bithel wedi rhagweld, daeth Enoc yn fachgen rhagorol, a dysgodd ei fusnes yn gyflymach na'r cyffredin. Ond dywedodd Mr Bithel yn aml wrtho ei fod yn ofni na wnâi byth feistr, am ei fod yn rhy swil, anwrol a hygoelus. Roedd Enoc yn ymwybodol o hyn a pharai lawer o boen iddo. Roedd yn anodd ganddo wrth-ddweud neb; lawer tro cytunai â'r hyn oedd mewn gwirionedd yn gwbl groes i'w feddwl. Cofiai bob amser, ac weithiau atgofid ef gan eraill, mai 'bachgen y *workhouse*' ydoedd.

Roedd ef, wrth natur, o natur dyner, ac wrth feddwl am ei ddechreuad, fel yr adroddwyd y manylion iddo fwy nag unwaith, yn y tloty, gwlychodd ei obennydd â dagrau yn aml iawn. Fel y cynyddai mewn gwybodaeth a diwylliant, mwyaf poenus iddo oedd cofio'r hyn a adroddwyd wrtho, yn enwedig cofio nad oedd ei hanes yn ddieithr i'w gyfeillion. Mewn cwmni ac yn y capel, lawer pryd, tybiai Enoc fod pobl yn meddwl am ei ddechreuad, er na byddai dim pellach o'u meddyliau. Hoffid ef gan bawb, a gwerthfawrogid ei wasanaeth gan ei feistr.

Beth bynnag, pan enillodd ei ryddid, wedi bod chwe blynedd gyda Mr Bithel, penderfynodd Enoc fynd i dref ddieithr, lle gallai gadw ei hanes iddo ef ei hun. Ac felly y bu.

Digwyddodd fod angen cynorthwywr yn Siop y Groes. Ceisiodd Enoc am y lle a chafodd ef. Cedwid Siop y Groes gan wraig weddw a oedd wedi bod yn hynod anffodus yn ei chynorthwywyr. Cynorthwyo eu hunain y byddai'r nifer fwyaf ohonynt, ac nid ei chynorthwyo hi. Ond yn Enoc Huws daeth o hyd i lanc gonest, medrus ac ymdrechgar. Rhoddodd Enoc wedd newydd ar y siop, a bywyd newydd yn y fasnach.

---

llwyddiant: *success*
wedi rhagweld: *had foreseen*
na'r cyffredin: *than the ordinary* [*person*]
na wnâi byth: *that he'd never make*
anwrol: *timid*
hygoelus: *gullible*
ymwybodol: *aware*
parai: *it caused*
gwrth-ddweud: *contradict*
yn gwbl groes: *totally opposed*
atgofid ef: *he'd be reminded*
wrth natur: *by nature*
fel . . . y manylion: *as the details were related to him*
Fel y cynyddai: *As he'd increase*

diwylliant: *culture*
mwyaf poenus iddo: *greater was his hurt*
tybiai E: *E thought*
Hoffid: *He'd be liked*
gwerthfawrogid . . .: *his service would be appreciated*
rhyddid: *freedom*
angen cynorthwywr: *an assistant needed*
Cedwid S y G: *S y G was kept*
gwraig weddw: *widow*
hynod anffodus: *remarkably unfortunate*
Cynorthwyo . . .: *Helping themselves*
daeth o hyd i: *she found*
ymdrechgar: *conscientious*
gwedd: *face*

Digwyddodd hyn pan oedd siopwr arall yn yr ardal, Hugh Bryan, yn dechrau mynd i lawr yr allt. Mae'n siŵr a wnelo bod dyfodiad Enoc i Siop y Groes gryn lawer â chyflymu methiant 'yr hen Hugh', fel roedd ei fab, Wil Bryan, yn ei alw. Gan ddisgwyl 'y plwm mawr' roedd Hugh Bryan, ers blynyddoedd, yn cario ei arian i waith mwyn Pwll y Gwynt, ac ar ôl cario ei arian ei hun yno, dechreuodd gario arian pobl eraill. Dan yr amgylchiadau, tra oedd Hugh Bryan yn mynd ar i waered, roedd Enoc Huws yn gwthio ymlaen, ac eisoes wedi cael y gair ei fod yn un garw am fusnes.

Roedd y weddw ac yntau cyn bo hir yn chwip ac yn dop. Roedd ar y weddw y fath arswyd rhag i rywun gynnig iddo gyflog mawr, nes iddi, heb i neb ofyn iddi hi, roi iddo gyfran yn y fasnach, peth a barodd i Enoc ddyblu ei ymdrechion. Aeth misoedd lawer heibio, a bu'r weddw farw. Ond cyn marw gwnaeth ddarpariaeth yn ei hewyllys fod i Enoc Huws gael y cynnig cyntaf ar y siop a'r fasnach. Neidiodd Enoc at y cynnig. Yn fuan iawn roedd ei lwyddiant yn destun siarad llawer o bobl. Cynyddodd masnach Enoc yn fawr iawn. Ar ddiwrnod marchnad byddai siop Enoc Huws yn orlawn. Ond roedd Enoc Huws yn haeddu llwyddo – roedd yn ddyn gonest, ac ni byddai byth yn taenu celwyddau mewn hysbyslenni ar y waliau, ac yn y papurau.

Fel y cynyddai ei fasnach, cynyddai dylanwad Enoc yn y capel. Cyfrannai yn hael. Er nad oedd ganddo lawer o elfennau dyn cyhoeddus, cafodd ei wneud yn arolygwr yr Ysgol Sul. Roedd rhywbeth mor ddymunol yn ei wyneb fel na feiddiai neb wrthod bod yn athrawon ar ddosbarthiadau.

---

i lawr yr allt: *downhill*
dyfodiad: *coming*
gryn lawer â: *quite a lot (to do) with*
cyflymu methiant: *to speed the failure*
plwm: *lead*
gwaith plwm: *lead mine*
Dan yr amgylchiadau: *Under the circumstances*
yn mynd ar i waered: *going downhill*
eisoes: *already*
un garw: *a wizard*
ac yntau: *and he*
yn chwip ac yn dop: *a perfect partnership*
ar y fath arswyd: [*the widow*] *was so terribly afraid*
cyfran: *share*
masnach: *business*
a barodd: *which caused*
dyblu: *to double*

darpariaeth: *provision*
ewyllys: *will*
cynnig cyntaf: *first offer*
testun siarad: *subject of talk*
cynyddodd masnach: *business increased*
yn orlawn: *overflowing*
haeddu llwyddo: *deserve to succeed*
taenu celwyddau: *spread lies*
hysbyslenni: *advertising sheets*
Fel . . . fasnach: *As his business increased*
cynyddai dylanwad E.: *E's influence increased*
Cyfrannai yn hael: *He would contribute generously*
elfennau: *characteristics*
dyn cyhoeddus: *public man*
arolygwr: *superintendent*
fel na feiddiai neb: *so that no one would dare*

Mae'n bosibl meddwl bod popeth yn amgylchiadau Enoc Huws yn ei wneud yn ddyn dedwydd. Ond cyn lleied a wyddom am ein gilydd. Yr oedd syniad Enoc Huws amdano ei hun mor wylaidd, a'i duedd mor ddi-uchelgais, fel nad oedd swydd na pharch yn cyfrannu dim at ei ddedwyddwch. Dyn sengl ydoedd ac roedd wedi gosod ei serch yn rhy uchel ar wrthrych anghyraeddadwy. Unig ferch ydoedd i'r Capten Trefor, Tŷ'n yr Ardd.

---

amgylchiadau: *circumstances*
dyn dedwydd: *contented man*
cyn lleied a wyddom: *so little we know*
mor wylaidd: *so humble*
a'i duedd: *and his tendency*
mor ddi-uchelgais: *so lacking in ambition*

parch: *respect*
cyfrannu: *to contribute*
dedwyddwch: *contentment*
gwrthrych: *object*
anghyraeddadwy: *unreachable*

4: CAPTEN TREFOR

Nid oedd Capten Trefor, mwy nag Enoc Huws, yn frodor o'r dreflan. Roedd yn eithaf amlwg, meddai'r rhai oedd yn cofio pan ddaeth gyntaf, nad oedd ganddo'r pryd hwnnw 'fawr o ddim o'i gwmpas', ac mai dyn 'yn jyglo bywoliaeth' ydoedd. Troi o gwmpas y gweithfeydd ac, yn fuan iawn, roedd ganddo law yn y peth yma a llaw yn y peth arall. Credid yn gyffredinol mai dyn yn byw ar ei wits oedd Richard Trefor ac, yn sicr, nid oedd yn brin ohonynt. Siaradai Gymraeg a Saesneg yn llyfn a llithrig, a chordeddai eiriau yn ddiddiwedd, os byddai raid.

Yn y dyddiau hynny, byddai cryn ddadlau ar bynciau crefydd – ac ystyrid Trefor yn un o'r rhai 'trymaf' mewn dadl, a medrus ar hollti blewyn. Nid oedd ef y pryd hwnnw yn aelod eglwysig, nac ychwaith yn arbennig o fanwl ynghylch ei ffordd o fyw, oherwydd dywedid gan rai ei fod weithiau yn 'cymryd tropyn gormod'. Nid rhyw uchel iawn y safai Trefor ym meddwl Mari Lewis:

'Mi glywais Bob 'ma'n deud bod y Beibl ar bennau'i fysedd o, ond mi fasai'n well gen i glywed fod tipyn ohono yn ei galon o.'

Ond fu hi ddim yn hir cyn i Trefor ddod i'r Seiat, ac roedd yn hawdd deall ar waith Abel Huws yn ei holi mai syniad tebyg oedd ganddo yntau amdano. Ni welwyd neb, wrth ei dderbyn i'r Seiat, yn cael ei holi mor galed. Ond pa gwrs bynnag a gymerai Abel Huws nid oedd ball ar Richard Trefor – atebai bob cwestiwn yn llithrig. Ar y ffordd adref o'r capel, ebe Mari Lewis wrth Abel Huws:

'Rydw i'n ofni, Abel, bod cryn waith cwaliffeio arno eto, er mor llithrig ydi'i dafod o.'

'Nid yr un amcan sydd gan bawb ohonom, Mari, wrth ddŵad i'r Seiat,' ebe Abel.

Fodd bynnag, nid oedd Richard Trefor yn llawn mis oed fel crefyddwr cyn i'r gair fynd allan ei fod ef a Miss Prydderch – merch

---

brodor: *native*	'trymaf': *astute*
y dreflan: *the townlet*	dadl: *debate*
bywoliaeth: *living*	hollti blewyn: *to split hair*
gweithfeydd: *mines*	ar bennau'i fysedd o: *at the tips of his fingers*
Credid . . .: *It was generally believed*	Seiat: *an informal chapel meeting*
llyfn: *smoothly*	pa gwrs: *whichever course*
llithrig: *fluent*	nid oedd ball ar RT: *RT was not found wanting*
cordeddai eiriau: *he would twist / twine words*	yn llithrig: *fluent*
cryn ddadlau: *considerable debate*	cryn waith: *considerable work*
ystyrid T: *T was considered*	crefyddwr: *a religious person*

ieuanc grefyddol a diniwed, yn cael y gair fod ganddi lawer o arian – yn mynd i briodi. Gwiriwyd y gair yn fuan – hynny yw, gyda golwg ar y priodi, ond am yr arian, ni wiriwyd mo hwnnw byth, oherwydd roedd Miss Prydderch cyn dloted â rhywun arall, ond ei bod yn gwisgo'n dda. Os priododd Trefor er mwyn arian, cafodd gam gwag. Yn wir, clywyd ef, ymhen blynyddoedd, pan oedd wedi cyrraedd sefyllfa uchel yn y byd, yn dweud nad oedd ef yn ddyledus i neb am ei sefyllfa, ond i'w dalent a'i ymdrechion personol, ac mai'r cyfan a gafodd ef gan ei wraig oedd wyneb prydferth, calon lawn o edmygedd ohono ef ei hun, a llond cist o ddillad costus. Ac nid oedd le i amau ei wirionedd, oherwydd clywyd fwy nag un o'i hen weithwyr yn dweud mai golwg digon tlodaidd oedd arno ef a'i wraig am blwc ar ôl priodi.

Ond roedd llwyddiant a phoblogrwydd mewn ystôr i Richard Trefor. Fel teigr yn cymryd llam ar ei ysglyfaeth, felly, un diwrnod, rhoes Trefor naid ar wddf ffawd – cydiodd ynddi, a daliodd ei afael am flynyddoedd lawer.

Clywodd Cymru benbaladr am waith mwyn Pwll y Gwynt. Ond hwyrach na ŵyr pawb mai Richard Trefor a'i cychwynnodd, mai ef oedd darganfyddwr y 'plwm mawr'. O'r dydd hwnnw roedd dyrchafiad Trefor yn eglur i bawb. Nid Richard Trefor oedd ef mwyach, ond Capten Trefor, os gwelwch yn dda. Dechreuwyd edrych ar y Capten Trefor fel rhyw Joseph oedd wedi ei anfon gan ragluniaeth i gadw yn fyw bobl lawer. Bu newid sydyn yn syniadau pobl amdano. Roedd y Capten yn well dyn o lawer nag yr oedd pobl wedi arfer meddwl amdano, ac roedd ef, yn sicr, yn fendith i'r gymdogaeth. Roedd yn amlwg ei fod wedi ei eni i fod yn *feistr*. Roedd ganddo ffordd a dull o ddweud trwy ei ymddygiad wrth bawb oedd dan ei awdurdod:

---

diniwed: *naïve*
Gwiriwyd y gair: *The word was proved true*
ni wiriwyd . . . byth: *that was never proved true*
cyn dloted â: *as poor as*
cafodd gam gwag: *he took a false step*
sefyllfa uchel: *superior position*
yn ddyledus: *obliged*
edmygedd: *admiration*
am blwc: *for a while*
cymryd llam: *pouncing*
ysglyfaeth: *prey*
rhoes T naid: *T jumped*
gwddf ffawd: *the neck of fate*
Cymru benbaladr: *the whole of Wales*

gwaith mwyn: *mineral mine*
hwyrach (GC): efallai
na ŵyr pawb: *that not everyone knows*
darganfyddwr: *discoverer*
dyrchafiad: *promotion*
mwyach: *any more*
rhagluniaeth: *providence*
yn well dyn o lawer: *a better man by far*
yn fendith: *a blessing*
cymdogaeth: *neighbourhood*
dull: *method*
ymddygiad: *behaviour*
awdurdod: *authority*

'Gwelwch mor fwyn ydwyf, ac mor frwnt y gallwn fod pe bawn yn dewis. Dydw i ddim yn gofyn i chi dynnu eich het i mi, ond rydych chi'n gwybod mai dyna'r peth mwyaf diogel i'w wneud.'

Yn y capel ni chymerai ef ran gyhoeddus yn y gwasanaeth, ond roedd rhywbeth yn ei ymddangosiad – ar fore Sul, er enghraifft – a dynnai allan o bob aelod o'r gynulleidfa *'good morning,* Capten Trefor' (yn ddistaw).

---

mwyn: *gentle*
brwnt: *nasty*
pe bawn: *if I were to*

cyhoeddus: *public*
ymddangosiad: *appearance*
cynulleidfa: *congregation*

5: 'SUS'

Gwraig ddiniwed oedd Mrs Trefor, ac yn eithaf naturiol hi a edmygai ei gŵr fwyaf. Credai Mrs Trefor fod hapusrwydd hanner yr hil ddynol yn dibynnu ar ei gŵr. Gwyddai Mrs Trefor fod bywoliaeth ardal yn dibynnu ar ei air. Nid oedd ganddi hi un syniad am faint ei gyfoeth – ond yn unig gallai hi dynnu'n ddiddiwedd oddi arno.

Roedd yn ddigon gan Mrs Trefor fod enw'r Capten yn dda ym mhob siop yn y dref. Y ffordd fwyaf hwylus, dybiai hi, y gallai hi fod yn wraig deilwng o'r Capten, a chadw urddas ei gŵr, oedd drwy wisgo orau fyth y gallai. Eto roedd Mrs Trefor yn grefyddol ac yn dduwiol. Nid oedd neb ffyddlonach na hi ym moddion gras.

Roedd gan Capten a Mrs Trefor ferch – eu huniganedig. Susan Trefor oedd eilun ei thad a channwyll llygaid ei mam. Dygwyd hi i fyny yng nghanol moethau llwyddiant ei thad, a chafodd holl fanteision yr addysg oedd i'w chael yn yr ardal y dyddiau hynny. Susan Trefor oedd y ferch ieuanc bertaf, fwyaf ffasiynol a dysgedig, a'r fwyaf *unapproachable* a oedd yn perthyn i'r capel. Hi oedd safon yr holl ferched ieuainc. Ac mae'n ffaith fod gwisg Miss Trefor wedi tynnu mwy o ddagrau o lygaid merched ieuainc y capel nag a dynnwyd gan yr holl bregethau a glywsant o'r pulpud yn y cyfnod hwnnw. Prin y meddyliai Miss Trefor fod neb o 'bobl y capel' yn gwmni cymwys iddi hi, ac nid oedd un o'r merched ieuainc mor uchelgeisiol ag ymgyrraedd at hynny. Dywedai rhai, oedd dipyn yn genfigennus, mai merch ieuanc benwag a ffolfalch oedd Miss Trefor – yn ymwybodol o'i phrydferthwch ac yn

---

diniwed: *naive*
hi a edmygai: *it was she who admired*
yr hil ddynol: *mankind*
bywoliaeth: *livelihood*
mwyaf hwylus: *most convenient*
tybiai hi: *she considered,*
gwraig deilwng: *worthy wife*
cadw urddas: *maintain dignity*
gwisgo orau fyth y gallai: *dress as best as she could*
duwiol: *godly*
ffyddlonach: *more faithful*
moddion gras: *religious services*
uniganedig: *only child*
eilun ei thad: *her father's idol*
cannwyll llygaid ei mam: *apple of her mother's eye*

Dygwyd hi i fyny: *She was brought up*
moethau llwyddiant ei thad: *the luxuries of her father's success*
manteision: *advantages*
dysgedig: *educated*
nag a dynnwyd: *than what were drawn*
holl bregethau: *all the sermons*
a draddodwyd: *which were delivered*
Prin y meddyliai MT: *MT hardly thought*
cwmni cymwys: *suitable company*
mor uchelgeisiol ag: *as ambitious as*
ymgyrraedd at hynny: *to strive towards that*
dipyn yn genfigennus: *rather jealous*
penwag: *empty headed*
ffolfalch: *foolish and proud*
ymwybodol: *conscious*

anymwybodol o'i diffygion. Ond roedd Wil Bryan yn edmygydd mawr ohoni. Nid un oedd Wil i edmygu hoeden ddisynnwyr, ac ni byddai ef byth yn blino sôn am 'Sus', chwedl yntau. Gallai Wil oddef i'r hogiau ddweud unrhywbeth am Capten Trefor, ac weithiau ni phetrusai ef ei hun siarad yn ffrwnt amdano. Ond ni feiddiai un o'r hogiau sibrwd casair am 'Sus'. Nid oedd Miss Trefor, hithau, yn diystyru Wil. Dywedodd Wil ei hun wrthyf yn gyfrinachol un tro:

'Rydw i'n dallt y natur ddynol yn ddigon da i dy sicrhau nad *small beer* ydw i yng ngolwg Sus.'

Er nad oedd dim byd *definite* rhyngddo ef a Sus, eto roedd yn amlwg i ni, fechgyn y capel, fod gan Wil ddylanwad mawr arni. Gwyddem hefyd fod y Capten, gyda'i lygaid barcud, wedi gweld nad oedd Wil yn annerbyniol gan ei ferch, a'i fod wedi dangos ei anfodlonrwydd hollol i hynny. Pan soniais un tro am hyn wrth Wil, ebe fe:

'Fel hyn y mae hi, wyddost; mae'r Capten yn gwybod o'r gore nad oes acw fawr o obaith am *five hundred a year*. Mae o'n meddwl y meder o wneud gwell *match*, ac mewn ffordd, fedra i mo'i feio fo. Ond petai hi'n dŵad i *pitched battle* rhyngof i a'r Capten am Sus, mae gen i *idea* go lew sut y byddai pethe'n troi allan.'

---

anymwybodol: *unaware*
diffygion: *faults*
edmygydd: *admirer*
hoeden ddisynnwyr: *senseless flirt*
chwedl yntau: *as he'd say*
goddef: *to tolerate*
ni phetrusai ef ei hun: *he himself wouldn't hesitate*
ni feiddiai un o'r hogiau: *not one of the lads would dare*

sibrwd casair: *whisper a nasty word*
yn diystyru: *scorning*
yn gyfrinachol: *confidentially*
dallt (GC): deall
yng ngolwg S: *in S's sight*
yn amlwg: *obvious*
llygad barcud: *keen eye*
annerbyniol: *unacceptable*
anfodlonrwydd: *unwillingness*
go lew: *very good*

6: CYFFES FFYDD SUSAN TREFOR

Pan aeth Wil Bryan oddi cartref ar ôl rhagweld sut y byddai hi ar ei dad, llawenhaodd calon Enoc Huws. Roedd Enoc, druan, yn un o'r dynion diniweitiaf a mwyaf difalais ar wyneb daear, ond ni allai oddef mo Wil Bryan. Ni wnaethai Wil erioed ddim niwed iddo, heblaw peidio â chymryd sylw ohono. Roedd cael gwared o Wil yn rhoi modd i Enoc lawenhau'n fawr iawn.

Drwy'r blynyddoedd ni buasai ugain gair rhwng Enoc Huws a Miss Trefor. Ac eto, amdani hi y meddyliai y dydd ac y breuddwydiai y nos. Er na feddyliai Enoc ei fod yn gymar teilwng i Miss Trefor – yn wir, yn ei funudau synhwyrol, meddyliai mai ffansi wyllt wirion oedd y cwbl – eto carai adael i'w ddychymyg droi fel gwenynen o gwmpas gwrthrych ei gariad, ac roedd gwybod bod rhywun arall yn mwynhau cymundeb agosach yn ei lenwi ag eiddigedd, ac yn ei wneud yn ddiflas dros ben.

Llanwai Wil Bryan le mawr yng nghalon Miss Trefor. Hoffai hi ei gwmni tu hwnt i bopeth. Byddai gan Wil bob amser rywbeth i'w ddweud. Ni byddai hi byth yn blino arno fel y byddai gyda'r 'baboons erill'. A hyd yn oed pan ddeallodd hi fod ei thad wedi cyrraedd gwaelod poced Hugh Bryan, ni pharodd hynny unrhyw ddiflastod ar gwmni Wil. Roedd y Capten, fwy nag unwaith, wedi rhoi ar ddeall iddi hi nad oedd e'n cymeradwyo ei hoffter hi o Wil, ond ni wnaeth hynny ond gwneud iddi hi ei ddymuno'n fwy.

Teimlodd Miss Trefor oddi wrth ymadawiad Wil fwy nag y byddai'n dymuno i neb wybod. Am amser collodd bob mwynhad ym mhopeth, ac roedd meddwl am fynd i'r capel yn gas ganddi. Ond am amser yn unig y bu hyn. Nid oedd yn bosibl, ymresymai Miss Trefor, fod Wil, wedi'r cwbl, yn meddwl rhyw lawer amdani, neu ni fyddai'n mynd ymaith heb gymaint â sôn gair wrthi, na gyrru llinell ati. Ac fel geneth gall a

---

Cyffes Ffydd: *confession of faith*
rhagweld: *to foresee*
llawenhaodd . . . EH: *EH's heart rejoiced*
diniweitiaf: *most naïve*
mwyaf difalais: *least malicious*
egwyddorion: *principles*
niwed: *harm*
cael gwared o: *to get rid of*
modd: *means*
cymar teilwng: *suitable partner*

dychymyg: *imagination*
gwenynen: *bee*
gwrthrych: *object*
cymundeb: *communion*
eiddigedd: *envy*
tu hwnt i: *beyond*
ni pharodd hynny: *that didn't cause*
cymeradwyo: *to approve*
ymadawiad W: *W's departure*
ymresymai MT: *MT reasoned*

synhwyrol, eisteddodd Miss Trefor i lawr i ailgynllunio program ei bywyd, ac ailffurfio'i hegwyddorion.

Petai rhywun yn gofyn iddi hi wrth ba enw y galwai hi'r pethau hyn, ei hateb fyddai *'Fy ideas'*. O'r *ideas* gellir enwi'r rhain:

- Mai hi oedd y ferch brydferthaf yn y wlad (roedd Wil Bryan wedi ei sicrhau o hynny, cystal *judge* â neb y gwyddai amdano). – Fod yn well i ferch ieuanc brydferth fyw ar un pryd o fwyd yn y dydd am dri mis na gwisgo bonet allan o ffasiwn.
- Hyd yr oedd yn bosibl, na chymerai hi sylw o neb islaw iddi hi ei hun.
- Na fyddai hi, hyd y gallai, yn baeddu ei dwylo gyda gorchwylion megis cynnau'r tân, golchi'r llestri, glanhau'r ffenestri, gwneud y gwely, a phethau tebyg.
- Yr arhosai heb briodi hyd bump ar hugain oed, oni ddeuai rhyw ŵr bonheddig cyfoethog i'w gynnig ei hun iddi. Ond oni ddeuai erbyn yr oed hwnnw arhosai hi ddim yn sengl wedi hynny, ond yr ymostyngai i gymryd y masnachwr gorau y gallai hi gael gafael arno, os byddai'n ariannog. Edrychai hi ddim ar bregethwr ond fel person i dosturio wrtho, fel dyn prudd a thlawd, ond os câi hi gynnig ar gurad, a fyddai o deulu da, ac yn un tebyg o gael bywoliaeth dda, yna cymerai hynny i ystyriaeth. Pwy bynnag a briodai hi – a phriodi a wnâi yn sicr ddigon – mynnai gael ei ffordd ei hun. Roedd wedi gwneud adduned y mynnai *'wisgo'r clos'*.

Ac roedd ganddi un *idea* oedd yn rhoi lliw a llun ar y cwbl – ei chred diysgog fod ei thad yn gyfoethog. Cafodd Miss Trefor amser maith – nifer o flynyddoedd – i anwesu a magu'r *ideas* hyn.

---

ail-ffurfio: *to re-form*
goddef: *tolerate*
wedi ei sicrhau: *had assured her*
islaw: *below*
baeddu: *to dirty*
gorchwylion: *duties*
oni ddeuai . . .: *unless . . . came*
gŵr bonheddig: *gentleman*
ymostyngai: *she would submit*
masnachwr: *merchant*

ariannog: *wealthy*
i dosturio wrtho: *as one to to take pity upon*
prudd: *sad*
curad: *curate*
bywoliaeth dda: *a good living*
ystyriaeth: *consideration*
adduned: *promise*
rhoi lliw a llun . . .: *to cap the lot*
cred diysgog: *steadfast belief*
anwesu: *to cherish*

7: DEDWYDDWCH TEULUAIDD

Noson ym mis Tachwedd ydoedd – noson ddigon oer a niwlog. Wrth fynd heibio i Dŷn yr Ardd, cartref Capten Trefor, cenfigennai ambell fwynwr tlawd, byr ei anadl, at ei glydwch, a dedwyddwch y Capten. Dywedai'r mwynwr wrtho'i hun, 'Mae'r Capten yn bwyta'i swper, neu wedi gorffen ei swper, yn smocio'i bibell, ac yn estyn ei draed mewn slipars cochion at ei dân gwresog, a minnau, druan, yn gorfod gadael fy nheulu a mynd i weithio stem y nos ym Mhwll y Gwynt. Gwyn fyd y Capten! Ond does dim posib i bawb fod yn Gapten.'

Ond petai'r mwynwr yn gwybod y cwbl, mae'n amheus a fyddai'n newid ei sefyllfa â'r Capten. Y ffaith oedd nad oedd y Capten yn bwyta ei swper, nac yn smocio, nac yn estyn ei draed at y tân, ond yn hytrach yn eistedd wrth ben y bwrdd ac yn ceisio ysgrifennu. Gorffwysai ei ben ar ei law chwith, a'i benelin ar y bwrdd, a daliai ei bin yn segur yn ei law dde, ac ymddangosai ei fod mewn myfyrdod dwfn a phoenus. Yn ei ymyl, ar y bwrdd, roedd llestr yn cynnwys *Scotch Whisky*, ac roedd y Capten, yn ystod hanner awr, wedi troi at y llestr hwn amryw o weithiau am help a swcwr.

Wrth ben arall y bwrdd roedd Mrs Trefor yn brysur yn gwnïo, ac mewn cadair esmwyth wrth ei hochr, ac yn ymyl y tân eisteddai Miss Trefor, yn diwyd weithio rhyw gywreinwaith gyda darn o ifori tebyg i bysgodyn bach ag edau wen. Roedd y tri ohonynt cyn ddistawed â llygod, oherwydd ni chaniateid i'r fam a'r ferch siarad tra byddai'r Capten yn ysgrifennu ei lythyrau. Taflai'r ddwy ers meitin edrychiad ar y Capten gan eu bod bron hollti eisiau siarad. Ymhen dau funud taflodd y Capten y pin ar y bwrdd, cododd ar ei draed, a cherddodd yn ôl a blaen yn ddiamynedd hyd yr ystafell. Edrychodd y fam a'r ferch braidd yn frawychus, oherwydd ni welsant erioed olwg mor gynhyrfus arno, ac ebe'r Capten:

'*Fedra* i ddim ysgrifennu, a thria i ddim chwaith, rydw i wedi blino a diflasu ar y gwaith.'

---

dedwyddwch teuluaidd: *family contentment*
cenfigennai . . .: *would envy*
mwynwr: *miner*
clydwch: *cosiness*
dedwyddwch: *happiness*
gwresog: *warm*
stem: *shift [of work]*
Gwyn fyd y C: *Blessed be the C*
yn segur: *idly*

myfyrdod dwfn: *deep thought*
swcwr: *succour*
yn diwyd weithio: *working diligently*
cywreinwaith: i.e. *brooch*
ni chaniateid . . .: . . . *were not allowed*
bron hollti: *splitting themselves almost*
yn frawychus: *fearfully*
mor gynhyrfus: *so agitated*

'Tada,' ebe Miss Trefor, 'ga i ysgrifennu yn eich lle chi?'

'Cei,' meddai, 'os medri di ddweud mwy o gelwyddau na fi.'

'*The idea*, Dada!', ebe Miss Trefor.

'*The idea*!' ebe'r Capten. 'Be wyddoch chi eich dwy am yr helynt yr ydw i ynddi o hyd yn ceisio cadw pethe i fynd ymlaen? Be sy gynnoch chi eich dwy i feddwl amdano heblaw sut i rifflo arian, a sut i wisgo am y crandia, heb fawr feddwl am yfory? Ond mae hi wedi dŵad i'r pen, ac mi fydd diwedd buan arna i ac ar eich holl ffa-lal chithe.'

'O, Richard bach!' ebe Mrs Trefor, oherwydd roedd clywed y Capten yn siarad fel hyn yn beth newydd hollol iddi hi. 'Richard bach! Roeddwn i'n disgwyl o hyd iddi dŵad i hyn. Mi wyddwn o'r gorau y byddech chi'n drysu yn eich synhwyrau wrth stydio cymaint ar *geology*. Sus, ewch i nôl y doctor ar unwaith!'

'Doctor, wir!' ebe'r Capten yn wyllt. 'Be sy arnoch chi, wraig? Ydych chi'n meddwl mai ffŵl ydw i? Drysu yn fy synhwyrau, yn wir! Fe ddrysodd ambell un ar lai o achos.'

'Ac rydych chi wedi drysu, Richard bach! Sus, ewch i nôl y doctor!' ebe Mrs Trefor yn wylofus.

Ac i nôl y doctor y byddai Miss Trefor wedi mynd y foment honno, oni bai i'r Capten droi pâr o lygaid arni a barodd iddi hi arswydo rhag symud. Ebe'r Capten eilwaith, gan gyfarch ei wraig:

'Wyddoch chi be? Does fawr o beryg i chi ddrysu yn eich synnwyr, oherwydd does gynnoch chi ddim ohono.'

'Nac oes, siŵr, nac oes, does gen i ddim synnwyr, dydw i'n neb, dydw i'n ddim byd. Dydw i'n dallt dim *geology*. Rydw i'n cofio amser pan oedd rhywun oedd yn cyfri ei hun yn glyfar iawn yn meddwl bod gen *i* synnwyr, a chawn i ddim llonydd ganddo. Ond rhaid nad oedd gen i ddim synnwyr yr adeg honno, neu faswn i ddim yn gwrando arno fo. A does gen i ddim synnwyr rŵan, dim, nac oes dim!' ebe Mrs Trefor, a dechreuodd wylo, a chuddiodd ei hwyneb yn ei ffedog.

---

celwyddau: *lies*
helynt: *trouble*
rifflo: *to waste*
sut i wisgo am y crandia: *how to dress most grandly*
wedi dŵad i'r pen: *had come to an end*
ffal-lal: *nonsense*

drysu yn eich synhwyrau: *your senses getting mixed up*
ar lai o achos: *for less reason*
yn wylofus: *in tears*
arswydo rhag: *fear from*
gan gyfarch: *greeting*
Does fawr o beryg: *There isn't much danger*
chawn i ddim llonydd: *I didn't get any peace*

8: YSGAFNHAU EI GYDWYBOD

'Pan gychwynnais Bwll y Gwynt,' ebe'r Capten, 'mae'r nefoedd yn gwybod fy mod yn *gobeithio* iddo droi allan yn dda, ac roedd y *miners* mwyaf profiadol yn credu y gwnâi. Ni chefais, fel y gwyddoch, unrhyw anhawster i ddechrau cwmni. Gyda chymorth Mr Fox, o Lundain, fe ddarfu i ni berswadio llawer o bobl ariannog i ymuno â'r cwmni. A chwi wyddoch, Sarah, fel y darfu i amryw o'n cymdogion, fel Hugh Bryan ac eraill, eu tlodi eu hunain er mwyn cael *shares* yn y Gwaith, ac roeddwn innau yn rhoi ar ddeall iddynt fy mod yn gwneud ffafr fawr â hwynt drwy adael iddynt gael *shares* am unrhyw bris.

'Mewn ffordd o siarad, mi es i'r gwely un noson yn feinar cyffredin, a deffroais yn y bore yn Gapten Trefor – yn ŵr o barch a dylanwad – yr un oedd pobl yn ceisio ei ffafr – yn un â llawer o ffafrau yn ei law i'w cyfrannu i'r neb a fynnwn. Nid oedd un dyn bron yn y dref yn gwrthod unrhyw beth a ofynnwn ganddo. Rydych yn cofio, Sarah, i mi ddweud, dim ond dweud, wrth Mr Nott, yr *Ironmonger*, fy mod yn hoffi ei geffyl, a thrannoeth gwnaeth anrheg i mi ohono. Nid oedd eisiau i mi ddim ond edrych ar wn neu debot arian yn siop Mr Nott, a byddai yma drannoeth *with Mr Nott's compliments*. A llawer eraill yr un modd. Sarah, fedrwch chi ddweud faint o'r *furniture* yma a gafwyd fel anrhegion a pham? Am mai fi a ddisgyfrodd y plwm mawr ym Mhwll y Gwynt. Meddyliai pawb ei fod yn ddarganfyddiad ardderchog. Ond ofnwn i o'r dechrau mai troi allan yn dwyllodrus a wnâi, ond cedwais i hynny i mi fy hun, a gobeithiwn y gorau.

'Roeddwn yn adnabod Mr Fox o Lundain ers blynyddoedd, a'i fod yn gwybod yn dda sut i weithio'r oracl. Mi ddropies lein iddo ddŵad i lawr. Roedd Mr Fox yma yn union, heb golli amser, fel dyn am fusnes. Roedd o wedi gwirioni, ac yn gweiddi aċ yn neidio fel ffŵl. Mor falch a llawen oedd o, fel y gallai, mi gymra fy llw, fy ngharìo ar ei gefn am ddeng milltir!

Ysgafnhau ei Gydwybod: *Lightening his Conscience*
y gwnâi: *that it would [do so]*
anhawster: *difficulty*
fe ddarfu i ni berswadio: *we persuaded*
fel y . . . tlodi eu hunain: *how . . . impoverished themselves*
meinar: *miner*
cyfrannu: *to bestow*
i'r neb a fynnwn: *to whoever I wished*

a ofynnwn ganddo: *that I'd ask from*
trannoeth: *following day*
yr un modd: *in the same way*
a ddisgyfrodd: *who discovered*
plwm: *lead*
darganfyddiad: *discovery*
yn dwyllodrus: *deceitful*
yr oracl: *the prophecy*
. . . wedi gwirioni: *was thrilled*
mi gymra fy llw: *I swear*

Ebe fi wrtho:

'Mae eich profiad yn fawr. Ein pwnc ni heddiw ydyw sut i wneud sôn a siarad am Bwll y Gwynt, i ffurfio cwmni cryf a chael digon o arian i'n dwylo. Chi ydyw'r dyn yn Llundain, a minnau ydyw'r dyn yma.'

'Wedi i mi siarad fel yna, ysgydwodd Mr Fox ddwylo â mi a galwodd am botel o *champagne*. Roeddem ein dau'n gobeithio, o waelod ein calonnau, y byddai Gwaith Pwll y Gwynt yn troi allan yn dda, ac yn credu o waelod ein calonnau mai fel arall y byddai, ond fel gwir feinars ni ddarfu i ni sibrwd ein crediniaeth i neb byw.

'Ydych chi'n fy nghanlyn i, Sarah? Fe ddarfu i ni, fel y gwyddoch chi, ffurfio cwmni cryf, a thalwyd i lawr filoedd o bunnau. Fe ddarfu i ni wneud *point* i beidio ag agor ond cyn lleied ag a fedrem ar y Gwaith, rhag i'w dlodi o ddŵad i'r golwg, a chymryd gofal i wario cymaint o arian ag a fedrem ar y lan mewn *buildings* a *machinery*, ac yn y blaen. Achos pan fydd pobl wedi gwario llawer o arian gyda gwaith mwyn bydd yn anos ganddynt ei roi i fyny. Ac fe ddaeth y dŵr i'n helpio i gadw'r Gwaith i fynd ymlaen, ac i fod yn esgus am bob rhwystr. Cyfaill mawr fu'r dŵr i Mr Fox a minnau. Fe foddwyd ambell fil o bunnau yn y dŵr. Fe ddarfu i ni newid y *machinery* deirgwaith. Bob tro y ceid *machinery* newydd roedd hynny'n gwacáu cryn lawer ar bocedi'r cwmni, ac yn rhoi tipyn bach ym mhocedi Mr Fox a minnau, oherwydd roedd y cwmni yn ymddiried ym marn Mr Fox a minnau fel prynwyr. Ond nid y cwmni, dalltwch, oedd yn talu i ni, ond y bobl oedd yn gwneud y *machinery*. *Commission*, wyddoch chi, y byddai'r *makers* yn ei alw.'

Yn y fan hon, eto, apeliodd y Capten am swcwr at y botel.

'Ydych chi'n 'nallt i, Sarah? Wel, fel roeddwn i'n dweud, roeddem yn cymryd gofal i beidio ag agor y Gwaith ond mor araf ag y medrem. Pan fyddem ni'n cael sicrwydd fod tipyn o blwm mewn rhan neilltuol o'r Gwaith, fe fyddem yn gadael llonydd iddo fel arian yn y banc, ac yn ei gadw nes byddai'r cwmni bron torri ei galon, a phan fyddem ni'n deall eu bod ar fin rhoi'r Gwaith i fyny fe fyddem ninnau'n mynd i'r banc ac yn codi digon o blwm i roi ysbryd newydd yn y cwmni i fynd ymlaen am sbel wedyn.'

---

sôn a siarad: *lot of talk*
gwir feinars: *real miners*
ni ddarfu . . . sibrwd: *we did not whisper*
crediniaeth: *belief*
rhag i'w dlodi o: *in case its impoverishment*
dŵad i'r golwg: *come to light*
Fe ddarfu . . . newid: *We changed*
y ceid: *one had*

gwacáu: *to empty*
cryn lawer: *considerable amount*
ymddiried: *to trust*
barn: *judgement*
dalltwch: *you understand*
rhan neilltuol: *specific part*
yn gadael llonydd: *leave it alone*
ar fin: *on the verge of*

'Wel, Richard,' ebe Mrs Trefor, wedi ei syfrdanu. 'Wel, Richard, ydych chi'n deud nad oes yno blwm ym Mhwll y Gwynt? Mi'ch clywais chi'n deud gannoedd o weithiau wrth Mr Denman fod yno wlad o blwm ac y byddech chi'n siŵr o ddŵad ato ryw ddiwrnod.'

'Rhyngoch chi a fi, Sarah,' ebe'r Capten, 'mi gymeraf fy llw nad oes ym Mhwll y Gwynt ddim llond fy het o blwm. Ond wnaiff hi mo'r tro, wyddoch, i bawb gael gwybod hynny. Does dim llawer o bwys am bobl Llundain, ond mae'n ddrwg gen i dros Mr Denman. Mae o'n gymydog, ac wedi ei dlodi ei hun yn ofnadwy. Yn wir, mae gen i ofn y bydd Denman cyn dloted â finnau rai o'r dyddiau nesaf yma.'

'Cyn dloted â chithau, Richard? Ydych chi'n deud eich bod *chi* yn dlawd?' ebe Mrs Trefor mewn dychryn.

'Cyn dloted, Sarah, â llygoden eglwys. Roeddwn yn ofni eich bod chi a Susi – Susi! Sut y medrwch chi gysgu tra mae'ch mam a minnau'n sôn am ein hamgylchiadau?' ebe'r Capten yn wyllt.

'Mi wyddoch, Tada,' ebe Susi, dan rwbio'i llygaid, 'mae'n gas gen i glywed sôn am fusnes.'

'Fe fydd rhaid i chi, fy ngeneth,' ebe'r Capten, 'chwilio am fusnes i chi'ch hun rai o'r dyddiau nesaf. Ie, Sarah, roeddwn yn ofni eich bod chi a Susi yn byw mewn *fools' paradise*. Rydym yn dlawd, dalltwch y *fact* yna. Waeth i ni edrych ar y ffaith yn ei hwyneb – *yr ydym yn dlawd*, ac fe fydd Pwll y Gwynt â'i ben iddo cyn pen y mis.'

'O, Mam!' gwaeddodd Miss Trefor.

'Mamiwch chi fel y mynnwch,' ebe'r Capten, 'a rhyngoch chi a fi, *miss*, fe ddylech chi fod yn fam eich hun cyn hyn, yn lle rhoi'r fath *airs* i chi eich hunan. Rhaid i chi ddod i lawr beg neu ddau a chymryd rhywun y gellwch gael gafael arno, hyd yn oed meinar cyffredin.'

'*The idea*, Tada!' ebe Miss Trefor.

'*The idea*'r felltith! Dydych chi ddim yn rialeisio eich sefyllfa?' ebe'r Capten, wedi colli ei dymer eilwaith.

'Richard,' ebe Mrs Trefor yn bwyllog, 'cedwch eich tempar. Os dyna ydi ein sefyllfa ni – os tlawd ydyn ni, be *ydych* chi'n feddwl neud?'

---

wedi ei syfrdanu: *stunned*
gwlad o blwm: *countryful of lead*
dŵad ato: *to get at it*
mi gymeraf fy llw: *I swear*
Ond wnaiff hi mo'r tro: *It won't do any good*
llawer o bwys: *matter much*
cymydog: *neighbour*
wedi ei dlodi ei hun: *having impoverished himself*
cyn dloted â: *as poor as*
amgylchiadau: *circumstances*

dalltwch: deallwch, *understand*
Waeth i ni edrych: *We might as well look at*
fe fydd P y G . . . iddo: *P y G will have failed*
Mamiwch . . .: i.e. *You can call Mam*
fel y mynnwch: *as you wish*
cymryd . . . gafael arno: *take someone you can get hold of*
meinar cyffredin: *ordinary miner*
sefyllfa: *situation*
yn bwyllog: *calmly*

'Dyna chi, rŵan, Sarah,' ebe'r Capten, 'yn siarad fel gwraig synhwyrol. Dyna ydy'r cwestiwn, Sarah. Wel, dyma yw fy mwriad – cadw yr *appearances* cyd ag y medraf, a dechrau gwaith newydd cyn gynted ag y gallaf.'

Ar hyn curodd rhywun ar y drws.

---

cyd ag y medraf: *as long as I can*
cyn gynted ag y gallaf: *as soon as I can*

Ar hyn: *At this point*

9: CYFRINACHOL

'Wel, dyma Mr Denman!' ebe Capten Trefor. 'Roedden ni *just* yn siarad amdanoch rŵan.'

'Beth wnaeth i chi siarad amdana i?' gofynnodd Mr Denman.

'Wel,' ebe'r Capten, 'deud oeddwn i – ond dyma chi, fe awn ni i'r *smoke room*, fe fydd yn dda gan y merched gael gwared ohonom.'

Wedi i'r ddau fynd i'r *smoke room*, ychwanegodd y Capten:

'Ie, deud oeddwn i mai campus o beth fyddai eich gweld chi – sef yr unig un o'n cymdogion ni sydd wedi dal i gredu ym Mhwll y Gwynt – mai campus o beth fyddai eich gweld ryw ddydd yn ŵr bonheddig. Rydych yn haeddu hynny, Mr Denman, os haeddodd neb erioed.'

'Os na ddaw hynny i mi yn fuan,' ebe Mr Denman, 'rwy'n debycach o ddiweddu f'oes yn y *workhouse*. Oes gennych chi ryw newydd am Bwll y Gwynt?'

'Wel,' ebe'r Capten, 'does gen i ond yr hen stori, Mr Denman, ac nid yr hen stori chwaith. Mae acw well golwg rŵan nag a welais i ers tro. Ond hwyrach y bydd rhaid i ni fod dipyn yn amyneddgar. Rydych chi'n gwybod eich hun fod y plwm a gawsom – doedd o ddim llawer – ond rydych chi'n gwybod fod y plwm a gawsom yn dangos yn eglur fod yno ychwaneg ohono. Y cwestiwn ydyw – a fydd gan y cwmni amynedd, ffydd a dyfalbarhad, i ddal nes dŵad o hyd i'r cyfoeth. Pe basai pawb o'r cwmni fel chi, Mr Denman, yn ddynion a ŵyr rhywbeth am natur gwaith mwyn, fe fasai rhyw obaith iddynt ddal ati. Ond pa fath o ddynion ydynt? Mi ddywedaf i: dynion wedi gwneud eu harian mewn byr amser fel *merchants*, ac felly yn disgwyl i waith mwyn dalu proffit mawr mewn ychydig o amser. Ond nid peth felly ydyw gwaith mwyn. Mae'n rhaid aros weithiau flynyddoedd. Rydym wedi bod yn anlwcus ym Mhwll y Gwynt. Rydw i'n gobeithio'n fawr y gwêl y cwmni ei ffordd yn glir i gario'r gwaith ymlaen am dipyn bach o leiaf. Ond rhyngoch chi a fi, fyddai ddim yn syndod gennyf petai'r Saeson yna yn rhoi'r gwaith i fyny.'

Cyfrinachol: *secret*	gwell golwg: i.e. *things look better*
cael gwared ohonom: *get rid of us*	ers tro: *since some time*
campus o beth: *terrific thing*	hwyrach: *efallai*
gŵr bonheddig: *gentleman*	dipyn yn amyneddgar: *quite patient*
haeddu: *to deserve*	ychwaneg: *more*
os haeddodd neb: *if anyone deserved*	dyfalbarhad: *perseverance*
Os na ddaw hynny i mi: *If that won't come to me*	a ŵyr: *who knows*
yn debycach: *more likely*	y gwêl y cwmni: *that the company will see*
diweddu: *to finish*	

'Wyddoch chi be, Capten,' ebe Mr Denman, 'feddyliais i erioed y basai rhaid i mi wario mwy na rhyw gant neu ddau, ond erbyn hyn mae bron y cwbl sy gen i wedi mynd, ac fe fydd rhaid i *mi*, beth bynnag am y Saeson, roi'r lle i fyny – fedr 'y mhoced i ddim dal.'

'Rydw i'n gobeithio,' ebe'r Capten, 'nad ydych yn meddwl y gwnawn i eich camarwain? Nid ydyw ond ynfydrwydd sôn am roi i fyny rŵan, pan ydym bron cael y gorau ar yr holl anawsterau. Rydych yn gwybod fod gen innau *shares* yn y Gwaith; ond cyn y rhown i fyny rŵan, mi werthwn fy nghrys oddi am fy nghefn.'

'Mae gen i bob ffydd ynoch chi, Capten,' ebe Mr Denman. 'Yn wir, faswn i erioed wedi meddwl am gymryd *shares* yn y Gwaith oni bai 'mod i yn eich adnabod chi, a'n bod ni'n dau yn aelodau yn yr un capel. Na, beth bynnag a ddaw o Bwll y Gwynt, mi ddwedaf eich bod chi yn onest. Ond bydd rhaid i mi roi i fyny. Petai fy ngwraig yn gwybod, fe dorrai ei chalon. Petai hi'n gwybod y cwbl, mi fyddai rhaid i mi hel fy mhac.'

'Mae'n ddrwg gennyf eich clywed yn deud fel yna,' ebe'r Capten, 'a hwyrach y bydd yn anodd gennych gredu, ond rwyf wedi colli ambell noson o gysgu, mae Sarah'n gwybod, wrth feddwl am yr aberth mawr rydych yn ei wneud. Ond yr wyf yn gobeithio, ac yn credu, y gwelaf y dydd pan fyddwch yn deud y cwbl wrth Mrs Denman, ac y bydd hithau yn eich canmol. Ond mae'r cwbl yn dibynnu a fydd gan y cwmni ffydd ac amynedd i fynd ymlaen.'

'Petai'r cwmni yn rhoi'r Gwaith i fyny, be wnaech chi, Capten, ai mynd i fyw ar eich arian?' gofynnodd Mr Denman.

'Nid yn hollol felly, Mr Denman, ond yn hytrach mi faswn yn cychwyn mewn lle arall. Mae fy llygad ar y lle ers tro, rhag ofn i rywbeth ddigwydd i Bwll y Gwynt. A 'ngwaith i y basai o fod, gydag ychydig o ffrindiau, ac ni châi pobl Llundain roi eu bys yn y brywes hwnnw. Gwaith a fydd o ar *scale* fechan, heb lawer o gost, ac i ddŵad i dalu yn fuan. Ond fe fydd rhaid i mi gael ychydig o ffrindiau o gwmpas cartref i gymryd *shares*. Un o'r ffrindiau hynny fydd Mr Denman.'

'Lle mae eich llygad arno, Capten, 'mod i mor hy â gofyn?' ebe Mr Denman yn llawn diddordeb.

'Wel,' ebe'r Capten, 'rydych chi a minnau yn hen ffrindiau, ac mi wn na wnewch chi ddim gadael i'r peth fynd ddim pellach, ar hyn o bryd, beth bynnag. Cofiwch nad rŵan mae'r lle wedi dod i'm meddwl gyntaf; na, mae o yn fy meddwl i ers blynyddoedd.'

'Hwyrach,' ebe Mr Denman, 'fy mod yn rhy hy, ond dydych chi ddim wedi deud eto . . .'

'Mr Denman,' ebe'r Capten, gan dorri ar ei draws, 'peidiwch ag arfer geiriau fel yna. Does dim posib i chi fod yn rhy hy arna i. Ddarfu i mi erioed feddwl am y fentar heb eich bod chithau yr un pryd yn fy meddwl.'

'Rwyf yn bur ddiolchgar, Capten,' ebe Mr Denman, 'ond mae arnaf ofn na allaf i fentro dim chwaneg. Nid oes gennyf ddegpunt i'w gwario heb wneud cam â'r teulu.'

'Yr ystyriaeth yna,' ebe'r Capten, 'sydd yn fy ngorfodi i'ch gosod ar yr un tir â mi fy hun gyda'r fentar newydd. Mae'n hen bryd i chi ac i minnau droi ein llygaid i rywle lle y gwyddom y cawn ein harian yn ôl. Wel, Coed Madog! Coed Madog!! Coed Madog!!!' ebe'r Capten, gan ailadrodd yr enw yn ddistaw a chyfrinachol. 'Ie, Gwaith fydd Coed Madog i ennill arian ac nid i'w taflu i ffwrdd. Rydych chi a minnau, Mr Denman, wedi gwario digon, ac mae'n bryd i ni ddechrau ennill. Rhyngoch chi a fi, does gen innau yr un deg punt i'w taflu i ffwrdd, ond does dim eisiau i bawb wybod hynny. Wrth gwrs, fe fydd rhaid gwario rhyw gymaint cyn y daw'r Gwaith i dalu, a dyna pam roeddwn yn dweud y byddai rhaid i ni gael rhywun neu rywrai i gymryd *shares*. Rydych chi'n adnabod pobl yn well na mi, ac yn gwybod am eu hamgylchiadau. Os gallwn wneud daioni i gyfeillion y capel, gore oll. Pwy fyddant, Mr Denman?'

'Wel, Capten,' ebe Mr Denman, 'o'n pobl ni fedra i feddwl am neb tebycach na Mr Enoc Huws, Siop y Groes a Mr Lloyd, y Twrnai.'

'Rhyfedd!' ebe'r Capten, 'fel y mae ein meddyliau yn cydredeg. Am Mr Huws y meddyliais innau gyntaf. Wn i beth am Mr Lloyd, ond mae Mr Huws, fe ddywedir, yn ddyn sydd wedi gwneud llawer o arian. Mae'n ŵr ieuanc parchus ac o safle uchel fel masnachwr, ac yn ddiamau

---

na wnewch chi ddim gadael: *that you won't let*
yn rhy hy: *too bold*
Ddarfu i mi erioed feddwl: *I never thought*
y fentar: *the venture*
chwaneg: *more*
gwneud cam: *to wrong*
ystyriaeth: *consideration*
fy ngorfodi: *compels me*

amgylchiadau: *circumstances*
daioni: *goodness*
neb tebycach: *no one more likely*
Twrnai: *solicitor*
yn cydredeg: *coincide*
fe ddywedir: *it is said*
safle uchel: *high standing*
masnachwr: *businessman*

yn grefyddol, ac os gallwn roi rhywbeth yn ei ffordd gyda'r Gwaith, fe fyddwn ar yr un pryd yn gwneud daioni i'r achos. Rwyf fi fy hun yn cyfrif mai Mr Huws ydyw'r dyn gorau yn y capel – hynny ydyw fel gŵr ieuanc. Y pwnc ydyw a allwn ni ei gael i weld lygad yn llygad â ni. Mae *mining*, yn ddiau, yn beth dieithr iddo.'

'Rwyf yn meddwl,' ebe Mr Denman, 'mai'r cynllun gore fyddai i chi anfon amdano yma rŵan.'

'Mae'r dalent o daro'r hoel ar ei phen gennych, Mr Denman,' ebe'r Capten. Eisteddodd i lawr wrth y bwrdd, ac ysgrifennodd y Capten nodyn boneddigaidd at Enoc Huws yn gofyn iddo ddod cyn belled â Thŷ'n yr Ardd.

---

achos: *religious cause*
yn cyfrif: *reckon*

nodyn boneddigaidd: *courteous note*

10: MARGED

Nid oedd Enoc ond naw ar hugain oed, ond yr oedd eisoes yn teimlo ei fod yn hen lanc. Wrth ddewis ei *housekeeper*, gofalodd am un lawer hŷn nag ef. Ei henw oedd Marged Parri. Roedd Marged wedi gweld goleuni dydd ugain mlynedd, o leiaf, o flaen ei meistr. Ni soniai Marged o gwbl am ei hoedran ac eithrio pan fyddai Enoc Huws yn amau cywirdeb ei barn. Ar adegau felly dywedai:

'Mistar, rydw i'n hŷn na chi, a fi ddylai wybod ore.'

Ni bu Marged erioed yn briod – nid am na chafodd gynigion gwerthfawr lawer gwaith, *meddai hi*, ond am fod yn well ganddi fywyd sengl. Ond tybiai ei meistr, Enoc Huws, ei fod yn gwybod am reswm arall am sefyllfa ddibriod Marged. Roedd un olwg ar wyneb Marged yn ddigon i argyhoeddi pob dyn rhesymol na chusanwyd mohoni erioed. Ac nid ei hwyneb oedd yr unig reswm tybiedig am ei sefyllfa ddibriod. Roedd yn fer a llydan, ac yn gwneud i un feddwl bod Marged, ar un adeg, wedi gorfod cario pwysau anferth ar ei phen, nes iddi suddo cryn lawer iddi hi ei hun, a byrhau ei gwddf a'i choesau, a lledu ei hysgwyddau, ei gwasg, a'i chluniau.

Yn ei ffordd ei hun roedd Marged yn ddiguro. Byddai'n well ganddi dorri ei bys nag i rywun awgrymu bod unrhyw aflerwch yn y tŷ. Roedd pob peth oedd dan ei gofal yn hynod o lân, a phetai rhywun yn awgrymu yn wahanol byddai'n drosedd anfaddeuol yn erbyn Marged. Yn ystod yr wythnosau cyntaf y bu hi yn ei wasanaeth ni allai Enoc wneud na phen na chynffon ohoni. Os cwynai ef am rywbeth, âi Marged i'w mwgwd, ac ni siaradai ag ef am ddyddiau. Fel cais olaf cyn ei throi ymaith, meddyliodd Enoc am ei chanmol, i edrych pa effaith y byddai hynny'n ei gael. Un diwrnod, pan oedd Marged wedi paratoi iddo ginio na allai un Cristion ei fwyta, ebe ef:

'Marged, mae'n biti o beth fod fy stumog mor ddrwg heddiw, achos rydych wedi gneud cinio *splendid* – fase dim posib iddo fod yn well.

---

hŷn: *older*	tybiedig: *supposed*
ac eithrio: *except*	gwasg: *waist*
yn amau: *doubting*	cluniau: *hips*
cywirdeb ei barn: *the correctness of her opinion*	yn ddiguro: *unbeatable*
Ar adegau felly: *On such occasions*	aflerwch: *untidiness*
tybiai ei meistr: *her master supposed* (tybio)	trosedd anfaddeuol: *unforgivable offence*
sefyllfa: *situation*	gwneud . . . chynffon: *make head or tail*
un olwg: *one look*	âi M. i'w mwgwd: *M. would go into her shell*
argyhoeddi: *convince*	cais olaf: *final attempt*
na chusanwyd mohoni: *that she was never kissed*	ei chanmol: *praise her*

36

Taswn i'n gwybod y basech chi'n gneud cinio mor dda mi faswn wedi gwadd rhywun yma, ond mae gen i ofn y bydd rhaid i mi fynd at y doctor i gael rhywbeth at fy stumog.'

Ni bu rhaid i Enoc byth wedi hynny gwyno rhyw lawer yn erbyn y bwyd. Ac felly gyda phob rhan o wasanaeth Marged: pan fyddai'n ddiffygiol nid oedd eisiau ond ei ganmol, a byddai yn lled agos i fod yn iawn y tro nesaf. Roedd canmoliaeth ei meistr wedi peri i Marged ffurfio syniad uwch o lawer am ei rhinweddau nag a oedd ganddi hi cyn hynny, a gwneud iddi hi reoli a rhoi ei bys ym mhob brywes o'i eiddo, ac eithrio'r siop.

Y siop oedd yr unig ran o ymerodraeth Enoc Huws nad oedd Marged wedi ei goresgyn. Mor llwyr yr oedd hi'n rheoli ei dŷ, fel yr ofnai Enoc, ar adegau, gael mis o notis ganddi – iddo ef fynd ymaith. Ond pa help oedd ganddo? Roedd cadw Marged mewn hwyl a thymer dda yn cymryd cymaint o'i feddwl, bron, â'i holl orchwylion eraill gyda'i gilydd.

Yr adeg hapusaf ar Enoc oedd pan fyddai'n berffaith sicr fod Marged yn cysgu. Roedd ganddo ystafell fechan ynglŷn â'r siop wedi ei throi'n fath o offis, a'i llenwi â chistiau a phethau eraill fel nad oedd ynddi le ond i un gadair. Yno yr âi Enoc ar ôl swper, er mwyn cael llonydd. Os âi i'r parlwr deuai Marged i gadw cwmpeini iddo, ac mewn cadair esmwyth syrthiai i gysgu mewn dau funud, a chwyrnai fel mochyn tew hyd adeg mynd i'r gwely. Tra byddai Enoc yn yr offis byddai Marged wrth y tân yn y gegin yn chwyrnu am ddwy, ac weithiau dair awr, oherwydd fyddai hi byth yn mynd i'r gwely'n gyntaf am na allai hi 'drystio' ei meistr i gloi'r drysau. Mewn gwirionedd, yr oedd sefyllfa Enoc yn un druenus iawn, ac arswydai rhag i neb wybod gymaint oedd awdurdod Marged arno. Oherwydd hynny, ychydig o gyfeillion y byddai ef yn eu gwahodd i'r tŷ.

Y noson hon yr oedd Enoc wedi mynd i'r offis ar ôl swper. Roedd wedi bod yn brysurach nag arfer, a theimlai'n hynod flinedig. Roedd yn rhy ddifater i ymolchi a newid.

---

gwadd: *invite*	rheoli: *to rule*
yn ddiffygiol: *faulty*	â'i holl orchwylion eraill: *as all his other duties*
yn lled agos: *quite near*	adeg: *time*
canmoliaeth: *praise*	ynglŷn â: *linked to*
peri: *to cause*	âi E: *E would go* (mynd)
syniad uwch o lawer: *far higher regard*	sefyllfa: *situation*
rhinweddau: *virtues*	truenus: *pitiful*
rhoi . . . brywes: *put her finger in every pie*	arswydai: *he would dread*
o'i eiddo: *that he owned*	gymaint: *so much*
ymerodraeth: *empire*	awdurdod: *authority*
wedi ei goresgyn: *had over-run*	gwahodd: *to invite*
Mor llwyr: *So totally*	difater: *indifferent*

Eisteddodd o flaen y tân i synfyfyrio ar ei sefyllfa. Tynnodd ei esgidiau a gwisgodd ei slipars. Roedd yn rhy ddiysbryd i ddarllen, er bod y papur newydd yn ei boced. Wedi eistedd yn llonydd am ryw bum munud, ymddangosai'n fwy cynhyrfus nag arfer. Cododd ar ei draed, estynnodd ei bibell, gan ei llenwi'n dynn, a mygodd yn galed. Yna poerodd yn *sarcastic* i lygad y tân. Poerodd eilwaith, fel petai'n gwneud rhyw benderfyniad cadarn yn ei feddwl. Ond ar unwaith, fel petai'n cofio pwy ydoedd, cododd Enoc yn wyliadwrus – agorodd y drws yn ddistaw, gan wrando a oedd Marged yn cysgu. Wedi ei sicrhau ei bod, gwenodd, a chaeodd y drws yn esmwyth, ac, wrth ail eistedd, ebe ef wrtho'i hun:

'*All right*, Jezebel! Ond mae byw fel hyn yn *humbug* perffaith. Dyma fi wedi bod wrthi fel *black* drwy'r dydd, ac i beth? Mae pob gwas sy gen i'n fwy hapus na fi. Diolch na wyr neb sut fyd sydd arna i. Petai pobl yn digwydd dŵad i wybod, fedrwn i byth ddangos f'wyneb – mi awn i'r America! A pham mae rhaid i bethau fod fel hyn? Dydw i ddim yn dlawd – rydw i'n gneud yn well nag ambell un. Onid ffŵl o'r sort gwaetha ydw i yn adeiladu cestyll yn yr awyr ynghylch Miss Trefor? Tasai gen i dipyn mwy o wroldeb ac wynebgledwch – ond waeth tewi – does gen i yr un o'r ddau. Ond sut mae Enoc wedi gneud? Caru yn ei ddychymyg. Er ein bod yn mynd i'r un capel, ac yn 'nabod ein gilydd ers blynyddoedd, prin y mae hi'n edrach arna i. Mae'n siŵr ei bod – er nad oes dim sôn am hynny – yn edrach am rywun llawer uwch na *grocer* yn ŵr. Mae pawb yn gwybod ei bod yn brydferth, a bod hyd yn oed ei balchder yn gweddu iddi hi. Piti na faswn i'n ŵr bonheddig! Mae'i thad, fe ddywedir, yn gyfoethog, ac yn meddwl llawer ohoni. Digon naturiol. Felly rydw inne. Capten Trefor, faint o bris rydych chi'n ei roi ar Miss Susi? Felly. Enoc Huws ydi'r *highest bidder*.

'Ond be fyddai'r canlyniad? Yn y lle cyntaf, fe fyddai rhaid troi Marged i ffwrdd, a byddai rhaid cael dau blismon at hynny. Yn y lle nesa, ail-ddodrefnu'r tŷ os nad cael darn newydd ato. Yn nesa at hynny, fe âi'r tipyn arian sy gen i, a holl broffit y busnes, i gadw *style!* Am ba hyd y medrwn i ddal? Am flwyddyn, hwyrach. Ond, ie, dyna ffaith sobr i'w

---

synfyfyrio: *to meditate*
ymddangosai: *he appeared*
cynhyrfus: *excited*
poerodd: *he spat*
yn wyliadwrus: *carefully*
Wedi ei sicrhau: *Having been assured*
na wyr neb: *that no one knows*
gwroldeb: *courage*
ond waeth tewi: *but one might as well shut up*

dychymyg: *imagination*
prin y mae hi: *she's hardly*
llawer uwch: *much higher (standing)*
balchder: *pride*
yn gweddu iddi hi: *suits her*
fe ddywedir: *it is said*
ail-ddodrefnu: *refurbish*
Am ba hyd: *For how long*
ffaith sobr: *sober fact*

deud – pe byddai hynny'n bosibl, fe gâi pob ffyrling fynd am fyw gyda hi a'i galw yn Mrs Huws ddim ond am flwyddyn, ac os bu ffŵl erioed, Enoc Huws ydi hwnnw!

'Ond aros di, Enoc, chei di ddim bod yn ffŵl ddim yn hwy – mi rown ni ben ar y meddyliau gwag yna ar ôl heno. Fe a' i i feddwl am rywun arall mwy tebyg ac addas i wneud gwraig i siopwr – rhywun na wnaiff ddim creu *revolution*, ac na fydd ganddi gywilydd mynd y tu ôl i'r *counter*, a rhywun a fydd yn ymgeledd ac yn gysur i mi . . . Ond rwyt ti wedi *deud* fel yna lawer gwaith o'r blaen; do; ac rydw i am *neud* ar ôl heno, deued a ddelo!

'Holô! Pwy sydd yna rŵan? Ydi'r siop ddim wedi bod yn agored trwy'r dydd, tybed? Ond mae'n rhaid i ryw bobol gael blino dyn ar ôl adeg cau. A'r un rhai bob amser . . .'

---

fe gâi . . . fynd: *every farthing would be allowed to go*
yn hwy: *longer*
pen: *stop*
Fe a i: *I'll go*

mwy tebyg: *more likely*
addas: *suitable*
cywilydd: *shame*
ymgeledd: *succour*
deued a ddelo: *come what may*

11: O BOPTU'R GWRYCH

Rhoes y curo ar y drws ben ar ymson Enoc. Clywid Marged yn llusgo ei hun ar hyd y lobi, gan rwgnach. Gwrandawai Enoc yn astud a chlywodd hi'n dweud:

'Dowch i mewn,' ac yn syth agorodd Marged ddrws yr offis, yn ôl ei harfer, heb guro. 'Dowch i mewn 'y ngeneth i. Mistar – O'r annwyl dirion! Rydych chi wedi bod yn smocio. Rydych chi'n siŵr o'ch lladd eich hun ryw ddiwrnod! Dyma lythyr oddi wrth Capten Trefor, ac mae'r eneth yma isio ateb.'

Roedd yn dda fod haen o flawd ar wyneb Enoc, oherwydd oni bai am hynny byddai Marged a'r eneth wedi sylwi ei fod wedi gwelwi y foment y crybwyllwyd enw Capten Trefor. Gyda dwylo crynedig agorodd Enoc y llythyr, a darllenodd ef.

> TŶ'N YR ARDD
>
> ANNWYL SYR, – Os nad ydy yn ormod o'r nos, ac os nad ydych yn rhy flinedig ar ôl eich amrywiol orchwylion, ac os nad oes gennych gwmni na ellwch yn gyfleus eu gadael, teimlwn yn dra rhwymedig i chwi pe cerddech cyn belled ag yma, gan fod arnaf eisiau ymddiddan â chwi ar fater pwysig i chwi ac i minnau. Disgwyliaf air gyda'r gennad.
>
> Yr eiddoch yn gywir,
>
> RICHARD TREFOR.

Gyda chryn anhawster y gallodd Enoc ysgrifennu gair i'w anfon gyda'r eneth i ddweud y deuai i Dŷ'n yr Ardd ymhen hanner awr. Nododd 'hanner awr' er mwyn cael amser i ymolchi a gwisgo. Gofynnodd Enoc i Marged am gannwyll.

'Be sy gan y Capten isio gynnoch chi, Mistar?' gofynnodd Marged gyda'i hyfdra arferol.

'Busnes,' ebe Enoc yn frysiog, gair a arferai gyda Marged. Ond nid oedd ei effeithiau, y tro hwn, lawn mor foddhaol, ac ebe hi:

O Boptu'r Gwrych: *Both sides of the hedge*
Rhoes . . . E: *The knocking on the door brought E's monologue to an end*
Clywid M: *M was to be heard*
gan rwgnach: *complaining*
yn astud: *carefully*
haen: *layer*
wedi gwelwi: *had become pale*
y crybwyllwyd enw CT: *that CT's name was mentioned*

amrywiol orchwylion: *various duties*
yn dra rhwymedig: *very indebted*
pe cerddech: *if you were to walk*
y gennad: *the messenger*
y deuai: *that he'd come*
hyfdra: *boldness*
a arferai: *that he'd use*
mor foddhaol: *so satisfactory*

'Busnes, yr adeg yma o'r nos? Pa fusnes sy gynnoch chi i'w 'neud rŵan?'

'Mae'r *Fly Wheel Company* wedi mynd allan o'i *latitude,* ac mae rhywbeth y mater efo'r *bramoke,*' ebe Enoc yn sobr.

Nid oedd gan Marged, wrth gwrs, ddim i'w ddweud yn erbyn hyn, ac aeth i nôl y gannwyll ar unwaith. Ond roedd meddwl Enoc yn gynhyrfus iawn, a'i galon yn curo'n gyflym. Wedi iddo ymolchi, gorchwyl mawr oedd gwisgo ei ddillad gorau, a phan geisiodd roi coler lân am ei wddf tybiodd na allai byth ddod i ben, gan mor dost y crynai ei ddwylo. Llwyddodd o'r diwedd, ond nid cyn bod y chwys yn berwi allan fel pys o'i dalcen. Prysurodd i lawr y grisiau, ac er ei syndod y peth cyntaf a welai oedd Marged gyda nodyn Capten Trefor yn ei llaw yn ceisio ei ddarllen, er na fedrai hi lythyren ar lyfr.

'Mi faswn inne'n licio bod yn sgolor, Mistar, gael i mi ddallt busnes,' ebe Marged, wrth roi'r nodyn ar y bwrdd a gadael yr ystafell.

Cyn cychwyn allan darllenodd Enoc lythyr Capten Trefor eilwaith, a phan ddaeth at y geiriau nad oedd wedi sylwi'n fanwl arnynt o'r blaen:

'Mae arnaf eisiau ymddiddan â chwi ar fater pwysig i chwi ac i minnau,' gwridodd. Beth allai fod ystyr y geiriau hyn? A oedd yn bosibl fod ei feddyliau am Miss Trefor, trwy ryw ffordd, wedi dod yn hysbys i'r Capten? A oedd rhywun wedi darllen ei du mewn ac wedi hysbysu'r Capten o hynny? Roedd y Capten ei hun yn ŵr craff iawn ac, efallai, yn dipyn o *thought reader.* A oedd ef ei hun wedi bod yn siarad yn ei gwsg, a Marged wedi ei glywed, a hithau wedi bod yn clebar? A chant a mwy o gwestiynau ffolach na'i gilydd a ofynnodd Enoc iddo'i hun.

Edifarhaodd yn ei galon addo mynd i Dŷ'n yr Ardd. Meddyliodd am lunio esgus dros dorri ei addewid, ac anfon nodyn gyda Marged. Ond cofiodd yn y funud na allai hi wisgo'i hesgidiau oherwydd bod ei thraed yn chwyddo tua'r nos. Roedd yr hanner awr ar ben, ac roedd rhaid iddo fynd neu beidio. Edrychodd yn y drych a sylwodd fod ei wyneb yn edrych yn gul a llwyd. Rhwbiodd ei fochau, a chrynhodd hynny o wroldeb a oedd ganddo, a chychwynnodd. Gobeithiai, pa beth bynnag arall a ddigwyddai, na welai Miss Trefor mono y noson honno. Teimlai mai dyna'r ymdrech fwyaf a wnaethai erioed, a bod ei hapusrwydd yn y dyfodol yn dibynnu'n hollol ar yr ymweliad hwn. Pan gurodd ddrws

---

yn gynhyrfus: *excited*
gorchwyl: *task*
dod i ben: *to cope*
gwridodd: *he blushed*
yn hysbys: *known*
craff: *astute*

Edifarhaodd: *He regretted*
addo: *to promise*
llunio esgus: *to form an excuse*
crynhodd: *he gathered*
hynny o . . . oedd ganddo: *all his courage*

41

Tŷ'n yr Ardd teimlodd ei goesau'n ymollwng dano, a bu rhaid iddo bwyso ar y mur rhag syrthio.

Arweiniwyd ef i'r *smoke room*, ac nid annymunol gan Enoc oedd gweld nad oedd neb yno ond y Capten a Mr Denman. Roedd Mr Denman wedi cael ei ddwyn yno, meddyliai Enoc, fel tyst, a theimlai fod y mater wedi cymryd gwedd bwysig ym meddwl y Capten.

'Rydw i'n gobeithio, Mr Huws,' ebe'r Capten, 'eich bod yn iach, er, mae'n rhaid i mi ddweud fy mod wedi'ch gweld yn edrych yn well. Gweithio'n rhy galed rydych chi, mi wn. Rydych chi, y bobl yma sy'n gwneud yn dda, mae arnaf ofn, yn gosod gormod ar yr hen gorffyn. Mae'n rhaid i'r corff gael gorffwys. Rhaid edrych, fel y byddant yn dweud, ar ôl *number one*. Mae'ch busnes yn fawr, mi wn, ac mae'n rhaid i rywun edrych ar ei ôl. Ond byddwch yn ofalus, Mr Huws. Mi fyddaf bob amser yn dweud nad gwneud arian ydyw popeth yn yr hen fyd yma. ('Mae arno isio gwbod faint ydw i werth,' ebe Enoc wrtho'i hun.) Mae eisiau i ni gymryd gofal o'r corffyn, fel y dywedais, a pheidio â syrthio i fedd anamserol. Rwyf yn meddwl, Mr Huws – maddeuwch fy hyfdra – mai dyna ydyw eich perygl chi.'

'Rydw i – rydw i – wedi prysuro – tipyn – achos doedd arna i ddim – iso'ch – cadw chi, Capten Trefor – yn aros amdanaf. Yn wir – rwyf – wedi colli 'ngwynt – allan o bwff,' ebe Enoc gydag anhawster.

'Fe fuoch yn ffôl, Mr Huws,' ebe'r Capten, 'achos dydy hanner awr ddim yma nac acw yr adeg yma o'r nos. Nid oedd eisiau ichi brysuro o gwbl; yn wir, y fi ddylai fod wedi dod atoch chi, Mr Huws. Mae'r mater, Mr Huws,' ychwanegodd y Capten, 'y mae arnaf eisiau ymddiddan difrifol â chi yn ei gylch yn agos iawn at fy nghalon i, fel y gŵyr Mr Denman. Mewn ffordd o siarad, dyma f'unig blentyn. Mae Mr Denman, fel y gwyddoch chi, Mr Huws, yn dad i blant, a rhaid iddo ef, fel finnau, gymryd y dyfodol a chysur ei deulu i ystyriaeth, ac mae ef o'r un meddwl â mi yn hollol ar y pwnc yma. Dydi'r mater, Mr Huws, ddim yn beth newydd i *mi* – nid rhywbeth er doe neu echdoe ydyw. ('Digon gwir,' meddyliai Enoc, ' ond sut yn y byd y daeth o i wybod?') Na, rwyf wedi colli llawer noson o gysgu o'i herwydd. ('Mi liciwn i petai o'n dŵad at y pwynt, a darfod â fo,' meddai Enoc.) Ond dydy'r mater ddim yn beth

---

ymollwng: *giving way*
nid annymunol: *not unpleasant*
wedi cael ei ddwyn: *had been brought*
tyst: *witness*
gwedd: *aspect*
bedd anamserol: *untimely grave*
maddeuwch: *forgive*

fy hyfdra: *my boldness*
yn ei gylch: *about*
fel . . . Mr D: *as Mr D knows*
cysur: *comfort*
i ystyriaeth: *into consideration*
a darfod â fo: *and finish with it*

newydd i mi, a Mr Denman ydyw'r unig un y soniais i air wrtho amdano, onid e, Mr Denman?'

'Ie,' ebe Mr Denman, 'ac roeddwn yn meddwl mai gwell oedd iddo eich gweld, Mr Huws, ar y mater, nag ysgrifennu llythyr atoch.'

'Yn hollol felly,' ebe'r Capten. 'Roeddem ein dau yn cytuno mai gwell oedd i ni ddod i wynebau'n gilydd er mwyn cael dealltwriaeth briodol ar y pwnc. Hwyrach, Mr Huws, yn wir, os byddwch yn cytuno â'm cais – gael rhywun arall i mewn, megis Mr Lloyd, y twrne. ('*Marriage Settlement* mae o'n ei feddwl,' ebe Enoc yn ei frest, a churai ei galon yn gyflymach.) Rwyf, gyda thipyn o gyfrwystra, Mr Huws,' ychwanegodd y Capten 'wedi sicrhau'r *virgin ground*, fel y dywedir. ('Diolch! os ydi hi'n fodlon, ond rydw i *just* â ffeintio,' ebe Enoc, wrtho'i hun.) Ond y cwestiwn ydyw a fyddwch chi, Mr Huws, yn fodlon ymgymryd â'r anturiaeth?'

Roedd Enoc ar fin dweud y byddai'n fodlon, pan ychwanegodd y Capten, 'Mae arna i ofn, Mr Huws, nad ydych yn teimlo'n iach. Dowch ymlaen yma, syr, a gorweddwch ar y soffa am funud – rydych wedi gwneud gormod. Gorweddwch, Mr Huws, mi geisiaf rywbeth i'ch gwella.'

Teimlai Enoc ei hun yn hollol ddiymadferth, ac ufuddhaodd. Teimlai'n sicr ei fod yn llesmeirio. Agorodd y Capten ddrws yr ystafell a gwaeddodd yn uchel:

'Susi, dowch â thipyn o frandi yma ar unwaith.'

'Na, na,' ebe Enoc, 'mi fydda i'n iawn cyn bo hir.'

'Mae'n rhaid i chi, Mr Huws, gymryd rhywbeth – rydych chi wedi gwneud gormod,' ebe'r Capten.

Gan feddwl mai ar ei thad yr oedd angen y brandi, daeth Susi yn frysiog i'r ystafell gyda'r *quantum* arferol, oedd, a dweud y lleiaf, yn 'stiff'. Synnodd Susi yn fawr pan welodd Enoc Huws ar y soffa, a'i wyneb cyn wynned â'r galchen, a chynhyrfwyd ei chalon, oherwydd roedd gan hyd yn oed Miss Trefor galon, ac ebe hi yn dyner:

'O, Mr Huws bach! Rydych chi'n sâl. O! Mae'n ddrwg gen i – ydi'n wir! Cymerwch hwn, Mr Huws bach, dowch,' a rhoddodd ei braich am ei wddf i'w gynorthwyo i godi ei ben.

Sut y gallai ef wrthod? Crynai ei law gymaint fel na allai ddal y gwydryn yn wastad, a chymerodd Susi y llestr yn ei llaw ei hun, gan ei osod wrth ei enau. Mor boeth oedd y gwirod, ac Enoc yntau heb erioed o'r blaen brofi'r fath beth, fel y neidiodd y dagrau i'w lygaid wrth iddo ei lyncu.

'Peidiwch â chrio, Mr Huws bach, mi ddowch yn well, toc; dowch, cymerwch o i gyd,' ebe Susi yn garedig.

A'i gymryd a wnaeth; ni allai ei wrthod o'r llaw wen, dyner honno.

'Gorweddwch rŵan, Mr Huws bach, ac mi ddowch yn well yn y munud,' ebe Miss Trefor.

'Diolch,' ebe Enoc yn floesg. Yn y man, teimlai ei hun yn hapus dros ben. Ymhen ychydig funudau, teimlai yn awyddus i roi cân, a hanner-ddisgwyliai i rywun ofyn iddo ganu. Gan nad oedd neb yn gofyn iddo ganu, ni thybiai yn weddus gynnig canu. Wedi hir-ddisgwyl, daeth drosto deimlad o syrthni, ond ofnai gau ei lygaid rhag iddo gysgu, oherwydd cofiai ei fod yn chwyrnwr, ac nid oedd am fil o bunnau eisiau i Susi wybod ei fod yn chwyrnu. Tybiai, bryd arall, mai breuddwydio ydoedd. Ond ni allai fod yn breuddwydio, oherwydd yr oedd yn sicr fod Susi, Capten Trefor a Mr Denman yn edrych arno. Weithiau yr oeddent yn ymddangos yn bell iawn oddi wrtho, ac yn fychain iawn; bryd arall, yn ei ymyl – yn boenus o agos – yn enwedig y Capten a Mr Denman. Teimlai'n awyddus i siarad â Susi, a dweud ei holl feddwl wrthi, a gwyddai y gallai wneud hynny yn hollol ddiofn a hyderus, oni bai ei fod yn gweld ei thad a Mr Denman o flaen ei lygaid. Am ba hyd y bu yn y cyflwr hwn doedd dim syniad ganddo. Gwylid ef yn fanwl gan y Capten, Susi a Mr Denman, a phan welsant arwyddion ei fod yn dod ato'i hun, ebe'r Capten:

'Sut ydych chi'n teimlo erbyn hyn, Mr Huws?'

'Yn iawn,' ebe Enoc.

'Mi wyddwn,' ebe'r Capten, 'y byddai dropyn yn gwneud daioni i chi; a chan ei fod wedi gwneud daioni i Mr Huws pam, Susi, na wnaiff o ddaioni i minnau? Wedi i chi ei estyn i mi, fe allwch chi, Susi, fynd, er mwyn i ni gael gorffen y busnes, hynny yw, os yw Mr Huws yn teimlo yn barod i fynd ymlaen.'

---

llestr: *glass*
gwirod: *liquor*
yn floesg: *indistinct*
yn awyddus: *eager*
yn weddus: *proper*
syrthni: *sleepiness*

yn ymddangos: *appearing*
Gwylid ef yn fanwl: *He was watched carefully*
arwyddion: *signs*
yn dod ato'i hun: *recovering*
daioni: *good*

'Certainly,' ebe Enoc yn fywiog, 'rydw i'n barod i entro i unrhyw *arrangement* rhesymol; ac rydw i'n addo i chi, Capten Trefor, pan ddown i berthynas agosach, os byth y down, na chewch chi y drafferth a gawsoch gyda fi heno. Fûm i erioed yn teimlo yr un fath o'r blaen. Yn gyffredin, rydw i'n ddyn lled gryf, ac yn gweithio cyn galeted â neb, ond fedrwn i rywfodd mo'i ———-'

'Dyna ydyw eich bai, Mr Huws,' ebe'r Capten, cyn i Enoc gael gorffen y frawddeg – 'gweithio yn *rhy* galed rydych chi, a dyna pam y dylai gŵr fel chi – (*thank you*, Susi, gellwch chi fynd rŵan) – ie, dyna pam y dylai gŵr fel chi gael rhywun i gymryd rhan o'ch baich a'ch gofal, ac i edrych ar ôl eich cysuron. Dyma ydyw eich angen mawr, Mr Huws. Yntê, Mr Denman?'

'Chlywais i neb yn gosod y peth yn fwy teidi,' ebe Mr Denman, er ei fod yn meddwl ers meitin am y derbyniad a gâi gan Mrs Denman pan âi adref.

'Rwyf yn mawr hyderu y bydd Mr Huws ei hun yn brofiadol o'r peth o fewn ychydig o fisoedd. ('Waeth gen i pa mor fuan,' ebe Enoc wrtho'i hun.) Ond mae'n bryd i mi ddod at y pwnc,' ychwanegodd y Capten.

'Ydi,' ebe Enoc, 'ac rydw i'n berffaith barod, a gore po gynta y down ni i *understanding* efo'n gilydd.'

'Wel,' ebe'r Capten, 'dyma ydyw'r pwnc, Mr Huws (daliai Enoc ei anadl). Rydych chi'n gwybod – does dim neb yn gwybod yn well – ac eithrio Mr Denman, a mi fy hunan, hwyrach – fod Pwll y Gwynt wedi, ac yn bod, yn brif gynhaliaeth y gymdogaeth. Ac efallai . . .'

---

os byth y down: *if we shall ever come*	derbyniad: *reception*
na chewch chi: *that you won't get*	a gâi: *that he'd have*
y drafferth: *the trouble*	pan âi: *when he'd go*
lled gryf: *quite strong*	yn mawr hyderu: *greatly hope*
cyn galeted â neb: *as hard as anyone*	gore po gynta: *sooner the better*
baich: *burden*	y down ni: *that we'll come*
cysuron: *comforts*	prif gynhaliaeth: *main provider*
angen: *need*	y gymdogaeth: *the neighbourhood*

12: DECHRAU DEALL Y SEFYLLFA

'Hwyrach,' ychwanegodd y Capten, 'na byddwn ymhell o'm lle petawn yn dweud mai Pwll y Gwynt ydyw asgwrn cefn y gymdogaeth hon mewn ystyr fasnachol, ac rydych chi, ymysg eraill, wedi manteisio nid ychydig oddi wrth y Gwaith. Ond fyddai hi ddim yn rhyfedd gennyf petai'r Saeson yma – ac rydych chi'n gwybod, Mr Huws, mai'r Saeson ydyw'r cwbl o'r cwmpeini, ac eithrio Mr Denman a mi fy hunan – fyddai ddim yn rhyfedd gennyf petai'r Saeson yna yn rhoi'r Gwaith i fyny cyn pen y mis. Er byddai hynny yn un o'r pethau ffolaf ar wyneb daear, ac yn groes i'm meddwl i – nid yn unig am y dygai hynny deuluoedd lawer i dlodi, ac y teimlai'r gymdogaeth oddi wrtho yn dost, ond am y byddai'n sarhad ar fy ngharitor i yn bersonol, oherwydd fy mod ar hyd y blynyddoedd, fel y gwyddoch chi, yn dal i ddweud, bod ym Mhwll y Gwynt blwm, a phlwm mawr, petaen nhw'n cymryd y ffordd iawn i fynd ato. ('Beth sydd â wnelo hyn gyda Susi a minnau?' gofynnodd Enoc iddo ef ei hun.) Nid oes amser heno, Mr Huws, i fynd i mewn i fanylion. Ond y tebyg ydyw y bydd diwedd buan ar Bwll y Gwynt – hwyrach ymhen y mis, neu ymhen y flwyddyn.

'Y pwnc ydyw hwn: does dim yn well na bod yn barod ar gyfer y gwaethaf. (Roedd Enoc yn dechrau canfod i ba gyfeiriad roedd y gwynt yn chwythu, ac roedd wedi oeri gryn dipyn.) Rhag ofn mai'r gwaethaf a ddaw rydw i wedi sicrhau – nid er fy mwyn fy hun – gydag ychydig gynhorthwy, agor Gwaith newydd – nid ar yr un *scale*, mae'n wir, â Phwll y Gwynt – ond gydag ychydig gannoedd o bunnau o gost, a ddôi i dalu amdano ei hun mewn amser byr, ac yn y man, a roddai foddion cynhaliaeth i rai ugeiniau o weithwyr, a gwell na'r cwbl, yn fy ngolwg i, Gwaith na byddai gan Saeson na phobl Llundain ddim i'w ddweud wrtho, a lle gallwn gael fy ffordd fy hun.

'Yn awr, Mr Huws, fe benderfynodd Mr Denman a minnau roi'r cynnig cyntaf i chi. Os gallwn wneud lles i rywrai roeddem yn ystyried y dylem roi'r cynnig cyntaf i'n pobl ni ein hunain. Beth meddwch chi, Mr Huws? Ydych chi'n barod – oherwydd fe wn fod y moddion gennych –

---

sefyllfa: *situation*

yn groes: *contrary*

y dygai hynny: *that would bring* (dwyn)

tlodi: *poverty*

cymdogaeth: *neighbourhood*

plwm: *lead*

Beth . . . hyn: *What has this to do with*

cynhorthwy: *assistance*

a ddôi: *which would come*

moddion cynhaliaeth: *means of subsistence*

cynnig: *offer*

lles: *good*

ystyried: *consider*

moddion: *means*

ydych chi'n barod er eich mwyn eich hun – er mwyn y gymdogaeth – ac yn bennaf oll er mwyn achos crefydd – i ymuno â Mr Denman a minnau i gymryd *shares* yn y Gwaith newydd? Rydych chi – os nad ydw i'n eich camdeall – eisoes wedi datgan eich parodrwydd. Ond peidiwch ag addo'n rhy fyrbwyll – cymerwch noson i gysgu dros y mater.' Tra oedd y Capten yn siarad yr oedd Enoc Huws mewn tipyn o benbleth. Teimlai Enoc yn sicr ei fod wedi dweud rhywbeth am fod yn 'barod i entro i *arrangement* â chynigion y Capten' cyn gwybod beth oeddent, a phan ddeallodd ei fod ef a'r Capten yn meddwl am ddau beth hollol wahanol, teimlai anhawster mawr i'w esbonio ei hun a dod allan o'r dryswch. Roedd gwahaniaeth enfawr, meddyliai Enoc, rhwng cymryd *shares* mewn gwaith mwyn, a chymryd merch y Capten yn wraig. A theimlai yn enbyd o ddig wrtho'i hun am nad oedd wedi deall rhediad sgwrs y Capten yn gynt. Byddai hynny wedi arbed iddo hanner llesmeirio, ac, yn sicr, fyddai o ddim wedi dweud ei fod yn barod 'i entro i unrhyw *arrangement* rhesymol,' nac wedi sôn am 'berthynas agosach', a phethau felly, petai wedi gwybod am beth y siaradai'r Capten.

'Roeddwn yn dyfalu o'r dechrau, Capten Trefor, mai Gwaith mwyn oedd gennych mewn golwg. Ac fel y dywedais, pan fydd pwnc o fusnes ar y bwrdd, rwyf bob amser yn barod i entro i unrhyw *arrangement* rhesymol – hynny ydyw, os bydd rhywbeth yn ymddangos yn rhesymol ac yn debyg o droi allan yn llwyddiannus. Hyd yn hyn, gyda busnes, dydw i ddim wedi gwneud lawer o gamgymeriadau, ac ni fûm erioed yn euog o roi naid i'r tywyllwch. Gall y 'fentar' rydych yn sôn amdani fod yn dywyll iawn i mi. Mae gwaith mwyn yn beth hollol ddieithr i mi. Mi gymeraf eich cyngor, Capten Trefor, mi gysgaf dros y mater, a chawn siarad am hyn eto. Mae'n ddrwg iawn gennyf glywed am sefyllfa Pwll y Gwynt, ac mae'n bwysig i mi, ac i eraill, fod rhywbeth yn cael ei ddarparu ar gyfer y gwaethaf, fel y dywedsoch.'

'Mae'n dda gennyf eich clywed yn siarad fel yna, Mr Huws,' ebe'r Capten. 'Mae'n well gennyf eich clywed yn deud y byddwch yn ystyried y mater na'ch clywed yn datgan eich parodrwydd i gymryd *shares* cyn deall beth oeddech yn ei wneud. Ond fe adawn y mater yn y fan yna heno.'

---

datgan: *express*
parodrwydd: *willingness*
addo: *to promise*
rhy fyrbwyll: *too rashly*
penbleth: *perplexity*
anhawster: *difficulty*

esbonio: *explain*
yn enbyd . . . hun: *very annoyed with himself*
hanner llesmeirio: *half fainting*
sefyllfa: *situation*
darparu: *prepare*
datgan: *express*

Ac felly y gwnaethpwyd, er i'r Capten lefaru cryn dipyn tra oedd Enoc yn rhoi ei het am ei ben ac yn paratoi i fynd ymaith. Galwodd y Capten ar Susi 'i ddangos Mr Huws allan', a phan ddaeth hi ysgydwodd y Capten ddwylo ag Enoc, a chiliodd yn ôl i orffen y busnes gyda Mr Denman.

Ac felly y gwnaethpwyd: *And that's what was done*   llefaru: *speak*

13: CARWR TRWSTAN

Roedd hi'n noson oer a niwlog, a phan agorodd Miss Trefor y drws i ollwng Enoc allan, teimlai Enoc yr awel fel petai'n cymryd croen ei wyneb ymaith.

'Cymerwch ofal rhag cael annwyd, Mr Huws, a rydw i'n gobeithio eich bod, erbyn hyn, wedi dŵad atoch eich hun yn dda,' ebe Miss Trefor.

'Cystal ag y bûm erioed,' ebe Enoc. 'Mi wn, o hyn allan, lle i chwilio am ddoctor os digwydd i mi fynd yn sâl. Wn i ddim be ddaeth drosto i – hwyrach mai brysio gormod ddaru mi. Cymerwch chithe ofal, Miss Trefor, a pheidiwch â dod allan i'r awyr oer – mi fedraf ffeindio'r *gate* yn iawn.'

'O,' ebe Miss Trefor, gan gerdded o flaen Enoc ar hyd llwybr yr ardd – 'dydw i ddim yn *delicate*.'

Teimlodd Enoc y colyn, ac ebe fe yn gyflym:

'Dydw innau ddim chwaith, fel rheol, ond faddeuwn i byth i mi fy hun petaech chi'n dal annwyd, Miss Trefor, wrth ddod i agor y *gate* i mi.'

'Os ydw i heb yr un fonet, mae gen i ben caled, wyddoch, Mr Huws.'

'Gobeithio na ellir dweud yr un peth am eich calon, Miss Trefor,' ebe Enoc, gan geisio torri'r rhew.

'Fydd 'y nghalon i, Mr Huws, byth yn gwisgo bonet,' ebe Susi.

'Nid y fonet oedd yn fy meddwl i, Mis Trefor, ond y caledwch,' ebe Enoc.

'Mae hynny yn bur resymol, Mr Huws, achos mae'n haws dychmygu am gledwch yn y meddwl nag am fonet yn y meddwl,' ebe Susi.

'Un arw ydych chi, Miss Trefor,' ebe Enoc.

'*Thank you*, Mr Huws, "un arw" fyddwn ni, yn Sir Fflint, yn galw un fydd yn nodedig o hyll, tebyg i Marged, eich *housekeeper* chi,' ebe Susi.

'Digon gwir, Miss Trefor,' ebe Enoc, 'ond rydych chi'n gwybod bod i rai geiriau ddau ystyr, ac nid ystyr —'

'Dau ystyr, Mr Huws?' ebe Susi, cyn i Enoc gael gorffen y frawddeg – 'dywedwch fod i bob gair hanner dwsin o ystyron gennych chi, y dynion, achos dydych chi byth yn meddwl y peth fyddwch chi'n ei ddeud, nac yn deud y peth fyddwch chi'n ei feddwl.'

Cystal . . . erioed: *As well as I have ever been*
y colyn: *the sting*
faddeuwn i byth: *I wouldn't forgive*
caledwch: *hardness*

yn haws dychmygu: *easier to imagine*
Un arw: *a tough one*
nodedig o hyll: *particularly ugly*

'Mi ddywedaf hyn,' ebe Enoc, 'mai angel ydych chi, Miss Trefor.'

'Hy!' ebe Susi, 'angel syrthiedig, wrth gwrs, ydych chi'n ei feddwl, achos mae dau ystyr i'r gair. Wel, taswn i'n gwybod y basech chi, Mr Huws, mor gas wrtho i, chawsech chi ddim diferyn o frandi – a mi gawsech farw ar y soffa. Nos dawch, Mr Huws,' a rhedodd Susi i'r tŷ.

'Wel, yr hen jaden glyfar!' ebe Enoc wrtho'i hun, fel y cerddai yn brysur tua chartref, a'i syniadau am Miss Trefor yn uwch nag erioed. Ni feddyliodd am neb na dim ond amdani hi nes ei fod o fewn decllath i'w dŷ, pan groesodd Marged ei ddychymyg. Fel bachgen drwg wedi aros allan yn hwyr heb ganiatâd ei fam, teimlodd Enoc yn anghyffforddus wrth feddwl am wynebu Marged.

Nid oedd dwy awr o gysgu wrth y tân wedi lliniaru na phrydferthu dim ar Marged.

'Wel, mistar, lle buoch chi tan rŵan? Wn i ddim be wnaeth i mi feddwl am neud tân da, achos feddylies i erioed y basech chi allan dan berfedd nos fel hyn.'

'Rydych chi bob amser yn feddylgar iawn, Marged,' ebe Enoc. 'Yn wir, mae'n biti mawr, Marged, na fasech chi wedi priodi – mi fasech yn gwneud gwraig dda, ofalus.'

Edrychodd Marged yn foddhaus, ond byddai wedi bod yn well i Enoc dorri ei fys a dioddef ei thafod drwg na siarad fel y gwnaeth. Teimlai Enoc yn y dymer orau yr oedd wedi bod ynddi ers llawer blwyddyn. Yr oedd, o'r diwedd, wedi llwyddo i gael ei big i mewn yn Nhŷ'n yr Ardd, a chredai na byddai dim dieithrwch rhyngddo a Miss Trefor mwyach.

Roedd yn awyddus iawn i Marged fynd i'w gwely er mwyn iddo gael mwynhau ei feddyliau mewn unigrwydd, ac adeiladu castell newydd sbon. Ond nid oedd Marged landeg yn troi cymaint â chil ei llygaid at y grisiau. Yn hytrach, eisteddodd fymryn yn nes at ei meistr nag erioed o'r blaen, a dangosodd duedd ddigamsyniol i sgwrsio'n garuaidd. Ni allai Enoc ddeall y newid sydyn a dymunol oedd wedi dod dros ysbryd Marged. Meddyliodd fod ffawd yn dechrau gwenu arno, a bod dyddiau

---

chawsech chi ddim: *you wouldn't get*
diferyn: *drop*
mi gawsech farw: *you'd be allowed to die*
caniatâd: *permission*
lliniaru: *to soften*
prydferthu: *to beautify*
perfedd nos: *late at night*
yn foddhaus: *pleased*

cael ei big i mewn: *to get his beak in, to interfere*
mwyach: *ever again*
glandeg: *pretty*
cil ei llygaid: *the corner of her eyes*
mymryn yn nes: *a little nearer*
tuedd ddigamsyniol: *a definite tendency*
yn garuaidd: *lovingly*
ffawd: *fate*

dedwydd ato yn ei aros. Mor hapus fyddai ef petai e heb gwmni Marged, ond nid oedd hi'n gwneud osgo i fynd i glwydo. Cyn bo hir aeth Enoc i'w wely, er dywedodd Marged 'nad oedd hi ddim yn hwyr iawn, wedi'r cwbl'.

---

osgo: *movement*　　　　　　　　　　　　i fynd i glwydo: *to go to bed*

14: PEDAIR YSTAFELL WELY

YSTAFELL 1

'Na, dydi hi ddim mor *unapproachable* ag roeddwn i'n meddwl. Dydi o ddim ond rhyw ffordd sy ganddi. Yn wir, mae hi'n garedig – mi welais ddigon heno i brofi hynny. Ac mae hi'n glyfar hefyd – yn *sharp*. Wel, oni fûm i yn ffwlcyn! Tybed ddaru'r Capten ddallt mai am Miss Susi roeddwn i'n meddwl tra oedd o'n siarad am waith mwyn? Bu agos i mi ei henwi hi fwy nag unwaith. Y fath lwc na ddaru mi ddim! Y fath *joke* fase'r peth! Ond pwy fase'n dallt at be roedd o'n dreifio. Mae pob brawddeg ganddo cyd â blwyddyn, ac yn cymryd gwynt dyn yn lân.

'Mae un peth yn 'y mlino i'n sobor, – "Peidiwch â chrio, Mr Huws bach," medde hi. Crio! Dyn yn f'oed i'n crio! Am ei fod o'n sâl! Dyna ddaru hi feddwl, mi wn. Ond y felltith brandi hwnnw wnaeth i'r dagrau ddŵad i'm llygaid i! Roedd o cyn boethed â lwmp o dân uffern! A hithe'n meddwl mai rhyw fabi yn crio am ei fam oeddwn i. Rhaid i mi egluro iddi eto. Mi gymra fy llw ei bod hi'n edrach arna i fel rhyw lwbi-labi.

'Ond aros di, Enoc, rwyt ti rŵan ar delerau efo'r teulu i fynd yn ôl a blaen. Ond fe fydd rhaid i mi gymryd *shares* yn y fentar newydd, neu mi fyddaf yn yr un fan ag o'r blaen. Ac eto, pam yr af i daflu 'mhres i ffwrdd ar rywbeth na wn i ddim amdano? *Swindle* ydi'r rhan fwya o'r gweithfeydd yma. Ac eto, mae'r Capten yn dad i Susi, ac yn ddyn gonest ac anrhydeddus – am wn i. Bydd rhaid i mi gymryd rhyw ychydig o *shares*. Ond mi driaf fod yn wyliadwrus yn y dechre, nes gweld a fydd rhyw obaith i mi am Susi. Heb Susi – dim mentro; Susi – ac mi fentraf yn Jupiter!'

*   *   *

---

ffwlcyn: *fool*
ddaru'r C ddallt: *did the C understand*
Bu agos i mi: *I almost*
na ddaru mi ddim: *that I didn't*
at be . . . at: *what he was driving at*
cyd â: *as long as*
yn lân: *totally*
Dyna . . . feddwl: *That's what she thought*
y felltith frandi hwnna: *that cursed brandy*

cyn boethed â: *as hot as*
Mi gymra fy llw: *I swear*
yn ôl a blaen: *to and fro*
anrhydeddus: *honourable*
yn wyliadwrus: *watchful*

'Rydw i'n bump ar hugain oed, a dydi'r gŵr bonheddig ddim wedi dŵad eto! Ddaw o ddim bellach, neu mi fase wedi dŵad cyn hyn. Hwyrach eu bod nhw wedi dallt, o 'mlaen i, fod 'y nhad yn dlawd. Sobor! Pam na fase fo'n deud yn gynt, yn lle cadw Mam a minne yn y tywyllwch? A gadael i ni gario 'mlaen ar hyd y blynyddoedd! Be ddeudith pobol?

'Wel, fe gewch *chi* fynd i gadw rŵan – wisga i monoch *chi* eto, gan mai tlawd ydyn ni. *Humbug* ydi i *ymddangos*, heb ddim ond ymddangos. A dydw i ddim am wneud hynny, waeth gen i be ddeudith Mam. Os tlawd ydyn ni – tlawd y dylen ni ymddangos. Mae gen i flys lluchio'r *watch* aur yma allan drwy'r ffenest. Dim mwy ohonoch *chi*, *bracelets* a *gold brooch*! Dydych chi ddim yn gweddu i bobol dlawd. A dyma i chi gusan ffarwél! Gorweddwch yn eich *wadding* nes bydd rhaid eich gwerthu i gael bwyd! Y pethe bach tlws! Un cusan eto, a dyna'r caead dros eich wyneb! O! Rydw i, fel roedd 'nhad yn deud, wedi rhoi *airs* i mi fy hun. Ond dim rhagor. Rydw i am fod yn eneth gall – heb ddim *humbug*.

'Sut bydda i'n edrych, tybed, mewn ffrog gotwm? Mae 'ma un i fod yn rhywle. Mae hi dipyn allan o'r ffasiwn erbyn hyn, ond mi fedraf ei haltro. Lle mae hi? Welais i moni ers gwn i pryd. Lle mae hi? Feddyliais i erioed fod gen i gymaint o ddillad! Fi fydd y cwsmer gore a gafodd Mr Lefiticus, y *pawnbroker*, ers blynyddoedd! Ddaru mi ei rhoi hi i rywun? Na, dyma hi! Wyt ti'n 'nghofio i, yr hen ffrog? P'un ai fi sy'n dewach neu ai ti sy wedi rhedeg i fewn? On'd oes golwg sobr arna i? Ond na hidia, Susi, os ydi'r *glass* yna'n deud y gwir, dwyt ti ddim yn *perfect fright* eto!

'Yr *idea*! Ie, 'Nhad yn sôn am i mi gymryd *miner* cyffredin. Na, na, byth! Na, na. Be oedd Enoc yn ei feddwl wrth ddeud mai angel oeddwn i? Oedd o'n meddwl rhywbeth? Ond dda gen i mo'r sant – mae o'n rhy dduwiol – yn rhy lonydd. Tase fo'n hanner dyn, mi fase'n trio cael cusan gen i wrth y *gate*; ond tase fo'n gwneud hynny, mi faswn i'n rhoi *slap* iddo yn ei wyneb. Ond fe rois i ddos iawn iddo! Mi fu agos iddo dagu! Y babŵn! A finne'n deud – "Peidiwch â chrio, Mr Huws bach." Hwyrach

---

yn gynt: *sooner*
Be ddeudith pobol?: *What will people say?*
mynd i gadw: *put away* [*safely*]
ymddangos: *to appear*
waeth gen i: *I don't care*
blys: *desire*
lluchio: *to throw*
yn gweddu: *to suit*

call: *sensible*
cymaint o ddillad: *so many clothes*
On'd . . . arna i?: *Don't I look serious?*
na hidia: *don't worry*
duwiol: *godly*
dos: *dose*
Mi fu . . . dagu: *He almost choked*

'mod i'n ddrwg; ond mi fyddaf yn licio deud rhywbeth i flino hen lancie – rhywbeth. Ond mae Enoc yn well na *miner* cyffredin. Mae gynno fo bres, lot, maen nhw'n deud. Dyna un *good point*. Ond mae o mor hen ffash!

'Fy *idea* i wastad – os na phriodwn i er mwyn arian – oedd bod dros 'y mhen a 'nghlustie mewn cariad â rhywun, a 'nhaflu fy hun drwy'r ffenest i'w freichie am dri o'r gloch y bore, a rhedeg i ffwrdd i briodi hefo *special licence*! Does gen i ddim amynedd hefo rhai sy'n priodi'n sad yn y capel – mae'n gas gen i eu gweld nhw. Ac eto, hwyrach mai felly y bydd hi hefo finne. Efo *miner* cyffredin? Byth bythoedd!

'Be oedd 'Nhad isio, tybed, hefo Enoc Huws? Ei sugno fo i fewn, siŵr o fod, 'run fath â Hugh Bryan, druan, a Mr Denman!

*   *   *

YSTAFELL 3

'Ydych chi'n effro, Sarah?'

'Y?'

'Sarah, deffrowch, deffrowch. Rydw i eisie siarad â chi.'

'Be ydi hi o'r gloch, Richard?'

'We, mae hi tua hanner nos. Ydych chi'n effro, Sarah? Wel, mae gen i ofn 'y mod i wedi'ch synnu a'ch brifo heno, Sarah. Ond mae gymaint wedi bod ar 'y meddwl yn ddiweddar – mae'r *pressure* wedi bod mor fawr. Wrth bwy y gallwn i ddeud fy helynt ond wrth fy nheulu? Ond erbyn i mi ailystyried pethau – peidiwch â chrio, Sarah, peidiwch, – hwyrach fy mod – yn wir, rydw i'n sicr fy mod – wedi gorliwio ein sefyllfa, a'i gosod yn waeth nag ydyw. Na, gyda bendith y Brenin Mawr, mi gawn ni damaid eto. Yn wir, efallai y bydd hi'n well arnom nag y bu hi erioed. Mae gen i olwg ar rywbeth, ac mae gen i eisiau i chi, Sarah, rybuddio Susi i beidio â sôn gair wrth neb am ddim a ddywedais i heno. Wedi i chi fynd i'r gwely fe fu Mr Huws, Siop y Groes, yma. Gŵr ieuanc rhagorol iawn ydyw Mr Huws – wedi gwneud yn dda – ac rwyf yn meddwl, yn wir, yr wyf yn siŵr, y bydd ef yn fodlon ymuno â ni yn y fentar newydd. Un neu ddau arall fel Mr Huws, ac fe fyddwn yn *all right*. Wnewch chi ddim siarad, Sarah?'

---

os na phriodwn i: *if I wouldn't marry*	ailystyried: *reconsider*
amynedd: *patience*	gorliwio: *exaggerate*
sad: *sedately*	sefyllfa: *situation*
Ei sugno fe i fewn: *Suck him in*	yn waeth: *worse*
helynt: *problems*	tamaid: *a bite* [*to eat*]

'I be y gwna i siarad? Does gen i ddim synnwyr.'

'Dyna ddigon, dyna ddigon, Sarah, peidiwch â sôn am 'na eto. Roeddwn i'n ofni fy mod wedi eich brifo, Sarah, ac mae'n ddrwg gen i am hynny.'

'Dydw i ddim wedi madde i chi, Richard, am 'y nghadw i yn y tywyllwch sut oedden ni'n sefyll yn y byd. A be ddeudith pobol pan ddôn nhw i wybod am ein tlodi ni, a ninne wedi cario 'mlaen fel rydyn ni?'

'Wel, fel rydych chi'n gwybod, Sarah, mai dyna ydyw fy natur i. Mae o ynof i erioed er yn blentyn – sef gordynerwch. Gordynerwch ydyw'r rheswm am y cwbl. Yn hytrach na'ch gwneud chi'n anhapus, roedd yn well gennyf gadw yr holl bryder a'r helynt i mi fy hun. Ond mae gennyf hyn i'w ddweud – fod gennyf gydwybod dawel, a'm bod wedi gwneud fy nyletswydd.'

'Sut rydych chi wedi gneud eich dyletswydd, Richard, a chithe'n gwybod nad oedd 'na ddim lond het o blwm ym Mhwll y Gwynt?'

'Mae dyletswydd a dyletswydd, Sarah. Fy nyletswydd i, fel Capten, oedd gweithio dros y Cwmpeini, a rhoi prawf teg a gonest ar y gwaith – oedd yno blwm ai peidio. Rŵan rwyf yn gallu dweud nad oes llond het o blwm ym Mhwll y Gwynt, ond ni wyddwn hynny flynyddoedd yn ôl. Mae busnes, Sarah, yn beth dieithr i chi, ac ofer fyddai hi i mi geisio ei egluro. Gadawn y peth yn y fan yna heno. Ond mae gennyf eisiau sôn gair wrthych am beth arall. Chwi wyddoch fod Susi yn dechrau mynd i oed, ac fe ddylai'r eneth fod wedi priodi cyn hyn. Dydych chwi ddim yn meddwl, Sarah, y byddai Mr Enoc Huws yn gwneud purion ŵr iddi?'

'Peidiwch â boddro, da chi!'

'Wel, fe ddylai'r eneth feddwl am rywun erbyn hyn, ac mae perygl iddi hi aros yn rhy hir. Sarah, fe ddylech chi grybwyll y peth wrth yr eneth – lle'r fam ydyw gwneud hynny. Beth rydych chi'n dweud, Sarah? Sarah?'

'Cysgwch, a pheidiwch â chodlo, da chi.'

'Wel, mae'n ddrwg gennyf eich blino, ac mae'n bryd i ni feddwl – hwyrach am orff- a chysgu-ych-chy-ych-chy.'

''Na fo, chwyrnwch rŵan, fel mochyn tew. O diar mi! Mae rhyw gath yng nghhwpwrdd pawb, fel y clywais i Mam yn deud. Ond feddyliais i

---

pan ddôn nhw i wybod: *when they'll get to know*
crybwyll: *mention*
tlodi: *poverty*
gordynerwch: *excessive tenderness*
pryder: *worry*
cydwybod: *conscience*

dyletswydd: *duty*
ni wyddwn i hynny: *I didn't know that*
ofer: *useless*
purion ŵr: *suitable husband*
boddro: *bother*
codlo: *talk nonsense*

erioed y base hi'n dŵad i hyn. Mi fase'n dda gan 'y nghalon i taswn i erioed wedi priodi.'

*　　*　　*

YSTAFELL 4

'Wel, Denman! Denman! Does arnoch chi ddim cywilydd, mewn difri, fod yn colma hyd dai pobol tan berfedd nos? Ydych chi'n meddwl 'y mod i'n mynd i aros i fyny tan berfeddion tan i chi ddŵad i'r tŷ?'

'Ddaru mi erioed ofyn i chi neud hynny.'

'Does gynnoch chi eich tŷ eich hun i fod ynddo'r nos?'

'Eighty-two, High Street.'

'Diar mi! Mor dda rydych chi'n cofio'r *number*! Fyddwch chi ddim yn misio'r tŷ weithie?'

'Fûm i erioed mor lwcus.'

'Lwcus? Ydych chi'n deud, Denman, eich bod chi wedi blino arna i?'

'Blino ar un mor ffeind â chi?'

'Deudwch yn blaen nad ydych chi'n hidio dim amdana i. Dydw i'n dda i ddim ond i slafio, mam i bump o blant. A lle rydych chi wedi bod heno, Denman?'

'Efo 'niod, wrth gwrs. Dydych chi'n 'y ngweld i wedi meddwi?'

'Na, mi wn i na fuoch chi efo'ch diod. Mi wn i o'r gore mai efo'r hen Gapten y felltith 'na y buoch chi.'

'I be rydych chi'n gofyn, a chithe'n gwbod?'

'Deudwch y gwir, Denman, yno y buoch chi?'

'Tw bi shŵar.'

'Mi wyddwn mai efo'r hen felltith Gwaith mein 'na roeddech chi. Rydw i wedi deud a deud, nes mae 'nhafod i'n dwll———'

'Be? Eich tafod yn dwll?'

'Rydw i wedi deud digon am i chi roi pen ar yr hen fentro felltith 'na. Does dim eisie ichi hel pob ceiniog a'u taflu nhw i Bwll y Gwynt. Rydych chi wedi'n gneud ni cyn dloted. Pryd rydych chi'n meddwl stopio hel pob ceiniog i'r hen Gapten y felltith 'na? A dyma chi rŵan yn dŵad i'ch gwely heb fynd ar eich glinie! Crefyddwr braf yn wir!'

---

cywilydd: *shame*

yn colma: *jaunting*

perfedd nos/perfeddion: *late at night*

nad . . . amdana i: *that you don't care for me at all*

slafio: *slaving*

hen Gapten felltith 'na: *that wicked Captain*

hen . . . Gwaith mein 'na: *that wicked mine works*

rhoi pen: *put an end to*

hel: *collect*

cyn dloted: *so poor*

crefyddwr: *religious person*

'Os gwnewch chi addo cadw'r tafod yna yn llonydd am ddau funud, mi af yn ôl i ddeud 'y mhader.'

'Rhaid i mi fod yn ddistaw a diodde'r cwbwl. Dydw i neb, nac ydw, neb, er 'y mod i'n fam i bump o blant. Ie'r plant, druan. Does neb yn hidio dim amdanyn nhw. Mae'n dda fod ganddyn nhw fam, neu be ddaethai ohonyn nhw? Wel, fe ddaw rhywbeth ar ôl hyn, daw, daw, ond mi wn hyn, fydda i ddim yma yn hir. Mae rhywrai yn gallu cysgu cyn gynted ag y gorweddan nhw fel petai ddim byd yn eu blino nhw. Mi fase'n dda gen i fedru gneud hynny. Ond y Brenin Mawr a ŵyr – ie, y Fo sy'n gwbod – uff, uff.'

pader: *prayer*
Does . . . hidio dim: *No one cares a thing*
be ddaethai: *what would become*
daw: *yes, there will come*

cyn gynted â: *as soon as*
y gorweddan nhw: *that they will lie down*
y Brenin Mawr a ŵyr: *the Great God knows*

15: EGLURHAD

Y bore wedyn deffrodd y Capten yn eithaf cynnar, a'i ben yn berffaith glir. Meddyliodd am ddigwyddiadau'r noson flaenorol gyda llawer o foddhad. Roedd y storm drosodd, a'i wraig a'i ferch yn gwybod am ei sefyllfa cystal ag yntau. Serch hynny, meddyliai'r Capten ei fod wedi gwneud un camgymeriad; a hwnnw oedd y darlun cywir yr oedd wedi ei roi o'i fywyd twyllodrus. Nid oedd wedi bwriadu gwneud y fath beth. Gwyddai'r Capten yn dda fod Mrs Trefor yn edrych arno fel patrwm o ddyn da, anrhydeddus. Ond, erbyn hyn, teimlai ei fod wedi difetha'r llun hwnnw, ac nid oedd y fath gamgymeriad yn deilwng o Capten Trefor. Nid oedd yn addef am eiliad fod rhywbeth gan y chwisgi i'w wneud â'r camgymeriad. 'Na,' ebe'r Capten, wrtho'i hun, 'mae'n rhaid mai cael blas ddaru mi ar wneud *clean breast* – roedd y peth mor newydd i mi!'

Pan ddaeth y Capten at y bwrdd brecwast, gwyddai ynddo'i hun ei fod yn greadur newydd yng ngolwg Mrs Trefor. Roedd y peth yn rhy amlwg yn ei hwyneb hi. Roedd tristwch anobeithiol yn ei hwyneb, yn lle'r serch a'r edmygedd arferol.

Tra oedd Mrs Trefor yn tywallt y coffi mewn distawrwydd prudd, roedd y Capten â'i ddau benelin ar y bwrdd, a'i ddwylo ymhleth, yn gwylio am gyfle i ofyn bendith – peth nad oedd wedi ei wneud ers tro byd. Ebe fe wrth y forwyn:

'Gellwch chi, Kitty, fynd rŵan.' Wedi ychydig o ddistawrwydd, gan droi wyneb hawddgar at Mrs Trefor, ychwanegodd: 'Sarah, mi wn ar eich gwedd eich bod wedi cymryd yr hyn a ddywedais neithiwr yn ormodol at eich calon. Mi wn fod y peth yn gryn *shock* i chwi, ac erbyn hyn, mae'n ddrwg gennyf na baswn wedi gadael i chwi wybod yr amgylchiadau yn raddol, fel roeddwn i fy hun yn dod i wybod. Dydw i ddim yn beio dim arnoch, Sarah, am grio.'

---

eglurhad: *explanation*

digwyddiadau: *events*

blaenorol: *previous*

cystal ag yntau: *as well as himself*

bywyd twyllodrus: *deceitful life*

anrhydeddus: *honourable*

difetha: *spoil*

yn deilwng: *worthy*

addef: *to admit*

cael blas a ddaru mi: *I got the taste for*

amlwg: *obvious*

tristwch anobeithiol: *hopeless sadness*

serch: *love*

edmygedd: *admiration*

prudd: *sad*

ymhleth: *folded*

gofyn bendith: *say grace*

hawddgar: *amiable*

gwedd: *look*

yn raddol: *gradually*

'Rydych chi wedi fy nhwyllo i, Richard,' ebe Mrs Trefor, gan sychu ei llygaid.

'Sut felly, Sarah? Mae twyllo yn air cryf,' ebe'r Capten.

'Fel hyn,' ebe Mrs Trefor, gan wneud ymdrech i'w meddiannu ei hun: 'rydych wedi gwneud i Susi a finne gredu ei bod hi'n dda arnoch – rydych chi wedi gadael i ni gael popeth oedden ni'n ei ddymuno – rydych chi wedi'n dysgu ni – nid mewn geiriau, mi wn, ond yn eich ymddygiad – i edrych i lawr gyda thosturi ar dlodion, a hyd yn oed ar bobol well na ni'n hunain, a gneud i ni feddwl ein bod ni'n well na phawb. A dyma chi, yn y diwedd, yn deud ein bod ni'n dlawd, a bod y cwbwl drosodd. Rydych chi wedi bod yn greulon aton ni, Richard.'

'Roeddwn yn meddwl, Sarah,' ebe'r Capten, 'fy mod, neithiwr, wedi rhoi i chwi reswm digonol am f'ymddygiad – a hwnnw oedd tynerwch fy nghalon, a'r awydd ynof i beidio ag amharu dim ar eich hapusrwydd. Ac eto, dyma chwi'n galw hynny'n greulondeb! Mae hyn yn wendid ynof, mi wn, sef awydd mawr i wneud eraill yn hapus.'

'Wyddoch chi, Richard,' ebe Mrs Trefor, 'nid meddwl ein bod ni'n dlawd sy'n 'y mlino i fwya, er y bydd hynny yn *change* mawr i ni. Na, yr hyn sy'n torri 'nghalon i ydi'r peth ddaru chi ddeud amdanoch chi eich hun. Mi wyddwn eich bod chi'n cymryd diod – ond rhaid i mi ddeud na welais i erioed arwydd diod arnoch – ond roeddwn i bob amser yn credu'ch bod chi'n ddyn gonest, geirwir. Ond ar ôl neithiwr, fedra i ddim meddwl felly amdanoch rŵan.'

'Rhaid i mi gydnabod, Sarah,' ebe'r Capten, 'mai chwi, o bawb, ond yr Hollalluog, sy'n f'adnabod i orau. Rydych chwi, am hanner oes, wedi cael y cyfle gore i'm hadnabod o dan bob amgylchiadau. Ac mae'n rhyfedd meddwl, Sarah, fod y syniad oedd gennych amdanaf – syniad a gymerodd hanner oes i'w ffurfio a'i gadarnhau – wedi ei ddymchwel mewn hanner awr. Rwyf yn dueddol, mi wn, i'm dibrisio fy hun, ac i osod allan fy meiau – neu, os mynnwch chwi, fy mhechodau – mewn ffordd dipyn yn eithafol. Ac eto, Sarah, fe addefwch nad yw cyfaddef

---

twyllo: *to deceive*
meddiannu: *to control*
ei bod . . . arnoch: *that you're well-off*
ymddygiad: *behaviour*
tosturi: *pity*
tlodion: *poor people*
digonol: *sufficient*
tynerwch: *tenderness*
awydd: *desire*
amharu: *to spoil*
gwendid: *weakness*

geirwir: *truthful*
cydnabod: *acknowledge*
ond yr Hollalluog: *except for the Almighty*
ffurfio: *to form*
cadarnhau: *to confirm*
wedi ei ddymchwel: *overturned*
yn dueddol: *tend*
dibrisio: *to undervalue*
pechodau: *sins*
fe addefwch: *you do admit*
cyfaddef: *to admit*

beiau yn beth dieithr i dduwolion. Yn wir, rwyf yn meddwl bod cyfaddef bai yn arwydd o dduwioldeb. Wyddoch *chwi*, Sarah, y nesaf peth i ddim am demtasiynau'r byd, y cnawd, a'r diafol. Rydych chwi yma megis mewn *private life* yn gallu myfyrio ar y pethau, a dim i lychwino ar eich ysbryd. Rwyf fi yn gorfod troi ymhlith pob math o ddynion ac, fel yr Apostol, yn gorfod bod yn bopeth i bawb, nes byddaf weithiau yn teimlo, fel roeddwn i neithiwr, wrth gymharu fy mywyd a'ch bywyd chwi, yn edrych arnaf fy hun fel rhagrithiwr twyllodrus, er nad wyf yn un felly. Chafodd pob un ohonom mo'i wneud i fyw bywyd *private*, ac mi fyddaf yn meddwl bod yn yr Efengyl ddarpariaeth ar gyfer pob dosbarth ohonom.'

'Mae'n dda gan 'y nghalon i'ch clywed chi'n siarad fel 'na, Richard,' ebe Mrs Trefor, yn teimlo lawer iawn yn well. 'Doeddwn i ddim yn gallu credu mai chi oeddech chi neithiwr. Mi ddaru chi 'nychrynu i yn arw, Richard, a mi feddylies yn siŵr mai dyn digrefydd oeddech chi, a'ch bod wedi 'nhwyllo i ar hyd y blynydde.'

---

duwolion: *godly people*
duwioldeb: *godliness*
y nesaf peth i ddim: *next to nothing*
temtasiynau'r byd: *the temptations of the world*
cnawd: *flesh*
myfyrio: *to meditate*
dim: *nothing*
llychwino ar: *to foul*

wrth gymharu: *whilst comparing*
rhagrithiwr twyllodrus: *deceitful hypocrite*
Efengyl: *Gospel*
darpariaeth: *provision*
Mi ddaru chi 'nychrynu i: *you frightened me*
yn arw: *terribly*
dyn digrefydd: *irreligious man*
'nhwyllo i: *deceived me*

16: GŴR A GWRAIG

Teimlai'r Capten yn llawen iawn ei fod unwaith eto wedi ennill ymddiriedaeth ei wraig, ac ebe fe:

'Mi ddywedais wrth Kitty am beidio â galw ar Susi i godi er mwyn i mi gael amser i siarad â chwi, Sarah. Mae arnaf eisiau i chwi roi siars i Susi i beidio â sôn gair am ddim a ddywedais i neithiwr, ac esbonio iddi beth rwyf i wedi ei egluro i chwi, Sarah. Yr adeg yma ddoe roedd y dyfodol yn ymddangos i mi yn dywyllwch perffaith, ond erbyn bore heddiw rwyf yn credu, Sarah, fy mod yn gweld ychydig o oleuni. Mae'r posibilrwydd i mi allu cadw cartref cysurus yn dibynnu yn hollol a allaf ddechrau gwaith newydd ai peidio, ac mae'r posibilrwydd hwnnw'n dibynnu i raddau mawr ar Enoc Huws, Siop y Groes. Os ymuna Mr Huws â ni, ac rwyf yn sicr y gwna, mae gennyf obaith am fywoliaeth gysurus eto. Ond os bydd Mr Huws yn gwrthod, nid oes gennyf, ar hyn o bryd, neb arall mewn golwg. Mae gennyf bob lle i gredu fod gan Mr Huws lawer o arian. Mewn gair, mae fy ngobaith am ddod allan o'r dryswch presennol yn dibynnu'n hollol ar Mr Huws.

'Nawr, Sarah, mi grybwyllais neithiwr, am beth arall. Mae'r cwestiwn yn un *delicate*, mi wn, ond, fel y gwyddoch chwi, mae Susi yn dechrau mynd i oed, a dylai'r eneth fod wedi priodi cyn hyn, a gwneud cartref iddi hi ei hun. Wedi'r cyfan, nid yw fy rhagolygon mor ddisglair ag y buon nhw. Os nad wyf yn camgymryd, mae gan Mr Huws feddwl o Susi. Hwyrach nad ydyw Mr Huws yn fath o berson y darfu i ni feddwl i Susi ei gael. Ond mae'r amgylchiadau wedi newid. Beth bynnag, pam na wnâi Mr Huws ŵr addas i'r eneth? Beth ydych chwi'n ei ddweud am hyn, Sarah? Ydych chwi'n dallt fy meddwl?'

'Ydw, Richard,' ebe Mrs Trefor, 'rydw i'n dallt eich meddwl chi'n iawn, ond ddymunwn i ddim fforsio'r eneth i gymryd neb. A pheth arall, hwyrach, pan ddaw Mr Huws i ddallt ein bod ni'n dlawd na feddylith o ddim mwy am Susi.'

'Rydych chi'n dallt calon merch, Sarah,' ebe'r Capten, 'ond dydych

---

ymddiriedaeth: *trust*
rhoi siars i: *to warn*
egluro: *to explain*
a allaf: *whether I can*
ai peidio: *or not*
y gwna: *that he will*
bywoliaeth: *living*
mewn golwg: *in view*

dryswch: *predicament*
mi grybwyllais: *I mentioned*
rhagolygon: *prospects*
ag y buon nhw: *as they were*
yn camgymryd: *to mistake*
y darfu i ni feddwl: *that we thought*
amgylchiadau: *circumstances*
na feddylith o: *that he won't think*

chi ddim yn dallt calon mab. Pan ymserchais i ynoch chwi, rydych chwi'n gwybod faint o eiddo a gefais hefo chwi, Sarah? Ond a ddarfu hynny leihau un *iota* ar fy serch i atoch? Dim, Sarah, dim. Pan fydd gŵr ieuanc wedi gosod ei fryd ar ferch ieuanc, fydd dod i wybod nad oes ganddi hi gyfoeth ddim yn newid ei fwriadau tuag ati, na lleihau dim ar ei serch. Heblaw hynny, dydw i ddim yn gweld bod rhaid i Mr Huws, neu unrhywun arall, wybod ein bod ni'n dlawd ar hyn o bryd, beth bynnag.'

'Mae gen i ofn, Richard,' ebe Mrs Trefor, 'na fydd gan Susi feddwl yn y byd o Mr Huws. Does gen i fy hun ddim yn y byd i'w ddweud am y dyn, ond mi fydda i'n synnu os leicith Susi o.'

'Dyletswydd rhieni, Sarah, fel y gwyddoch,' ebe'r Capten, 'ydyw cyfarwyddo eu plant, a dyletswydd plant ydyw ufuddhau, heb ofyn cwestiynau. A sôn am "licio" – a licith hi fynd, tybed, i wasanaeth? A licith hi olchi'r lloriau? Mae'n rhaid i chwi egluro iddi hi, mewn iaith na all hi ei chamgymryd, nad oes dim ond *menial work* o'i blaen, os na bydd hi'n gall a synhwyrol yn yr amgylchiad hwn. Beth bynnag, mae'n rhaid i mi ofyn i chwi a Susi roi pob parch a chroeso i Mr Huws pan ddaw o yma. Mae'n bywoliaeth, fel teulu, yn dibynnu ar ei IE neu ei NAGE ef. Ydych chwi'n dallt fy meddwl i, Sarah? Ond dyma Susi yn dŵad i lawr, a dyma finnau yn mynd i'r Gwaith. Cofiwch, Sarah, fy mod yn disgwyl y byddwch wedi gwneud pethau'n *straight* cyn i mi ddod yn f'ôl.'

'Mi wna i 'ngore, Richard,' ebe Mrs Trefor.

'*Very good*,' ebe'r Capten, ac ymaith ag ef cyn i Susi gyrraedd y grisiau.

Pan ymserchais i: *When I fell in love*
eiddo: *property*
a ddarfu hynny leihau: *did that lessen*
gosod ei fryd: *set his mind*
lleihau: *to lessen*
os leicith S o: *if S will like him*
Dyletswydd: *duty*

cyfarwyddo: *to direct*
ufuddhau: *to obey*
i wasanaeth: *out to service*
A licith hi: *Will she like*
amgylchiad: *situation*
parch: *respect*
bywoliaeth: *livelihood*

17: Y FAM A'R FERCH

Roedd y newid yn ymddangosiad Susan Trefor mor amlwg nes tynnu sylw ei mam y foment yr edrychodd arni. Roedd wedi gwisgo'n nodedig o blaen, a'r 'hen ffrog gotwm' yn hongian ar ei braich.

'Be ydi honna sy gen ti, dywed? Wyt ti'n mynd i'w rhoi hi i rywun?'

'Nac ydw, Mam; rwyf am ei haltro hi i mi fy hun.'

'Honna! Be sy arnat ti, dywed, wyt ti'n gwirioni?'

'Hwyrach 'y mod i, wir, Mam. Mi wn 'y mod i wedi bod yn ddigon gwirion am lawer o flynyddoedd, ond dydi hi ddim yn rhy hwyr i mi drio gwella.'

'Am be wyt ti'n sôn? Dydw i ddim yn dy ddallt di.'

'Ddim yn fy nallt i? Ar ôl y peth ddeudodd 'Nhad neithiwr? Os geneth dlawd ydw i, fel geneth dlawd rydw i am wisgo.'

'Paid â siarad yn wirion, 'ngeneth bach i. Doedd dy dad ddim yn meddwl hanner y pethe ddeudodd o neithiwr. Roedd o wedi cynhyrfu, wyddost, achos mae gynno fo gymaint o bethe ar ei feddwl.'

'Tase fo wedi deud tipyn o'i feddwl wrthon ni yn gynt, mi fase ganddo lai ar ei feddwl. Dydw i ddim yn ystyried fod 'Nhad wedi bod yn onest efo ni – os bu o'n onest efo rhywun.'

'Susi! Paid â siarad fel 'na am dy dad – wyddost ti ddim byd am fusnes nac am broblemau dy dad. Yn wir, erbyn i mi gysidro pethe, mae'n syn gen i sut mae o wedi gallu cadw'i grefydd. Mae'n rhaid ei fod o wedi cael help oddi uchod. Ac yntau mor garedig! Yn cadw'r helynt i gyd iddo fo'i hun rhag ein gwneud ni'n anghyfforddus.'

'Beth bynnag, gwyddom ni rŵan, Mam, am ein gwir sefyllfa. Gwyddom ein bod wedi ein twyllo ein hunain a thwyllo ein cymdogion. Gwyddom ein bod yn dlawd, ac y byddwn yn dlotach yn y man, a dydi o ddim ond *humbug* i ni ymddangos fel arall. Mae'n well gen i ddeud wrth bobol ein bod yn dlawd nag iddyn nhw ddeud wrtha i!'

'Paid â gwirioni, eneth! Oni ddeudes i nad oedd dy dad yn meddwl hanner y pethe ddeudodd o neithiwr? Wedi cynhyrfu oedd o, a does dim isio i ti sôn yr un gair am y peth wrth neb. A phetai Pwll y Gwynt yn darfod, mi fedar dy dad ddechre gwaith arall ar unwaith. Yn wir, mae

---

ymddangosiad: *appearance*
mor amlwg: *so prominent*
nodedig o blaen: *remarkably plain*
Wyt ti'n gwirioni?: *Are you losing your senses?*
gwirion: *silly*
cynhyrfu: *agitated*

yn gynt: *earlier*
ystyried: *to consider*
oddi uchod: *from above*
helynt: *trouble*
gwir sefyllfa: *true situation*
yn darfod: *finishing*

o'n *mynd* i ddechre un o'r dyddie nesa 'ma, cei di weld, a mi fydd cystal arnom ag y bu hi erioed.'

'Wn i ddim sut i ddangos wyneb i neb, a mae gen i'r fath gywilydd nes 'mod i bron â marw! Meddyliwch be ddeudith pobol! Y fath *sport* wnân nhw ohonon ni!'

'Erbyn i dy dad esbonio neithiwr a bore heddiw, dydw i ddim yn gweld y bydd rhaid i ni newid dim ar ein ffordd o fyw. Does dim *harm* yn y byd bod yn gall, a hwyrach y dylen ni drio peidio â bod mor strafigant, ond hyd y gwela i, does dim isio i ni altro ein ffordd o fyw eto, beth bynnag.'

'Pa oleuni rydych chi wedi ei gael, Mam, ar y pethe ddeudodd 'Nhad neithiwr? Sut oedd o'n esbonio am fod mor gas efo chi? Ai swp o gelwyddau oedd y cwbl ddeudodd o?'

'Nid dyn i ddeud celwyddau ydi dy dad. Mi wyddost o'r gore 'mod inne wedi cael 'y mrifo efo'r peth ddeudodd o. Pan oedd dy dad yn siarad neithiwr roedd bron wedi drysu efo cymaint ar ei feddwl. Roedd hi'n edrach yn ddu iawn arno fo. Ond mi ddaeth Mr Huws, Siop y Groes, yma, a mae Mr Huws am *joinio* dy dad i gael gwaith mein newydd, ac mae gen i barch calon iddo, ac mi dria i ddangos hynny hefyd. Rydw i bob amser yn deud mai dyn clên iawn ydi Mr Huws, ac erbyn i mi feddwl, rydw i'n synnu ein bod ni wedi gwneud cyn lleied ohono fo. Er i mi glywed mai fo ydi'r siopwr gonesta'r dre, ddaru mi rywsut erioed ddelio efo fo. Ond yno rydw i am ddelio'r cwbwl o hyn allan. Erbyn meddwl, mae'n rhyfedd fod Mr Huws heb briodi, achos roedd dy dad yn deud ei fod o'n gefnog iawn. Mae'n siŵr na ddaru'r dyn ddim meddwl am briodi, neu mi wn y base'n dda gan ambell un ei gael o'n ŵr.'

'Rydw i'n methu gweld, Mam, os bydd gan ddyn lawer ar ei feddwl, pam y dyle hynny wneud iddo siarad yn gas ac *insulting* â neb.'

' Rydw i'n cyfadde, Susi, na chlywes i erioed mo dy dad yn siarad yr un fath, ac ar y pryd mi ddaru 'mrifo i'n arw. Ond rydw i'n madde'r cwbwl iddo ar ôl ei glywed o'n esbonio'i hun. Mae o wedi gweld cymaint, ac wedi cymysgu cymaint efo pobol annuwiol, ac eto wedi cael

---

cei di weld: *you shall see*

mi fydd cystal arnom ni: *we will be just as well-off*

cywilydd: *shame*

yn gall: *sensible*

swp o gelwyddau: *pack of lies*

parch calon: *deep respect*

clên: *pleasant*

cyn lleied ohono fo: *so little of him*

yn gefnog: *well-off*

na ddaru'r . . . meddwl: *that the man didn't think*

cyfaddef: *to admit*

mi ddaru 'mrifo i: *he did hurt me*

madde: *to forgive*

annuwiol: *ungodly*

nerth i ddal trwy'r cwbwl. Roedd ganddo Ysgrythur ar bopeth. Ond dyna oeddwn i yn mynd i'w ddeud – rhaid i ni wneud yn fawr o Mr Huws, achos roedd dy dad yn deud y bydde'r cwbwl yn dibynnu arno fo wrth gychwyn gwaith newydd, gan fod Mr Huws mor gefnog. Ond mi ofalith dy dad, mi wn, y bydd Mr Huws yn cael ei arian yn ôl gydag *interest*.'

'Os oes gan Enoc Huws arian mi faswn i'n ei gynghori i gymryd gofal ohonynt, Mam.'

'Llawer wyddost ti am fusnes. Wyt ti'n meddwl bod dy dad a Mr Huws mor wirion â dechre gwaith newydd a gwario'u harian, oni bai eu bod yn siŵr y cân nhw eu harian yn ôl, a llawer mwy?'

'Rydw i'n gwybod, Mam, nad oes gan 'Nhad, yn ôl ei eirie ei hun, ddim arian i'w gwario na'u colli, ac os bydd Enoc Huws yn ddigon dwl i godlo efo gwaith mein, bydd yntau'n fuan yr un fath.'

'Wyddost ti be, Susi, rwyt ti'n siarad fel ffŵl!'

'*Thank you*, Mam,' a thorrodd Susi allan i grio.

'Susi, mae'n ddrwg gen i arfer y gair 'na. Paid â chrio a bod yn wirion. Ond yn wir, mae rhyw newid rhyfedd wedi dŵad drosot ti. Chlywes i erioed monot ti o'r blaen yn siarad yn amharchus am dy dad. Mi wyddost na fu gwell tad, ac mae'n fy mrifo i i dy glywed di'n siarad fel 'na. Mi wn yr hoffet ti atgoffa dy dad am Hugh Bryan, ac rydw i'n gwybod y rheswm am hynny, ond roeddwn i'n meddwl dy fod bron ag anghofio'r gwiriondeb hwnnw.'

'Anghofia i byth mohono, Mam. Ac erbyn hyn, rydw i wedi cael gole newydd ar y cwbwl. Mi wn na ddaru mi erioed gymryd *interest* ym Mhwll y Gwynt. Ond roedd 'y nghalon bron torri pan dorrodd Hugh Bryan i fyny ar ôl colli ei arian i gyd yn y Gwaith. Ond roeddwn i'n credu nad oedd dim bai ar fy nhad. Ond be ddeudodd o neithiwr? Ddeudodd o ddim ei fod o'n gwybod o'r dechrau nad oedd 'na ddim plwm ym Mhwll y Gwynt? Ac eto roedd o'n gallu edrach ar Hugh Bryan yn taflu ei arian i ffwrdd nes iddo golli'r cwbwl, a mae o'n dal i adael i Mr Denman wneud yr un peth o hyd. Ydi peth fel hyn yn onest, Mam?'

'Mi wela, fy ngeneth, dy fod tithe fel finne wedi camddeall dy dad. *Rŵan* mae o'n gallu deud nad oes 'na ddim plwm ym Mhwll y Gwynt, ond wyddai fo mo hynny hyd yn ddiweddar. Sut y galle fo wybod? Does

---

mi ofalith dy dad: *your father will take care*
cynghori: *to advise*
mor wirion â: *as silly as*
oni bai: *unless*
y cân nhw . . . yn ôl: *they will get their money back*

codlo: *to meddle*
yn amharchus: *disrespectful*
gwiriondeb: *silliness*
na ddarfu mi . . . gymryd: *that I never took*

dim rheswm i neb ddisgwyl i hyd yn oed dy dad wybod be sydd ym mherfedd y ddaear nes iddo fynd yno i chwilio a chwilio'n fanwl.'

'Peth rhyfedd iawn, Mam, i ni'n dwy gamddallt 'y nhad. Ond mae'n dda gen i glywed mai fel yna roedd hi – *os* fel yna roedd hi hefyd.'

'Does dim *os* amdani, Susi. Petai pawb mor onest â dy dad, fe fydde gwell golwg ar bethe yn fuan iawn.'

Ar hyn daeth y forwyn i mewn.

---

perfedd y ddaear: *bowels of the earth*

18: CURO'R TWMPATH

'Ac, yn wir, Susi,' ebe Mrs Trefor, wedi i'r forwyn fynd allan, 'mi liciwn i dy weld di wedi setlo i lawr – wedi priodi a gwneud cartre i ti dy hun, achos, yn ôl trefn natur, fydd dy dad a finne ddim hefo ti am byth, wyddost. Rydw i wedi meddwl llawer am hyn yn ddiweddar.'

'Ddaru chi erioed o'r blaen siarad yn y dôn yna am setlo i lawr. Onid am beidio â'm taflu fy hun i ffwrdd – am beidio ag edrach ar neb ond ar rai gwell na mi fy hun – am gofio pwy oeddwn i – am ddal 'y mhen i fyny – ac aros amser, onid am bethe felly y byddech chi byth a hefyd yn siarad?'

'Mi wyddost mai dy les di oedd gen i mewn golwg bob amser. Ac mi rof yr un cyngor i ti – *does* dim isio i ti dy daflu dy hun i ffwrdd, fel y byddan nhw'n deud. Hwyrach na chei di ddim gŵr mor *respectable* ag y baswn i'n dymuno i ti ei gael. Ond petait ti'n rhoi dy feddwl ar hynny, a bod yn gall, mae digon eto, wel di, o ddynion da i'w cael.'

'Be wnawn *i* yn wraig i "ddyn da", rhyw ddoli fel fi? Pe cawn i'r cynnig fydde gen i mo'r gydwybod i dwyllo unrhyw ddyn da. Rydw i wedi newid 'y meddwl am bopeth, Mam, er neithiwr.'

'Mae gen i ofn fod gormod o natur dy dad ynot ti – meddwl yn rhy fach ohonot ti dy hun. Felly mae dy dad. A be ydi dy feddwl di'n d'alw dy hun yn ddoli?'

'Be ydw i ond doli? Mi wyddoch yn iawn na ddaru mi erioed bobi, na golchi, cwcio, na smwddio, cynne'r tân na golchi'r llestri. Ches i erioed 'y nysgu i wneud pethe felly, ond deall bod rhywun mawr i ddŵad i wneud *lady* ohonof. Ac yna yn y diwedd 'y nhad yn deud y bydde rhaid i mi ddŵad i lawr beg neu ddau, a chymryd rhywun y medrwn i gael gafael arno – *miner* cyffredin, neu rywun!'

'Gwaith morwyn ydy'r pethe 'na, er nad oes dim *harm* fod pawb yn medru eu gwneud nhw. A siŵr ddigon, pwy bynnag a briodi di, fe gei di forwyn.'

'Dydi *miners* ddim yn cadw morynion, Mam.'

Ddaru . . . siarad: *You never spoke before*
tôn: *tone*
Onid am beidio . . .?: *Was it not to . . .?*
lles: *benefit*
na chei di ddim gŵr: *that you won't get a husband*
wel di: *you see*

Be wnawn i: *What would I do*
Pe cawn i: *If I'd get*
cydwybod: *conscience*
twyllo: *deceive*
fe gei di: *you'll have*
morwyn/morynion: *maid/s*

'Paid â chyboli, da ti, a phaid â harpio ar y gair 'na ddeudodd dy dad yn ei wylltineb neithiwr. Fyddwn i ddim yn hapus dy weld yn priodi meinar. Ond mae 'na ddigon o ddynion mewn busnes y bydde'n dda gynnyn nhw gael geneth fel ti, wedi cael *education*. Ac, yn wir, petawn i'n mynd yn ferch ifanc yn f'ôl, mi fydde'n well gen i gael dyn mewn busnes yn ŵr na'r peth maen nhw'n ei alw'n ŵr bonheddig. Er enghraifft, rŵan, dyna rywun fel Mr Huws, Siop y Groes. Mi fase'n well o lawer gen i briodi rhywun fel fo na lot o'r rhai sy'n galw'u hunen yn fyddigions.'

'At be rydych chi'n dreifio, Mam? Pam rydych chi'n sôn am Enoc Huws wrtha i? Ydych chi'n meddwl gneud *match* rhyngof i ac Enoc Huws? Mae'r dyn yn eitha, am wn i, ond dda gen i mono, a dyna ben ar hynna.'

'Be wnaeth i ti feddwl 'mod i'n trio gneud *match* rhyngot ti a Mr Huws? Doeddwn i ddim ond yn ei enwi o fel enghraifft. A beth bynnag, mae'n debyg nad edryche Mr Huws ddim arnat ti!'

'Dydw i'n deud dim, Mam, am Enoc Huws. Mae'r dyn yn eitha – yn ganwaith gwell na fi. Deud yr ydw i na dda gen i mono.'

'Pwy sy'n hidio pwy sy'n dda gen ti a phwy sy ddim? A rhaid i ti beidio â galw'r dyn yn Enoc ac yn Enoc o hyd. Mae ei sefyllfa yn haeddu iddo gael ei barchu a'i alw'n Mistar.'

'Ond dda gen i mo'r dyn. A be ydych chi'n sôn am i mi briodi? Does gen i ddim eisiau priodi.'

'O, felly! Be petai Mr Huws yn newid ei feddwl ac yn gwrthod joinio dy dad gyda'r fentar newydd? Liciet ti fynd i wasanaeth?'

'Liciwn, Mam, os cawn i ddysgu gneud rhywbeth, a pheidio â bod yn *humbug*. A fydda i'n hidio dim os bydd En— Mr Huws yn newid ei feddwl ai peidio. Er ei fwyn ei hun, mi fydde'n well iddo newid ei feddwl.'

'Wyt ti wedi hurtio'n lân? Os nad oes gen ti barch i ti dy hun, oes gen ti ddim parch i dy dad a minne? Susi, weles i erioed monot ti'n dangos yr ysbryd 'na o'r blaen. Cymer ofal na chlyw dy dad monot ti'n dangos yr ysbryd 'na, neu mi fydd yn y pen arnat ti. A chofia – gwrando be rydw i'n ei ddeud rŵan – cofia ddangos pob parch i Mr Huws pan ddaw o yma, a bod yn suful efo fo.'

'Peidiwch â phryderu, Mam. O hyn allan, rydw i am barchu pawb, a

---

Paid â chyboli: *Don't talk nonsense*
yn eitha: *okay*
dyma ben ar hynna: *that's the end of that*
nad edryche Mr H.: *that Mr H wouldn't look*
na dda gen i mono: *that I don't like him*
sefyllfa: *situation*

haeddu: *deserve*
parchu: *to respect*
Er ei fwyn ei hun: *For his own sake*
na chlyw . . . monot ti: *that your father won't hear you*
pryderu: *to worry*

rwyf yn gobeithio na chewch chi na 'Nhad le i gwyno 'y mod i'n amharchus o un creadur byw. Rydw i am lyfu'r llwch.'

'Wel, be ydi dy feddwl di dywed?'

'Fy meddwl i ydi hyn, fydda i byth eto yn *humbug*. Er neithiwr, Mam, rydw i wedi cael gole newydd ar bopeth, a mae gen i gywilydd ohonof fy hun.'

'Er mor glyfar ydi dy dad, wnaeth o erioed fwy o fistêc na sôn am ei helyntion yn dy glyw di neithiwr. Dwyt ti ddim yn gwybod dim am fusnes, a does dim posib rhoi dim yn dy ben di, a fedar neb dy droi di os byddi di wedi cymryd at rywbeth. Diolch nad ydi dy dad yn dy glywed di. A rŵan rwyt ti wedi f'ypsetio i gymaint fel na wn i sut i fynd cyn belled â'r London House, ac eto mae'n rhaid i mi fynd, achos roedden nhw'n deud y bydde'r dres yn barod i'w ffitio fore heddiw. A tase tithe yn rhywbeth tebyg i ti dy hun faswn i'n hidio dim ag ordro dres newydd i tithe, er nad oes mis er pan gest ti un o'r blaen. Ond fe gawn weld sut byddi di pan ddo i 'nôl. Gobeithio y byddi di wedi dŵad atat ti dy hun. Rydw i'n mynd rŵan, Susi.'

'O'r gore, Mam.'

'Bobol annwyl!' meddai Susi wrthi hi ei hun. 'Dim ond tlodi a gwarth rydw i'n gallu gweld o'n blaene ni. Mae'n rhaid 'mod i wedi breuddwydio hyd heddiw. Roedd yn gas gen i bob amser glywed sôn am "fusnes", "y farchnad" "y cwmpeini", a phethe felly. Fy mhwnc i bob amser oedd byw, mwynhau fy hun, a gwisgo a chodlo. Mi wyddwn fod fy nhad yn glyfar, a roeddwn i wastad yn credu ei fod yn gyfoethog. Rydw i wedi byw mewn balŵn, ac wedi dŵad i lawr fel carreg. Ddaru mi erioed feddwl – ie, dyna lle roedd y drwg – ddaru mi erioed feddwl am bethe felly. Ddaru fy meddwl i erioed ddeffro tan fore heddiw. Ydi 'Nhad yn ddyn gonest? Ddaeth y cwestiwn erioed i'm meddwl i o'r blaen, a dydi o ddim wedi dŵad i feddwl Mam eto. Tybed ai fi sy'n methu dallt? Roeddwn i'n meddwl bod 'y nhad yn berffaith onest, ond mae rhywbeth yn fy nghorddi i, chwedl Mam – mae meddyliau drwg lond 'y nghalon i. Gobeithio 'y mod i'n anghywir. Ddaru mi gamddallt? Gobeithio. Ond mi wnes un *mistake* – mi feddylies fod 'y nhad a mam

---

na chewch chi na 'nhad: *that neither you nor my father*

amharchus: *disrespectful*

llyfu'r llwch: *lick the dust*

helyntion: *problems*

dywed: *say*

clyw: *hearing*

gymaint: *so much*

fel na wn i: *that I don't know*

pan ddo i: *when I shall come*

gwarth: *shame*

codlo: *talk nonsense*

yn fy nghorddi: *stirs me*

chwedl Mam: *as Mam says*

Ddaru mi gamddallt?: *Did I misunderstand?*

wedi bod yn planio gneud *match* rhyngof i ac Enoc. Wn i ddim o ble daeth y syniad i mi, os nad o *vanity*. O, *vanity* felltith! Beth bynnag ddaw ar ôl hyn – beth bynnag fydd ein hamgylchiadau ni – fydd 'na ddim mwy o *humbug* yn Susan Trefor. Na, dim *humbug*, chwedl Wil druan.'

---

ein hamgylchiadau ni: *our circumstances*

19: PWLL Y GWYNT

Trawodd Capten yr hoel ar ei phen yn ei broffwydoliaeth am Bwll y Gwynt. O fewn ychydig o wythnosau roedd yr hen Waith yn sefyll yn llonydd, ac nid oedd hyd yn oed yr *engine* yn chwyrnu.

Yn sŵn *engine* Pwll y Gwynt yr oedd llawer o'r plant wedi eu geni a'u magu – wedi bod yn chwarae, ac yn mynd i'r ysgol ac i'r capel. Roedd rhieni a phlant wedi arfer gweiddi wrth siarad er mwyn bod yn glywadwy. Sul, gŵyl a gwaith, roedd trwst yr *engine* wedi bod yn rhan o fywyd yr ardal. Am beth amser teimlai'r trigolion anhawster i gysgu yn y nos. Roedd *engine* y Gwaith wedi gwasanaethu fel crud iddynt, a phan beidiodd y crud â rhoncian, agorodd pawb ei lygaid yn effro iawn. Buan y sylweddolodd y trigolion wir ystyr y distawrwydd.

I'r mwynwyr druain a oedd wedi arfer dibynnu ar Bwll y Gwynt am eu cynhaliaeth, roedd yn amgylchiad prudd a chwerw iawn. Roedd eu cyflogau, dyn a ŵyr, ar hyd y blynyddoedd wedi bod yn druenus o fychain, prin yn bedwar swllt ar ddeg yr wythnos, ond dyna'r gorau y gallai Capten Trefor, dan yr amgylchiadau, ei fforddio iddynt. Wrth lunio'r gwadn fel y bo'r troed, roeddent hwythau wedi gallu byw ar hynny.

Roedd bron pob un o weithwyr Pwll y Gwynt yn magu mochyn ac yn plannu tatws. Nid oeddent yn llwgu, nid oeddent yn noethion. Yn wir, roeddent fel teulu yn gallu dod yn daclus i'r capel; ac nid hynny'n unig, ond yn gallu rhoi ychydig at yr achos.

Gyda chyflogau truenus o fychain, roedd mwynwyr Pwll y Gwynt wedi gallu byw, magu plant, a rhoi ychydig o ysgol iddynt. Ond ni allai'r rhai mwyaf darbodus roi dim o'r neilltu ar gyfer diwrnod glawog, a phan safodd Pwll y Gwynt roedd eu tlodi yn fawr.

Perthynai i Bwll y Gwynt ŵr o'r enw Sem Llwyd. Heblaw ei fod yn

---

Trawodd y C: *The C hit*
hoel: *nail*
proffwydoliaeth: *prophecy*
yn glywadawy: *audible*
trwst: *noise*
trigolion: *inhabitants*
crud: *cradle*
pan beidiodd . . .: *when . . . stopped*
rhoncian: *to sway*
mwynwyr druain: *poor miners*
cynhaliaeth: *living*
amgylchiad: *event*
dyn a ŵyr: *goodness knows*

prin: *hardly*
amgylchiadau: *circumstances*
llunio'r gwadn: *fashioning the sole*
fel y bo'r troed: *to the foot*
yn llwgu: *starving*
yn noethion: *without clothes*
achos: *religious cause*
truenus o fychain: *pitifully small*
darbodus: *thrifty*
roi dim o'r neilltu: *put anything aside*
tlodi: *poverty*
Perthynai . . . SL: *A man called SL belonged to PyG*

grefyddwr ac o gymeriad di-fai, ystyrid Sem yn oracl ar y dull gorau o weithio. Amharod iawn y byddai Sem yn dweud ei farn ar unrhywbeth oni byddai'n siŵr o'i fater. A byddai, wrth gwrs, bob amser yn gywir. Ni fethodd erioed. Ynglŷn â Phwll y Gwynt ni phetrusai Sem ddweud ei farn yn groyw a phan gwrddai'r gweithwyr i gael mygyn datganai Sem ei farn yn glir ar yr hyn y dylai'r Cwmni fod wedi ei wneud.

Roedd Sem Llwyd yn un o'r rhai yr oedd y Capten wedi eu cymryd i'w gyfrinach, a gwyddai'n iawn am syniadau Sem.

'Wel, Sem, beth yw'ch barn am yr hen Waith erbyn hyn?'

'Yn wir, Capten, mae'n anodd deud, a bod yn siŵr.'

'Rydw i'n credu, Sem, eich bod chwi a minnau'n synio yn lled debyg am Bwll y Gwynt. Taswn i wedi cael fy ffordd fy hun, mi faswn wedi gwneud fel hyn ac fel hyn.' Ac yna awgrymai'r Capten ryw gynlluniau tebyg i'r rhai y clywsai fod Sem yn eu taenu. 'Ond waeth tewi, Sem, mae gen innau fy meistar, ac os fel hyn mae'r Cwmni yn dewis gwneud, eu *look out* nhw ydyw hynny. Ond mi ddywedaf hyn, nid oes posib cario ymlaen fel hyn yn hir.'

'Ddaru chi erioed, Capten, ddeud mwy o wir, a rydw i wedi deud yr un peth laweroedd o weithiau, mae'r dynion yn gwybod. Ac mae'n andros o beth, Capten, na fasai dyn fel chi, sy'n gwybod sut i weithio mein, yn cael ei ffordd ei hun.'

'Sut bynnag, Sem, felly y mae pethau.'

Proffwydai Sem yn ddoeth am ddiwedd buan Pwll y Gwynt, am na allai'r Capten gael ei ffordd ei hun. Pan safodd Pwll y Gwynt nid oedd neb yn rhoi'r bai am hynny wrth ddrws Capten Trefor. Credai'r ardalwyr yn lled gyffredinol pe cawsai'r Capten ei ffordd ei hun y byddai Pwll y Gwynt yn fforddio gwaith cyson am oes neu ddwy o leiaf.

Prin y gallai'r Capten fynd o'i dŷ heb gwrdd â rhyw weithiwr neu'i gilydd, a fyddai'n troi llygaid pryderus ato, gan ddisgwyl rhyw air o obaith. Edrychai'r Capten arno gyda llygad dosturiol:

---

difai: *unblemished*
ystyrid S: *S was considered*
amharod: *reluctantly*
barn: *opinion*
ni phetrusai S: *S wouldn't hesitate*
yn groyw: *clear*
datganai S: *S would express*
yn synio: *think*
awgrymai'r C: *the C would suggest*
y clywsai fod S: *that he heard that S*
yn eu taenu: *spreading*
waeth tewi: *one might as well stop talking*

Mae'n andros o beth: *It's a terrible thing*
Proffwydai S: *S would prophesy*
yn ddoeth: *wisely*
diwedd buan: *quick end*
bai: *fault*
Credai'r ardalwyr: *The parishioners believed*
pe cawsai'r C: *if the C had*
oes: *generation*
Prin y gallai'r C: *The C could hardly*
pryderus: *worried*
tosturiol: *compassionate*

'Wel, Benjamin bach, mae pethau'n ddifriol, onid ydynt? Ond mi wyddwn ers tro mai i hyn y byddai'n dod. Beth arall oedd i'w ddisgwyl, gan na chawn fy ffordd fy hun o drin y Gwaith? Gawsoch chi fwyd, Benjamin, heddiw? Wel, wel, arhoswch; cymerwch y nodyn yma ac ewch at Miss Trefor,' a thynnai'r Capten ddarn o bapur o'i boced ac ysgrifennai arno:

'Dear Susi, give this poor devil a bite of something to eat.'

Digwyddai hyn bron bob dydd. Fe fyddai'r masnachwyr oedd wedi *trystio*'r gweithwyr am fwyd yn ei gyfarch yn aml:

'Capten Trefor, ydych chi'n meddwl bod gobaith i Bwll y Gwynt ail gychwyn?'

'Syr,' atebai'r Capten, 'fynnwn i ddim greu gobeithion gau. Fel mater o ffaith, syr, pe cawn i fy ffordd fy hun, fe fyddai Pwll y Gwynt heddiw nid yn unig yn mynd, ond hefyd yn talu'n dda i'r Cwmpeini. Ond rhyngoch chwi a fi, mae fy llygaid nid ar Bwll y Gwynt, ond ar rywle arall. Cewch glywed rhywbeth rai o'r dyddiau nesaf. Mewn ffordd o siarad, nid ydyw hynny, i mi yn bersonol, nac yma nac acw. Ond sut y medraf orffwyso tra na allaf fynd allan o'm tŷ heb gyfarfod â degau o ddynion truain yn segura, ac nid hynny'n unig, ond yn dioddef angen?'

Fel hyn, yr oedd y Capten yn cadw'r mwynwyr ac eraill ar flaenau eu traed yn disgwyl am rywbeth. Yn y cyfamser, ymwelai Enoc Huws yn fynych â Thŷ'n yr Ardd, ac ni chaeodd y cymdogion eu llygaid rhag gweld hyn. Sylwyd fod Enoc – y gŵr difrifol, y masnachwr cefnog, ond diofal ynghylch ei wisg, wedi sythu ac ymdwtio llawer. A rhyfeddach fyth, gwelwyd fod Miss Trefor hithau wedi taflu ymaith ei holl addurniadau. Pa gasgliad arall y gallai'r cymdogion ddod iddo heblaw fod Enoc Huws a Miss Trefor yn cymhwyso eu hunain i'w gilydd a bod y ddau yn mynd i ddyweddïo? Cytunid yn gyffredin fod Miss Trefor yn llawer mwy ffortunus yn ei dewis nag Enoc. Cytunid fod Enoc yn

---

ers tro: *since some time*
gan na chawn: *since I wouldn't get*
masnachwyr: *shopkeepers*
cyfarch: *greet*
gobeithion gau: *false hopes*
pe cawn: *if I'd get*
nac yma nac acw: *neither here nor there*
yn segura: *idling*
yn dioddef: *suffering*
angen: *need*
Yn y cyfamser: *In the meantime*
ymwelai EH: *EH would visit*

yn fynych: *often*
rhag gweld: *from seeing*
diofal: *careless*
wedi sythu: *had straightened*
wedi ymdwtio: *had smartened*
rhyfeddach fyth: *stranger still*
addurniadau: *adornments*
casgliad: *collection*
heblaw: *besides*
yn cymhwyso eu hunain: a*dapting themselves*
dyweddïo: *to get engaged*
Cytunid: *It was agreed*

gefnog, ac yn un tebyg o wneud gŵr da, tra nad oedd gan Miss Trefor ddim i'w ganmol ond prydferthwch canolig, ac nad oedd hi o un gwerth tuag at fyw, oherwydd ei *ideas* ffôl, a'i balchder penwan.

---

i'w ganmol: *to be praised*
prydferthwch canolig: *moderate beauty*

balchder penwan: *weak-headed pride*

20: DOETHINEB SEM LLWYD

Y tŷ drws nesaf i dŷ Sem Llwyd oedd y Twmpath, cartref Thomas Bartley. Roedd Thomas yn ŵr di-ddysg, difeddwl-ddrwg, ond hynod gydwybodol. Ar yr olwg gyntaf gadawai'r argraff nad oedd 'yno i gyd'. Ei nodweddion mwyaf arbennig oedd cariad at yr hyn oedd yn onest a theg, a charedigrwydd di-ben-draw.

'Wel, Sem, lle buoch chi'n cadw, ddyn?' meddai un noson pan alwodd Sem Llwyd. 'Rydw i wedi bod yn eich disgwyl drwy'r dydd. Ewch at y tân, Sem, ac fe gawn fygyn ac ymgom. Deudwch i mi, oes 'na ryw sein i Bwll y Gwynt ailgychwyn?'

'Dim, cyn belled ag y gwn i, ac rydw i'n gwbod cymaint â neb ar y pen 'na,' ebe Sem.

'Y syndod ydi ei fod o wedi dal am gymaint o amser. Wyddoch chi be, Sem, mae'n rhaid bod yr hen Waith 'na wedi costio llawer o arian i rywun, ac rydw i'n siŵr fod llawer ohonyn nhw, erbyn hyn, yn rhegi'n braf ac yn barod i daflu yr hen Drefor i lawr y siafft.'

'Be dach chi'n ei feddwl? Tase'r Capten wedi cael ei ffordd ei hun – fy ffordd inne hefyd, o ran hynny – mi fase Pwll y Gwynt yn talu'n iawn, achos mae yno wlad o blwm, tasen nhw'n mynd ato yn y ffordd iawn,' ebe Sem.

'Gwlad o blwm, Sem? Peidiwch â siarad nonsens, ddyn. Os oes yno wlad o blwm, pam na fasech chi'n dŵad a thipyn ohono fo i'r lan? Wyddoch chi be, Sem, dydw i ddim yn meddwl fod lot o bobol mwy twyllodrus ar wyneb y ddaear na meinars. Ac os bydd Gwaith wedi stopio, mi fydd y bai ar bawb heblaw nhw eu hunen. A rydw i'n credu yn 'y nghalon fod yr hen Drefor 'na, er ei fod o'n aelod efo ni, cyn waethed â'r un welis i erioed.'

'Thomas, wyddoch chi fawr am waith mein. Hwyrach y synnwch chi, Thomas, pan ddeuda i fod meinars yn aml yn gwybod i sicrwydd fod digon o blwm yn y fan a'r fan, ond na fedran nhw ddim mynd ato. Ac am Capten Trefor, mi ddeuda i hyn: na welis i neb erioed – a rydw i

---

doethineb: *wisdom*
di-ddysg: *uneducated*
difeddwl-ddrwg: *without any bad thoughts*
hynod gydwybodol: *remarkably conscientious*
nodweddion: *characteristics*
di-ben-draw: *unending*
sein: *sign*

cyn . . . gwn i: *as far as I know*
gwlad o blwm: *a country full of lead*
i'r lan: *to the surface*
mwy twyllodrus: *more deceitful*
cyn waethed â: *as bad as*
wyddoch chi fawr: *you don't know a lot*
gwybod i sicrwydd: *know with certainty*

wedi gweld llawer – sydd gystal meistr ar ei waith. Fe ŵyr i'r dim sut i weithio gwaith mein, pe câi o ei ffordd ei hun, ac mae'r Capten a finne bob amser o'r un meddwl.'

'Mae'n well gen i,' ebe Thomas, 'i chi fod o'r un meddwl â fo, na fi. Rhyngoch chi a fi, licies i erioed mo'r dyn. Wnaeth o erioed ddim byd i mi. Ond dda gen i mohono. Licies i erioed mo'r dyn yn y capel; mae o'n dŵad yno fel petai o'n gneud ffafar i'r Brenin Mawr. Dda gen i mo'r sort, Sem. Fe gewch chi weld, Sem, os byddwn ni byw ac iach, y gwelwn ni'r dyn 'na wedi colli'i blu.'

'Thomas, rydw i'n synnu atoch chi'n siarad fel 'na am ddyn parchus fel y Capten – dyn sy wedi gneud cymaint i'r ardal yma. Be ddaethai ohonom ni heblaw am ddynion fel Capten Trefor? Mi fasen wedi llwgu.'

'Llwgu neu beidio,' ebe Thomas, 'basen ni'n well *off* heb ryw ladron fel 'na sy'n byw ar foddro a thwyllo pobol ddiniwed ar hyd y blynyddoedd. Ond fe rown ni stop arni yn y fan 'na, Sem, neu fe awn ni i ffraeo. Deudwch i mi, oes 'na ryw wir yn y stori fod merch y Capten ac Enoc Huws yn codlo efo'i gilydd?'

'Be petawn i'n deud fel hyn, rŵan,' ebe Sem, 'mae Enoc Huws yn un sydd wedi gwneud llawer o arian, ac mae arno angen gwraig. Mae Miss Trefor yn ferch ifanc sydd wedi cael addysg dda, a fydde rhaid i neb fod â chywilydd ohoni. Neu be petaen ni'n deud fel hyn: na ddaru Enoc Huws erioed feddwl am Miss Trefor na hithe amdano yntau. Ydych chi'n 'y nallt i, Thomas?'

'Ai deud rydych chi nad oes dim yn y peth?' gofynnodd Thomas.

'Ddeudes i ddim ffasiwn beth, Thomas,' ebe Sem.

'Ho,' ebe Thomas, 'deud ydych chi, ynte, fod rhywbeth yn y stori?'

'Ddeudes i ddim o'r fath beth, Thomas, a pheidiwch â deud wrth neb 'y mod i wedi deud ffasiwn beth,' ebe Sem.

'Sem, rydw i'n licio'ch sgwrs chi yn fawr bob amser, ond rydw i'n medru dallt pawb, rywsut, yn well nag ydw i'n eich dallt chi, Sem.'

'Wel,' ebe Sem, 'be petaen ni'n edrach ar y peth fel hyn. Mae gan Enoc Huws arian; does dim neb yn amau hynny. Mae gan Capten Trefor wybodaeth a phrofiad. Beth os ydi'r ddau'n consyltio â'i gilydd gyda golwg ar ryw fentar newydd?'

Fe ŵyr i'r dim: *He knows exactly*	fe rown ni stop: *we shall put a stop*
pe câi o: *if he'd have*	fe awn ni i ffraeo: *we shall start quarrelling*
dda gen i mohono: *I don't like him*	yn codlo: *talking nonsense*
ffafar: *favour*	Be petawn i . . .: *What if I were to . . .?*
wedi colli'i blu: *lost his feathers*	â chywilydd ohoni: *ashamed of her*
Be ddaethai . . .?: *What would become . . .?*	na ddaru . . . feddwl: *that EH never thought*
boddro: *bother*	ffasiwn beth: *such a thing*

76

'Ai gesio rydych chi, Sem?' gofynnodd Thomas yn wyliadwrus.

'Gesio? Nage, fydda i byth yn gesio, Thomas.'

'Ac mae hi'n ffact, felly, fod y Capten ac Enoc ar gychwyn mentar newydd?'

'Ddeuedes i ddim ei fod o'n ffact, Thomas,' ebe Sem, 'ond mi wyddoch nad oes neb yn gwybod cymaint o feddwl y Capten â fi? Ydych chi'n 'y nallt i, Thomas?'

'Eich meddwl chi ydi hyn, Sem – fod y Capten yn trio cael Enoc Huws i mewn i gychwyn rhyw fentar newydd?'

'Dim ffasiwn beth, Thomas, a chymerwch ofal na ddeudwch chi wrth neb 'mod i'n deud hynny,' ebe Sem.

'Mae'n dda gen i glywed hynny, Sem,' ebe Thomas, 'achos mae gen i barch mawr at Enoc Huws. Dyn syth a gonest ydi Enoc Huws. Mae o'n fachgen sy wedi dŵad yn ei flaen yn dda, a hynny mewn ffordd gyfiawn. Maen nhw'n deud i mi, Sem, y medre Enoc Huws fyw ar ei arian pan fynne fo. A dyna sy'n od – mae o'n un o'r rhai gore yn y capel. Anaml mae o'n colli moddion. Gobeithio'r annwyl nad ydi o ddim yn mynd i ddechre mentro, achos fydde'r hen Drefor fawr o dro yn lluchio ei bres o i gyd i lawr siafft gwaith mein. Wyddoch chi be, Sem, rydw i'n cofio Hugh Bryan cystal *off* â neb yn y fan yma, cyn iddo fynd i grafanc yr hen Drefor.'

'Dydw i'n ame dim, Thomas, nad y chi ydi'r crydd gore yn y wlad yma, ac fel *judge* ar fochyn. Ond mae gwaith mein allan o'ch lein chi, Thomas,' ebe Sem, gan godi ar ei draed i ymadael.

'Ydych chi am ei chychwyn hi mor gynnar, Sem?'

'Ydw, Thomas, mae hi'n dechre mynd yn hwyr,' ebe Sem.

'Wel, brysiwch yma eto,' ebe Thomas, gan agor y drws.

'Thomas,' ebe Barbara, wedi i Sem fynd – a hwn oedd y gair cyntaf i wraig Thomas ei yngan er pan ddaeth Sem i'r tŷ, 'be ddeudodd Sem am ferch y Capten ac Enoc Huws?'

'Y nefoedd fawr a ŵyr,' ebe Thomas. 'Mi ddeudodd barsel o bethe, ac eto, wn i ddim ar wyneb y ddaear *be* ddeudodd o. Fe fasai angen twrnai i wybod be fydd Sem yn ei ddeud.'

---

yn wyliadwrus: *carefully*
ar gychwyn: *on the point of starting*
na . . . wrth neb: *that you don't tell anyone*
ffordd gyfiawn: *just way*
pan fynne fo: *when he'd wish*
moddion: *Sunday services*
fawr o dro: *not very long*

lluchio: *throw*
crafanc: *claws*
am ei chychwyn hi: *want to leave*
yngan: *utter*
Y nefoedd fawr a ŵyr: *Heaven knows*
ar wyneb y ddaear: i.e. *for the life of me*
twrnai: *solicitor*

21: ENOC A MARGED

Gadawodd Rhys Lewis argraff dda ar feddwl aelodau eglwys Bethel, a theimlwyd colled fawr ar ei ôl pan fu farw. Yn fuan iawn ar ôl ei farwolaeth dechreuodd yr aelodau feddwl am weinidog arall. A sefydlwyd y Parchedig Obediah Simon yn fugail ar eglwys Bethel. Ond prin yr oedd Mr Simon wedi troi ymhlith aelodau eglwys Bethel pan daenwyd y newydd galarus fod gwaith Pwll y Gwynt wedi sefyll. Roedd hyn yn ddigwyddiad anffodus iddo ef ac i eglwys Bethel. Petai'r aelodau yn gwybod yn gynt fod y fath anffawd wrth y drws, mwy na thebyg byddai'r mwyaf selog o gefnogwyr Mr Simon yn petruso ei wahodd i Bethel gan fod nifer mawr o aelodau Bethel yn dibynnu ar Bwll y Gwynt am eu cynhaliaeth.

Ni bu Capten Trefor, oherwydd amgylchiadau, yn y cyfarfodydd eglwysig ers rhai misoedd, ac felly roedd yr eglwys wedi gorfod dewis bugail heb ei gymorth. Câi'r Capten holl fanylion gan Mrs Trefor a oedd yn hynod o ffyddlon yn y moddion.

'Chwi wyddoch, Sarah, er bod amgylchiadau bydol yn cymryd fy holl amser, oherwydd fod bywoliaeth llawer teulu yn dibynnu arnaf, chwi wyddoch fod fy nghalon gyda chwi – rwyf yn bresennol yn yr ysbryd, er yn absennol o ran y corff.'

'Sarah,' meddai'r Capten ryw ddiwrnod, 'er nad yw'n hamgylchiadau fel y buont, nid gweddus i ni ddangos un math o oerfelgarwch tuag at ein gweinidog, a gwell fyddai i chwi ofyn i Mr Simon ddod yma i gael tamaid o swper gyda Mr Huws a Mr Denman.'

Roedd hi'n hyfrydwch gan Mrs Trefor wneud hyn, ac roedd hi'n bleser gan Mr Simon gytuno, oherwydd roedd wedi clywed fod Capten Trefor yn ŵr o ddylanwad yn y gymdogaeth. Mae'n wir ei fod wedi *sylwi* ar Miss Trefor, ac wedi bod yn siarad unwaith neu ddwy â Mrs Trefor.

---

argraff: *impression*	cynhaliaeth: *sustenance*
gweinidog: *minister*	amgylchiadau: *circumstances*
sefydlwyd . . .: . . . *was established*	cymorth: *aid*
yn fugail: *as a minister*	Câi'r C: *The C would get*
prin: *hardly*	moddion: *chapel services*
pan . . . galarus: *when the sad news was spread*	fel y buont: *as they were*
yn gynt: *sooner*	nid gweddus: *it isn't appropriate*
anffawd: *bad luck*	oerfelgarwch: *coldness*
mwyaf selog: *most zealous*	hyfrydwch: *delight*
cefnogwyr: *supporters*	cymdogaeth: *locality*
yn petruso: *hesitating*	

78

Nid breuddwyd yn unig, erbyn hyn, oedd y fentar newydd, Coed Madog. Roedd y Capten wedi gosod amryw o ddynion ar waith i sincio, ac eisoes wedi gwneud allan y planiau.

Roedd Enoc Huws, erbyn hyn, yn ymwelydd cyson â Thŷ'n yr Ardd, ac wedi gorchfygu llawer ar ei swildod, a magu mwy o wroldeb. Roedd yn iechyd i galon dyn sylwi ar y newid dymunol a ddaethai drosto. Yn lle bod â'i holl fryd ar y siop – y cyntaf i agor a'r olaf yn cau, yn ei lusgo ei hun yn flinedig i'r offis i aros amser gwely – roedd ef yn awr, fel masnachwr parchus ac annibynnol, yn gorchymyn cau'r siop cyn gynted ag y clywai'r gloch wyth. Yna âi'n syth i'r llofft i eillio ac ymolchi – deuai i lawr fel pìn mewn papur – gosodai rosyn, os gallai gael un, yn nhwll lapel ei got; taniai ei sigâr, cymerai ffon â phen arian iddi yn ei law, ac âi am dro i Dŷ'n yr Ardd.

Nid ystyriai ei gymdogion y ffaith – oedd ddigon adnabyddus erbyn hyn – sef bod Enoc yn bartner yn y fentar newydd, yn rheswm digonol am y newid sydyn a thrylwyr a ddaethai drosto, ac nid oedd modd cyfrif amdano ond drwy ddweud fod Enoc yn ei baratoi ei hun i fod yn ŵr i ferch y Capten Trefor. Hefyd, roedd ffaith amlwg arall – sef y newid yng ngwisg, dull ac ymddygiad Miss Trefor. Roedd yr eneth, meddent, yn dechrau bod fel unrhyw eneth arall – nid oedd yn dangos *airs* – nid oedd yn dal ei phen mor uchel – roedd yn dod i'r capel yn gyson – roedd yn sylwi ar bawb, tlawd a chyfoethog – yn weddus ei gwisg ac yn ostyngedig ei hysbryd. Roedd hi'n amlwg, meddai ei chyfeillesau, ei bod wedi anobeithio am ŵr bonheddig yn ŵr, a'i bod yn paratoi ei hun i fod yn wraig i fasnachwr. Roedd hi'n eglur mai egwyddor Enoc oedd lefelu i fyny, ac mai egwyddor Miss Trefor oedd lefelu i lawr. Y canlyniad naturiol yn y man fyddai canu'r clychau, taflu reis a gweiddi hwrê! Roedd y mater wedi ei setlo gan y cymdogesau – nid oedd dim arall yn bosibl!

---

amryw: *number*
wedi gorchfygu: *had conquered*
swildod: *shyness*
gwroldeb: *confidence*
a ddaethai: *which had come*
â'i holl fryd: *with all his mind*
parchus: *respected*
yn gorchymyn: *commanding*
cyn gynted ag: *as soon as*
âi: *he'd go*
deuai: *he'd come*
Nid ystyriai ei gymdogion: *His neighbours didn't consider*

trylwyr: *thorough*
a ddaethai: *which had come*
modd: *means*
cyfrif amdano: *account for it*
ymddygiad: *behaviour*
meddent: *they said*
gweddus: *proper*
gostyngedig: *humble*
cyfeillesau: *(female) friends*
egwyddor: *principle*
yn y man: *presently*

Ar y cyfan, roedd Enoc yn lled lon ei ysbryd. Ond byddai'n dda ganddo petai ganddo weledigaeth mor glir â'i gymdogion. Prin yr âi diwrnod heibio heb i rywun neu'i gilydd ei longyfarch. Ar y dechrau, byddai hyn yn boenus iawn iddo. Byddai enw Miss Trefor yn gwneud iddo deimlo fel torth newydd ddod o'r popty. Ond o dipyn i beth teimlai Enoc yn siomedig os âi diwrnod heibio heb i rywun gyfeirio at deulu Tŷ'n yr Ardd.

Er mor gyffredin oedd y gred yng ngharwriaeth Enoc a Miss Trefor, yr oedd un na allai oddef sôn am y peth, a'r un honno oedd Marged, *housekeeper* Enoc ei hun. Cyfaddefai Marged fod ei meistr yn mynd i Dŷ'n yr Ardd yn lled gyson, ond roedd yn *gorfod* gwneud hynny, meddai hi, am ei fod wedi bod mor ffôl â dechrau 'mentro'. Byth ar ôl y noson i Enoc ddweud wrthi y gwnâi hi wraig ragorol, roedd y ddau wedi byw ar delerau hynod o hapus. Roedd Marged mor dirion a chyfeillgar, ac mor ofalus am ei gysuron ac am gario allan ei ddymuniadau, fel na allai Enoc ddyfalu rheswm am y newid dymunol hwn yn ei hymddygiad. Rhoddai Enoc y fath bris ar y gwelliant hwn, fel y crybwyllodd un noson wrth Marged am godiad yn ei chyflog. Ond nid oedd Marged am glywed am y fath beth – yn wir, doedd ganddi hi, meddai, eisiau dim cyflog ond *'just* digon i gael dillad symol teidi'. Roedd Enoc wedi sylwi, gyda phleser, fod Marged, yn ddiweddar, wedi ymdecáu cryn lawer. Roedd hi'n bleser mawr gan Enoc weld y gwelliant hwn yn nillad Marged. Wrth weld Marged wedi ymdwtio cymaint, ni allai Enoc beidio â'i chanmol a'i llongyfarch. Roedd Enoc yn ŵr mor dirion a hael, fel yr achosodd Marged boen mawr iddo pan wrthodai yn bendant godiad yn ei chyflog. Ni allai Enoc gael heddwch i'w feddwl heb wobrwyo Marged mewn rhyw ffordd neu'i gilydd.

Mentrodd un diwrnod, gydag ofn, gynnig iddi anrheg o *brooch*. Boddhawyd Marged yn enfawr; yn wir ni allai beidio â cholli dagrau. Wrth ganfod ei boddhad mawr, anrhegodd Enoc hi, o dro i dro, ag

---

gweledigaeth: *vision*
Prin yr âi diwrnod heibio: *A day would rarely go by*
ei longyfarch: *congratulate him*
os âi diwrnod heibio: *if a day would pass (go) by*
cyfeirio at: *to refer to*
carwriaeth: *courtship*
na allai oddef: *who couldn't tolerate*
Cyfaddefai M: *M would admit*
Byth ar ôl: *Ever since*
telerau: *terms*
cysuron: *comforts*
fel na allai E: *so that E couldn't*
dyfalu: *guess*
ymddygiad: *behaviour*

Rhoddai E: *E gave*
gwelliant: *improvement*
fel y crybwyllodd: *that he mentioned*
codiad: *rise*
wedi ymdecáu: *had smartened*
cryn lawer: *quite a lot*
ni allai E beidio a'i chanmol: *E couldn't stop praising her*
mor dirion: *so gentle*
gwobrwyo: *to reward*
Boddhawyd M: *M was pleased*
Wrth ganfod: *On seeing*
boddhad: *satisfaction*
o dro i dro: *from time to time*

amryw ddarnau o ddilladau. Roedd llawenydd Marged yn derbyn yr anrhegion yn rhoi pleser mawr i Enoc. Un diwrnod, tybiai Enoc fod gwobr yn ddyledus i Marged – yn fwy felly am ei bod wedi gwrthod ei chwarter cyflog. Gofynnodd Enoc i Marged beth fasai hi'n ei ddymuno ei gael fel rhodd.

'Wel, gan eich bod chi mor geind, mistar,' ebe Marged, 'mi faswn yn licio'n fawr iawn cael modrwy debyg i honna sy gynnoch chi, ond heb fod mor gostus.'

Roedd diniweidrwydd plentynnaidd Marged mor amlwg fel na feiddiai Enoc wrthod ei chais, ac ebe fe:

'Wel, gan mai dyna liciech chi, ewch i siop Mr Swartz i brynu un, a deudwch wrtho y dof i yno i dalu. Mi gewch fodrwy dda, Marged, am ryw bum swllt ar hugain.'

'Rydych chi'n garedig iawn, mistar,' ebe Marged, ac i siop Mr Swartz â hi heb golli amser. Ond er trio llawer nid oedd gan Mr Swartz fodrwy ddigon ei maint i fys Marged. Felly, cymerodd fesur ei bys i gael gwneud modrwy yn arbennig iddi hi.

Dechreuodd Enoc gredu, os digwyddai iddo fod yn llwyddiannus i ennill llaw a chalon Miss Trefor – ei phriodi, a'i dwyn i Siop y Groes, na fyddai rhaid troi Marged i ffwrdd fel yr oedd e wedi ofni.

'Hwyrach,' ebe Enoc, wrtho ef ei hun, 'ei bod hithau, fel llawer eraill, yn meddwl bod popeth wedi ei benderfynu rhyngo i a Miss Trefor, a'i bod hi'n paratoi erbyn y bydd Miss Trefor yn Mrs Huws, a diolch am hynny. Rwyf yn cofio'r amser pan fyddwn yn dychrynu wrth feddwl be ddeude Marged pe baswn yn sôn am briodi. Druan o Marged! Yr hen greadures ddiniwed a ffyddlon, mi licie hi 'ngweld i wedi priodi a setlo i lawr.'

Gan fod bron pawb o'i gydnabod, yn eu tro, wedi crybwyll wrtho – rhai yn chwareus, rhai yn ddifrifol – enw Miss Trefor, synnai Enoc weithiai na soniodd Marged erioed amdani. A llawer tro pan ddigwyddai iddo aros yn hwyr yn Nhŷ'n yr Ardd, roedd Enoc yn disgwyl i Marged led-awgrymu rhywbeth am yr argoelion. Ond y cwbl a ddywedai Marged fyddai:

'Sut mae'r gwaith mein yn dŵad ymlaen, mistar?'

---

tybiai E: *E considered*
yn ddyledus: *owed*
mor geind: *so kind*
diniweidrwydd: *innocence*
plentynnaidd: *childish*
amlwg: *apparent*
fel na feiddiai E: *so that E wouldn't dare*

y dof i yno: *that I'll come there*
Yr hen greadures ddiniwed: *The dear innocent creature*
cydnabod: *acquaintances*
wedi crybwyll: *had mentioned*
lled-awgrymu: *half-suggest*
argoelion: *prospects*

22: TORRI AMOD

Roedd diwedd i amynedd Marged hyd yn oed. Un noson, tra oedd ei meistr yn aros yn hwyr yn Nhŷ'n yr Ardd, a'r nos yn hir a digysur, penderfynodd Marged y siaradai â'i meistr pan ddeuai adref, oherwydd roedd hi wedi blino byw fel hyn.

Cyn gynted ag y daeth Enoc i'r tŷ gwelodd nad oedd Marged yn edrych mor fywiog ag arfer. Er mawr ryfeddod i Enoc, ni ofynnodd Marged 'sut oedd y gwaith mein yn dod ymlaen,' ond unwaith roedd Enoc wedi tynnu ei esgidiau, a hithau wedi estyn ei slipars iddo, edrychodd Marged ym myw llygad Enoc gyda chymaint o ddifrifwch nes ei atgoffa am ei hen ffyrnigrwydd, ac ebe hi:

'Wel, mistar, be ydych chi'n meddwl ei neud?'

Edrychodd Enoc am foment braidd yn swil, a meddyliodd fod Marged, o'r diwedd, yn *mynd* i sôn am Miss Trefor. Ebe fe, gyda gwên ar ei wyneb:

'At be rydych chi'n cyfeirio, Marged?'

'Wyddoch chi'n iawn at be rydw i'n cyfeirio. Isio gwbod sy arna i be ydych chi'n feddwl neud, achos mae'n bryd ichi neud rhywbeth.'

'Wel,' ebe Enoc, dipyn yn wyliadwrus, 'rydw i'n addef ei *bod* yn bryd i mi wneud rhywbeth. Ond dydy dyn ddim yn cael ei ffordd ei hun bob amser, wyddoch chi, Marged.'

'Be sy'n rhwystro i chi gael eich ffordd eich hun?' gofynnodd Marged.

'Dydych chi ddim yn gwybod popeth, Marged,' ebe Enoc.

'Mi wn nad ydw i'n dallt dim am fusnes ond rydw i'n meddwl y gwn i sut i gadw tŷ cystal â neb.'

'Does dim eisiau eich gwell i gadw tŷ,' ebe Enoc yn fwyn. 'Rydw i wedi deud hynny laweroedd o weithiau, Marged.'

'Be arall fedrech chi ddeud?' ebe Marged.

'Digon gwir,' ebe Enoc. 'Ond dyna'r oeddwn i yn mynd i'w ddeud – rydych chi'n hintio 'mod i'n hir yn gwneud rhywbeth. Ond dydy dyn ddim yn gallu gwneud popeth mae'n ei ddymuno. Mi wn eich bod yn teimlo'n unig yn yr hen dŷ mawr yma ar eich pen eich hun, yn enwedig er

---

torri amod: *to break an engagement*	cymaint o ddifrifwch: *so much seriousness*
amynedd: *patience*	nes ei atgoffa: *until he was reminded*
digysur: *comfortless*	ffyrnigrwydd: *ferocity*
y siaradai: *that he'd talk*	cyfeirio: *to refer*
pan ddeuai: *when he'd come*	yn wyliadwrus: *guarded*
Er mawr . . . i E: *to E's great surprise*	addef: *admit*
ym myw llygad E: *right into E's eye*	

pan ydw i wedi dechre mynd i Dŷ'n yr Ardd, ac yn aros allan yn hwyr. Ac mi wn eich bod wedi blino disgwyl i mi briodi. Ond y gwir amdana i ydi hyn – wnewch chi ddim sôn am y peth wrth neb, wnewch chi, Marged?'

'Na, sonia i ddim gair wrth neb,' ebe Marged.

'Wel,' ebe Enoc, ''y gwir ydyw, dydw i ddim nes efo Miss Trefor heddiw nag oeddwn i yn y cychwyn. Mae hi'n eneth anodd iawn i'w hennill. Rwyf yn cyfadde fy mod yn ei charu ——'

Nid ynganodd Enoc air arall. Dychrynwyd ef gan yr olwg oedd ar Marged. Y peth cyntaf a'i trawodd oedd ei llygaid, oedd ar agor led y pen gan wreichioni tân fel llygaid teigres. Yna, gwelai ei gwefusau yn glasu, a'r glesni'n ymledu dros ei holl wyneb. Roedd Enoc wedi ei syfrdanu gymaint fel na allai ofyn beth oedd yr anhwyldeb, ond credai'n sicr fod Marged wedi gorffwyllo ac ar fin ymosod arno a'i dynnu'n ddarnau, neu ar fin cael strôc. Yna rhoiodd sgrech annaearol, fel sgrech mil o gathod gwylltion, ac yna syrthiodd fel person marw ar y llawr.

Yn ei ddychryn rhuthrodd Enoc at y drws ar fin 'nôl cymorth, ond cyn agor y drws, cofiodd ei bod yn hanner nos ac y gallai Marged druan farw tra byddai ef yn ceisio rhywun yno. Crynai ei liniau ynghyd tra oedd yn dodi dŵr oer ar wyneb Marged. Yna, yn hollol sydyn, dechreuodd hi gicio'n enbyd, a thaflu allan ei breichiau cryf, a rhincian ei dannedd yn ofnadwy, nes argyhoeddi Enoc mai mewn ffit oedd Marged druan. Rhag iddi gnoi ei thafod, llwyddodd Enoc, ar ôl llawer o drafferth, i roi llwy yn ei cheg. Cydiodd Marged yn y llwy â'i dannedd a lluchio allan ei braich dde gyda dwrn caeedig, a thrawodd hi Enoc yn ei drwyn nes oedd ar lawr a'i waed yn llifo.

Yn llawn tosturi at y dioddefydd, a heb falio dim am yr ergyd a gawsai, neidiodd Enoc ar ei draed, ond roedd y dyrnod wedi ei ddinerthu mor dost, a Marged hithau'n parhau i gicio a lluchio a tharo,

---

wnewch chi ddim sôn: *you won't mention*
nes: *[any] nearer*
cyfaddef: *to admit*
Nid ynganodd E: *E didn't utter*
Dychrynwyd ef: *He was horrified*
gan yr olwg: *by the look*
a'i trawodd: *which struck him*
gan wreichioni: *sparkling*
glasu: *turning blue*
glesni: *blueness*
ei syfrdanu: *shocked*
cymaint: *so much*
anhwyldeb: *illness*
wedi gorffwyllo: *had become mad*

ar fin ymosod: *about to attack*
annaearol: *unearthly*
cymorth: *aid*
enbyd: *terrible*
rhincian: *gnashing*
argyhoeddi: *to convince*
lluchio: *to throw*
dwrn: *fist*
tosturi: *pity*
dioddefydd: *sufferer*
heb falio dim: *without worrying*
a gawsai: *that he'd had*
dyrnod: *punch*
dinerthu: *to weaken*

fel y gwelodd Enoc yn amlwg y byddai *rhaid* iddo geisio cymorth o rywle. Rhuthrodd allan, ac er ei lawenydd, daeth ar draws Jones y Plismon.

'Dowch i mewn ar unwaith, Mr Jones bach,' ebe Enoc.

'Be ydi'r helynt, Mr Huws?' gofynnodd Jones yn araf a digyffro. 'Beth ydi'r gweiddi sydd yn eich tŷ chi?'

'Ond Marged yma sy mewn ffit, dowch i mewn, dowch i mewn ar unwaith,' ebe Enoc.

Cerddodd Jones i mewn yn hamddenol, ac wedi dod i'r goleuni, synnwyd ef yn fwy gan yr olwg oedd ar wyneb gwaedlyd Enoc na'r olwg annaturiol oedd ar Marged â llwy yn ei cheg. Roedd Marged wedi llonyddu, ac edrychodd Jones yn wyneb Enoc, ac ebe fe:

'Mae'n ymddangos, Mr Huws, mai chi gafodd y gwaetha yn yr ysgarmes,' a chyn i Enoc gael ateb, neidiodd Marged ar ei thraed, a chan edrych yn ffyrnig ar Enoc, ebe hi:

'Y dyn drwg,' ond gwelodd fod rhywun arall yn yr ystafell, a chan droi at y plismon, ebe hi yn eofn:

'Be ydi eich busnes chi yma? Ewch allan mewn winciad, neu mi rof ole trwoch chi efo'r pocer 'ma. Ydych chi'n mynd?'

Gwenodd y plismon yn hynod o wybodus, ac amneidiodd Enoc arno i fynd ymaith, a dilynodd ef at y drws.

'Yr hen *game*, Mr Huws, yr hen *game*,' ebe'r plismon wrth adael y tŷ, ac roedd Enoc yn rhy ddychrynedig i'w ateb.

Druan ag ef! Roedd bron â llewygu a syrthiodd i'r gadair o flaen Marged eilwaith. Lliniarodd Marged am bum eiliad, ac yna dechreuodd eto:

'Ydi o ddim yn ddigon i chi 'y nhwyllo i a gneud ffŵl ohono i, heb nôl plismon yma?'

'Marged,' ebe Enoc yn grynedig, oherwydd yr eiliad honno y sylweddolodd wir sefyllfa pethau, 'Marged, peidiwch â gweiddi, rydw i'n crefu arnoch.' (Credai Enoc fod y plismon yn gwrando wrth y ffenestr.)

'Peidio â gweiddi? Peidio â gweiddi?' ebe Marged ar dop ei llais. 'Mi weidda i faint a fynna i. Oes gynnoch chi ofn i bobol glywed? Oes, mi

---

digyffro: *unperturbed*
wedi llonyddu: *had calmed*
ymddangos: *to appear*
gwaethaf: *worst*
ysgarmes: *skirmish*
eofn: *boldly*
gole: *light*
yn hynod o wybodus: *remarkably knowingly*

amneidiodd E: *E beckoned*
dychrynedig: *frightful*
bron â llewygu: *almost fainted*
Lliniarodd M: *M relented*
sylweddolodd: *(he) realized*
gwir: *real*
crefu: *to beg*
faint a fynna i: *how much I want*

wn. Ond mi gaiff pawb glywed; mi'ch 'sposia chi i bawb, a chewch chi ddim gneud ffŵl ohono i.'

'Sut yr ydw i wedi gneud ffŵl ohonoch chi, Marged?' ebe Enoc, a'i dafod cyn syched nes glynu yn nhaflod ei enau.

'Sut? Sut? Sut?' gwaeddodd Marged. 'Ym mhob sut! Ddaru chi ddim deud y baswn i'n gneud gwraig *splendid*? Ddaru chi dddim deud gannoedd o weithiau na fasech chi byth yn dymuno gwell *housekeeper*?'

'Do,' ebe Enoc, 'a mi ddeudaf hynny eto, ond sut rydw i wedi gneud ffŵl ohonoch chi?'

'Y dyn drwg! Oeddech chi ddim yn rhoi ar ddallt i mi eich bod chi'n meddwl amdana i? Ac os nad oeddech chi, pa fusnes oedd gynnoch chi ddeud ffasiwn beth?'

'Marged, rydych chi wedi twyllo eich hun; rois i erioed reswm i chi feddwl y fath beth, a feddylies i erioed fwy am eich priodi nag am briodi *boa-constrictor.*'

'Wel, y dyn melltigedig!' ebe Marged. 'Be yn y byd mawr oeddech chi'n ei feddwl wrth roi i mi'r holl bresante, heblaw gneud ffŵl ohono i? Ond maen nhw gen i i gyd. Peidiwch â meddwl y cewch chi 'nhrin i fel 'na – mi *wna* i chi stico at eich gair. Ac i be y baswn i'n gwrthod codiad yn 'y nghyflog heblaw eich bod chi wedi cystal â deud mai fi fase'ch gwraig chi? Ond mi gewch chi sefyll at eich gair, syr, ac mi fydd yn edifar gynnoch chi. A deud eich bod chi'n caru'r hen lyngyren o Dŷ'n yr Ardd? Y ffifflen fach ddiddaioni! Ond arhoswch dipyn bach! Mi gaiff pawb wybod eich hanes chi, ac mi gewch dalu'n ddrud am hyn! Os na sefwch chi at eich gair, mi fynna i eich torri chi allan o'r seiat, a mi'ch gwna chi cyn dloted â Job, na fydd gynnoch chi grys i'w roi am eich cefn.'

'Marged, mi fydde'n well gen i i chi blannu'r gyllell yna (roedd cyllell fawr ar y bwrdd yn ymyl Marged) yn 'y nghalon i na gwrando ar un gair amharchus am Miss Trefor. Deudwch y peth a fynnoch chi amdana i, os leiciwch chi, ond peidiwch â deud yr un gair – yr un sill – am Miss Trefor. Y hi ydi'r eneth ore a phrydferthaf yn y byd! Mae ei henw hi yn rhy bur i'ch anadl llygredig chi ei swnio! A sôn 'mod i wedi gneud ffŵl ohonoch chi! Edrychwch – gwrandewch be rydw i'n ddeud wrthoch chi

---

mi gaiff pawb glywed: *everyone will get to know*
cyn syched: *so dry*
glynu: *to stick*
taflod ei enau: *his palate*
ffasiwn beth: *such a thing*
y cewch chi 'nhrin i: *that you may treat me*
wedi cystal â deud: *had just as well said*
edifar: *regret*

llyngyren: *tape-worm*
diddaioni: *useless*
Mi gaiff pawb wybod: *Everyone will be told*
cyn dloted â: *as poor as*
amharchus: *disrespectful*
sill: *syllable*
anadl llygredig: *corrupt breath*

– tase neb ond y chi a finne ac un wranwtang yn y byd, ac i mi orfod priodi un ohonoch chi, fe gawsech chi, Marged, fod yn hen ferch! Dydw i'n hidio yr un daten amdanoch chi, a dalltwch, dydw i ddim am ddiodde dim rhagor o'ch tafod drwg chi, ac fe fydd rhaid i chi hel eich pac oddi yma ar unwaith!'

Syfrdanwyd Marged gan eiriau ac eofndra Enoc. Roedd yn beth newydd hollol yn ei gymeriad, a chafodd effaith ddirdynnol arni. Cafodd ail ymosodiad o hysteria. Syrthiodd ar ei chefn ar lawr, a dechreuodd gicio a bytheirio fel o'r blaen. Nid estynnodd Enoc un help iddi hi ond yn hytrach goleuodd gannwyll ac aeth i'w ystafell wely.

Roedd Enoc Huws yn ddyn da, a chanddo galon mor dyner fel na ddarfu erioed ladd gwybedyn yn ei siop heb deimlo pangfa yn ei gydwybod. Y noson honno, tra oedd ef yn esgyn y grisiau i'w ystafell wely, gobeithiai o waelod ei galon y byddai Marged wedi cnoi ei thafod yn yfflon cyn y bore!

---

fe gawsech chi . . . fod: *you'd be left*
hel eich pac: *to pack up and leave*
Syfrdanwyd M: *M was shocked*
eofndra: *boldness*
dirdynnol: *excruciating*
bytheirio: *utter threats*

fel o'r blaen: *like previously*
na ddarfu erioed ladd: *that he had never killed*
gwybedyn: *gnat*
pangfa: *pang*
cydwybod: *conscience*
yn yfflon: *in tatters*

23: PENBLETH

Cyn gynted ag y cyrhaeddodd Enoc ei ystafell wely daeth i deimlo mai Enoc Huws oedd ef eto. Prin y gallai gredu ei fod wedi bod mor eofn gyda Marged! Dechreuodd ei gydwybod hefyd ei gyhuddo am ei gadael ar ei phen ei hun yn y fath gyflwr. Ond cofiodd am y mileindra a welodd yn ei hwyneb y noson honno – roedd yn sicr fod mwrdrad yn llechu yng nghonglau ei llygaid!

Dechreuodd Enoc ofni a chrynu, a phenderfynodd gloi drws ei ystafell. Nid oedd y drws wedi ei gloi ers blynyddoedd, ac oherwydd hynny cafodd Enoc fod yr allwedd wedi rhydu yn y clo – ni allai ei symud. Beth oedd i'w wneud? Ni fu erioed mor nerfus, ac eithrio'r noson pan aeth gyntaf i Dŷ'n yr Ardd. Gosododd ei gist ddillad yn erbyn y drws, a'r ychydig o gadeiriau oedd yn yr ystafell. Eto, ni theimlai Enoc yn ddiogel rhag y gelyn ac arhosodd am yr ymosodiad. Roedd yn edifar ganddo yn ei galon siarad fel y gwnaethai â Marged, oherwydd byddai ei eiriau'n sicr o gynllunio rhyw ddial yn ei chalon. Teimlai'n sicr, yn ôl yr amser, fod Marged allan o'r ffit ers meitin, a meddiannwyd ef gan y syniad arswydus ei bod wedi rhoi procer yn y tân, a'i bod yn aros iddo fod yn eirias.

Yn y man, clywai'r grisiau'n clecian dan bwysau Marged. Deallodd ei bod yn dod i fyny yn nhraed ei sanau, oherwydd roedd ei throediad yn ysgafn ac araf, a chredai Enoc yn ei galon ei bod yn bwriadu gwneud rhuthr annisgwyl arno. Gan nad oedd drws ei lofft yn cau yn glòs, pan ddaeth Marged i'r troad yn y grisiau gwelai Enoc olau ei channwyll wrth ymyl y drws. Curai ei galon fel calon aderyn newydd ei ddal, a rhedai dafnau chwys oer i lawr ei wyneb. *Roedd Marged wedi cyrraedd drws ei ystafell!* Ond mynd heibio yn araf a distaw a wnaeth fel pe buasai yn ofni deffro plentyn!

Pan glywodd Enoc ddrws ystafell wely Marged yn cau gollyngodd

---

ochenaid hir, ddiolchgar, o waelod ei galon, a thaflodd ei hun ar y gwely i geisio'i adfeddiannu ei hun. Wedi atgyfnerthu ychydig, cododd ac aeth at y drws, gan osod ei glust wrth ymyl y drws. Gwrandawodd yn ofalus am ebychiadau a chwyrniadau Marged, a phan ddechreuodd y rhain ddisgyn ar ei glyw teimlai bellach ychydig yn fwy diogel, ac wedi dadwisgo a mynd i'r gwely, cafodd gyfle i ystyried 'y sefyllfa'.

Roedd y syniad fod Marged wedi tybio ei fod ef yn mynd i gymryd Marged yn wraig yn atgas. Ac eto, gwelai nad oedd ganddo neb i'w feio am hyn ond ef ei hun. Deuai'r holl eiriau tyner a charuaidd yr oedd e wedi eu defnyddio o dro i dro er mwyn ei chadw'n ddiddig – deuent yn ôl i'w gof yn awr fel ysguthanod i'w clwydi – geiriau na rôi ef un pwys arnynt wrth eu llefaru, ond a dderbynnid gan Marged, fel y gwelai yn awr, fel geiriau cariadfab. A dyna'r anrhegion: ni allai wadu'r rhai hynny – roedd ef ei hun wedi talu amdanynt, ac ni byddai Marged yn brin o dystion i brofi hynny. Cofiodd am wrando ar Marged yn adrodd helynt Mr Swartz yn cael modrwy i'w ffitio. Roedd ganddo ryw atgof gwan hefyd o glywed Marged yn galw'r fodrwy yn *migag'd ring*. Roedd y pethau hyn, wrth eu troi yn ei feddwl, yn ofnadwy o ddifrifol.

Y tu cefn i bopeth a redai trwy ei feddwl, safai Miss Trefor yn ei phrydferthwch a'i holl swyn – yr unig wrthrych daearol yn ei olwg oedd yn werth byw er ei fwyn. Roedd hi'n sicr o ddod i wybod am yr holl helynt. Roedd hi'n eithaf amlwg, oddi wrth fygythion Marged, mai ef a'i amgylchiadau a fyddai siarad y gymdogaeth ymhen ychydig oriau. Roedd digon o bobl bob amser yn barod i gredu pob stori o'r fath, a phan ddangosai Marged yr anrhegion roedd yn ddigon posibl y credai pawb y chwedl ffôl. A gredai Miss Trefor? Gwelai Enoc yn eglur y byddai'r helynt yn sicr yn peri iddi hi ei ddiystyru, os nad ei gasáu, a rhoi pen unwaith ac am byth ar brif amcan ei fywyd.

---

ochenaid: *sigh*	un pwys: *any importance*
adfeddiannu: *to regain control*	wrth eu llefaru: *by saying them*
atgyfnerthu: *to refresh*	a dderbynnid: *which were received*
ebychiadau: *groans*	cariadfab: *lover*
chwyrniadau: *snores*	gwadu: *to deny*
disgyn ar ei glyw: *fall on his hearing*	yn brin o dystion: *short of witnesses*
ystyried: *to consider*	swyn: *charm*
tybio: *to assume*	gwrthrych daearol: *earthly object*
atgas: *revolting*	bygythion: *threats*
caruaidd: *loving*	amgylchiadau: *circumstances*
o dro i dro: *from time to time*	yn peri iddi hi: *causing her*
diddig: *contented*	ei ddiystyru: *to disregard him*
ysguthanod i'w clwydi: *like wood-pigeons coming home to roost*	os nad ei gasáu: *if not hate him*
na rôi ef: *that he wouldn't give*	pen: *end*

Er mwyn ennill sylw ac, os oedd yn bosibl, ennill serch Miss Trefor, roedd ef eisoes wedi gwario llawer o arian. Yn ôl cais Capten Trefor, roedd wedi gwario cannoedd o bunnau ar Waith Coed Madog, ac nid oedd ond gwario i fod am beth amser, o leiaf. Heblaw hynny, roedd ef wedi prynu ceffyl a thrap, a rhoi pris mawr amdanynt, ac wedi eu gosod at wasanaeth Capten Trefor i gymryd Mrs Trefor, nad oedd yn gref iawn, allan yn awr ac yn y man am awyr iach.

Ni fyddai ef yn dychmygu am roddi ei arian mewn gwaith mwyn, nac am geffyl a thrap – nad oedd arno eu heisiau – oni bai ei fod yn gobeithio ennill ffafr Miss Trefor. Ac roedd yn barod i wneud mwy o aberthau os gwelai fod hynny'n paratoi'r ffordd i wneud iddo le yn ei chalon hi.

Meddyliai, ar adegau, ei fod yn gweld arwyddion gwan fod ei ffyddlondeb a'i ymroddiad llwyr iddi hi yn graddol sicrhau iddo fuddugoliaeth hapus. Ond och! Dyma'r deml a adeiladodd yn dod yn bendramwnwgl am ei ben a'r trychineb oherwydd morwyn hagr, anwybodus a garw.

Nid unwaith na dwywaith y meddyliodd Enoc a fyddai'n bosibl, tybed, prynu Marged? A gymerai hi swm go lew o arian am atal ei thafod a mynd ymaith? Prin y gallai Enoc gredu fod hynny'n bosibl, oherwydd roedd gwrthod ei chyflog yn dangos nad oedd hi'n rhoi pris ar arian – roedd yn well ganddi fod yn wraig iddo ef. Hwyrach y byddai cynnig iddi hanner cant o bunnau yn gwneud iddi hi newid ei thôn. Ond byddai hynny'n ymddangos fel cyfaddefiad ei fod wedi ei thwyllo. A beth bynnag byddai rhaid cael tyst, a byddai hynny'n dod â rhywun arall i mewn i'r gyfrinach – rhywun, hwyrach, a fyddai'n taenu'r stori ar hyd y gymdogaeth.

Ond beth arall oedd i'w wneud? Rhedodd ei feddwl dros restr ei gyfeillion, pan gofiodd gydag ing fod Jones y plismon eisoes wedi cael cip ar ei sefyllfa. A beth oedd y dyn yn ei feddwl wrth ddweud 'yr hen *game*, Mr Huws?' Oedd e'n awgrymu rhywbeth am ei gymeriad?

'Mae'n sicr bod y dyn yn meddwl rhywbeth felly,' ebe Enoc gyda dychryn. Dechreuodd ei gydwybod edliw iddo ei bechodau – pan nad

---

aberthau: *sacrifices*	atal: *restrain*
ymroddiad llwyr: *total application*	cyfaddefiad: *admission*
graddol sicrhau: *gradually ensuring*	tyst: *witness*
buddugoliaeth: *victory*	taenu: *to spread*
teml: *temple*	ing: *anguish*
yn bendramwnwgl: *headlong*	cael cip: *get a glimpse*
trychineb: *disaster*	cydwybod: *conscience*
hagr: *ugly*	edliw: *reproach*
garw: *rough*	pechodau: *sins*

oedd yn esgeuluso un cyfarfod crefyddol ganol yr wythnos; pan ddarllenai y Beibl, ac y ceisiai wneud ei orau dros achos crefydd. A oedd ef wedi cadw at y llwybr hwnnw? Na, yr oedd ei fyfyrdodau bron yn gyfangwbl ers misoedd wedi bod yn ymdroi o gwmpas Miss Trefor, Gwaith Coed Madog a phethau felly. Pan fyddai'r capel a Thŷ'n yr Ardd yn croesi ei gilydd, roedd ers amser bellach yn ochri at Dŷ'n yr Ardd. Pan fyddai Miss Trefor a chrefydd yn y cwestiwn, Miss Trefor oedd wedi cael y flaenoriaeth.

Nid hynny'n unig, oherwydd ei fod wedi gwario llawer ar ei dŷ, Gwaith Coed Madog, a phethau eraill, roedd wedi cwtogi ei gyfraniadau yn y capel ac at achosion elusennol. Nid oedd yn cael cymaint o bleser yng nghwmni pobl grefyddol. Ar y Sul, yn y capel, roedd yn ddiweddar yn teimlo bod y gwasanaeth yn rhy hir, ac os byddai cyfarfod athrawon, ni allai feddwl am aros ynddo. Os na fyddai'r bregeth ar y Sul yn hynod o gynhyrfus, byddai ei feddyliau ef o ddechrau'r gwasanaeth i'w ddiwedd yn troi o gwmpas Miss Trefor ac roedd yn rhoi mwy o bris ar gael cydgerdded â hi adref ar fore Sul nag ar y bregeth odidocaf.

Meddyliodd Enoc am yr holl bethau hyn, ac wylodd ddagrau o edifeirwch pur. 'Nid rhyfedd,' meddai wrtho'i hun, 'fod Duw wedi digio wrthyf a'i fod yn fy nghosbi'n llym.' Wrth garu Miss Trefor yn fawr nid oedd ef wedi bwriadu caru Duw a'i achos yn llai. Ac erbyn hyn, canfyddai fod y ffordd fel petai wedi ei chau rhag iddo allu diwygio. Gwelai'r tebygolrwydd, y sicrwydd bron, y câi ei ddiarddel. Roedd Marged wedi tystio y mynnai ei dorri allan o'r seiat. Gallai Marged dddwyn ymlaen amryw o bethau i gadarnhau ei chyhuddiad. Ni byddai ganddo ef ddim byd i wrthbrofi ei chyhuddiad ond ei air yn unig. Yn sicr, byddai'r mwyafrif yn ochri gyda Marged am fod ei ffyddlondeb yn y capel wedi dirywio yn ddiweddar.

Er ei fod yn teimlo'n euog ac edifeiriol gerbron Duw am lawer o esgeulusterau, ni allai Enoc gael bai ynddo'i hun am ymserchu yn Miss

---

esgeuluso: *to neglect*
myfyrdodau: *thoughts*
blaenoriaeth: *priority*
cwtogi: *to cut down*
cyfraniadau: *contributions*
achosion elusennol: *charitable causes*
cynhyrfus: *moving*
y bregeth odidocaf: *the most splendid of sermons*
edifeirwch: *repentance*
wedi digio: *had taken offence*
yn llym: *severely*
canfyddai: *he recognized*

diwygio: *reform*
tebygolrwydd: *likelihood*
y câi ei ddiarddel: *that he'd be expelled [from chapel]*
seiat: *informal chapel meeting*
cyhuddiad: *accusation*
gwrthbrofi: *to disprove*
wedi dirywio: *had deteriorated*
euog: *guilty*
edifeiriol: *repentant*
esgeulustra: *carelessness*
ymserchu: *to fall in love with*

Trefor. Nid oedd yn fater o ddewis. Ond yn awr, gydag ochenaid, ffarweliodd am byth â'i hoff freuddwyd o wneud Miss Trefor ryw ddydd yn Mrs Huws. Ond, ble bynnag y byddai ei gartref, beth bynnag ddigwyddai iddo, fe garai ef hi hyd y diwedd.

'Ie, ble bydd fy nghartref? Mae aros yn y gymdogaeth hon allan o'r cwestiwn; fedra i byth ddal y gwarth! Mae'r meddwl am fynd drwy'r holl helynt bron â 'ngyrru i'n wallgof! Beth fydd i mi yma ar ôl colli'r gobaith amdani *hi*? Dim! Mi werthaf bob scrap sy gen i, ac mi af i rywle – waeth gen i ble,' a rhoddodd Enoc y canfed tro yn ei wely y noson honno.

---

ochenaid: *sigh*   y canfed tro: *the 100th turn*
dal y gwarth: *face the shame*

24: MARGED O FLAEN EI GWELL

Roedd dyletswyddau Jones y Plismon i orffen am bedwar o'r gloch y bore. Ond gan ei fod ef yn meddwl y byddai'n fuddiol iddo gael sgwrs gyda Mr Enoc Huws yn gynnar y bore canlynol, tybiodd nad oedd yn werth y drafferth iddo fynd i'w wely nes iddo'n gyntaf weld Enoc. Credai y gallai ei wasanaeth fod o ddefnydd. Adwaenai Enoc Huws yn dda – adwaenai ef fel un o'r dynion diniweitiaf a phuraf ei gymeriad a welodd erioed. Credai yn sicr ei fod yn analluog i wneud dim oedd yn ddianrhydeddus, ac ni allai ddyfalu'r rheswm am yr hyn a welsai ac a glywsai.

Er na chysgodd Enoc winciad y noson honno, arhosodd yn ei ystafell wely heb leihau dim ar y baricad nes clywed Marged yn mynd i lawr y grisiau. Yna symudodd y cyfan mor ddistaw ag y medrai. Wedi ymolchi, pan aeth at y drych dychrynodd wrth yr olwg oedd ar ei wyneb. Roedd clais du dan ei ddau lygad, effaith y dyrnod a gawsai gan Marged. Sut y gallai ddangos ei wyneb i unrhywun? Wedi cerdded yn ôl ac ymlaen hyd yr ystafell am ysbaid, a phendroni cryn dipyn, gwelodd Enoc na allai wneud dim gwell na mynd i lawr y grisiau – syrthio ar ei fai o flaen Marged – siarad yn deg â hi – addo popeth iddi hi (ond ei phriodi) er mwyn cael amser iddo ef ei hun i hel ei bethau – eu gwerthu – a gadael y wlad. Roedd yn glamp o orchwyl, ond roedd rhaid ei wneud, ac i lawr ag ef. Pan gyrhaeddodd waelod y grisiau collodd ei hyder, ac yn lle troi at Marged yn y gegin, trodd i'r parlwr, a phan oedd yn codi llen y ffenestr, y gŵr cyntaf a welodd ar yr heol oedd Jones y Plismon. Rhoiodd Enoc nòd arno. Camgymerodd Jones y nòd a rhoi iddo'r ystyr – 'Dewch yma,' a chyflymodd Jones at y drws. Gwelodd Enoc fod Jones wedi tybio ei fod yn ei alw. Agorodd Enoc y drws.

'Oeddech chi'n galw, Mr Huws?' gofynnodd Jones.

'Nac oeddwn,' ebe Enoc, 'ond dowch i mewn.' Aeth y ddau i'r parlwr a chaeodd Enoc y drws.

'Maddeuwch fy nghamgymeriad,' ebe Jones, wedi i Enoc gau'r drws,

---

M o flaen ei gwell: *M in front of her superiors*
dyletswyddau: *duties*
buddiol: *beneficial*
tybiodd: *he thought*
o ddefnydd: *of* [*some*] *use*
Adwaenai: *He knew*
diniweitiaf: *most innocent*
yn ddianrhydeddus: *dishonourable*

dyfalu: *to guess*
heb leihau: *without lessening*
clais: *bruise*
dyrnod: *blow*
am ysbaid: *for a while*
pendroni: *to think worriedly*
hel: *to collect*
yn glamp o orchwyl: *a huge task*

'mi feddyliais eich bod yn fy ngalw, a bod arnoch eisiau siarad â mi am yr helynt neithiwr.'

'Roedd hynny'n ddigon naturiol,' ebe Enoc, mewn penbleth fawr. Ar ôl ychydig o ddistawrwydd, ychwanegodd Enoc, 'Ddaru chi sôn am yr helynt wrth rywun, Mr Jones?'

'Dim peryg, Mr Huws,' ebe Jones, 'wnaiff hi mo'r tro i blismon sôn am bopeth y bydd yn ei weld ac yn ei glywed, na, dim peryg.'

'Ddaru chi ddeud wrth eich gwraig,' gofynnodd Enoc.

'Wrth fy ngwraig, Mr Huws? Na, fydda i byth yn dweud dim wrth *unrhyw wraig* ond pan fydd arnaf eisiau arbed talu i'r *town crier*,' ebe Jones.

'Mae'n dda gen i glywed hynny; ond rwyf yn hynod o anffodus,' ebe Enoc yn drist.

'Mi fyddaf bob amser yn deud na ddylai'r un dyn sydd mewn busnes, ac yn enwedig os bydd yn cadw tŷ, fod heb briodi. Y natur ddynol yw'r natur ddynol dros yr holl fyd, syr.'

'Mr Jones, dydych chi ddim yn beiddio awgrymu dim am burdeb fy nghymeriad, ydych chi?'

'Rwyf yn eich adnabod ers blynydde, Mr Huws,' ebe Jones, 'ond rydyn ni, y plismyn, yn gweld cymaint nes byddaf, ar adegau, bron colli ffydd ym mhawb. Ar yr un pryd, byddaf yn gwneud ymdrech i gredu'r gore am bob dyn nes profir tu hwnt i amheuaeth ei fod yn euog.'

Teimlai Enoc yn sicr fod Jones yn edrych arno fel dyn euog, a gorchfygwyd ef gan ei deimladau, a thorrodd alan i wylo'n hidl.

'Mr Huws, peidiwch â bod yn ffôl, aiff y stori ddim pellach o'm rhan i.'

Wedi meddiannu ychydig arno'i hun ebe Enoc braidd yn drist ei dôn:

'Allaf i wneud cyfaill ohonoch? Allaf i ymddiried ynoch, Mr Jones?'

'Pan fydd rhywun yn ymddiried *secret* i mi, syr, mi fyddaf yn ei roi yna (gan bwyntio ei fys at ei fynwes) ac yn ei gadw yna dan glo.'

Yna adroddodd Enoc ei holl hanes ynglŷn â Marged – y byd ofnadwy a gawsai gyda hi, gymaint oedd wedi gorfod ei oddef, soniodd am ei thymherau drwg a'i gormes, fel yr oedd ef, er mwyn heddwch, wedi ei moli – mewn gair, dywedodd y cwbl, heb adael allan sôn am Miss Trefor, ac fel yr oedd ei garedigrwydd at Marged wedi arwain i'r olygfa

---

penbleth: *dilemma*
wnaiff hi mo'r tro: *it won't do*
beiddio: *to dare*
ymdrech: *effort*
nes profir: *until one proves*
tu hwnt: *beyond*
amheuaeth: *doubt*
euog: *guilty*

gorchfygwyd ef: *he was overcome*
wylo'n hidl: *to cry one's eyes out*
meddiannu: *to control*
ymddiried: *to trust*
goddef: *to suffer*
gormes: *oppression*
moli: *to praise*

yr oedd Jones ei hun wedi bod yn dyst ohoni. Yr unig beth a adawodd Enoc allan o'i adroddiad oedd ei waith yn baricadio drws ei ystafell wely – roedd ganddo gywilydd am hynny.

Wedi gorffen ei stori, teimlai Enoc fel un oedd wedi cael gollyngdod mawr, ac ebe fe wrth Jones:

'Nawr, pa gyngor ellwch chi ei roi i mi? Mi roiaf unrhywbeth i chi, Mr Jones, os gellwch fy helpio allan o'r helynt yma.'

Drwy'r amser, gwrandawai Jones yn astud ac yn llawn diddordeb. Nid oedd wedi clywed y fath hanes yn ei fywyd, a phrin y gallai ymgadw rhag chwerthin. Wedi cymryd arno bwyso'r mater yn ddifrifol yn ei feddwl am ychydig, ebe Jones yn bwyllog:

'Mr Huws, os medraf wneud rhywbeth i'ch cael allan o'r helynt yma, mi a'i gwnaf gyda phleser. I ddyn anrhydeddus nid oes dim yn fwy gwerthfawr yn ei olwg na'i garitor. Ac mae'n bosibl i ryw helynt fel hyn andwyo eich dyfodol a newid eich program yn hollol. Heblaw am eich cysylltiad â'r capel, mae'n sicr y bydd peth fel hyn yn effeithio ar eich masnach a'ch *position* yn y dref. Pwy ŵyr, syr, beth ddywed y forwyn? Mi ddywedaf i chi beth arall, Mr Huws. Does dim ots beth fydd cymeriad dyn, fe gred y mwyafrif y stori waethaf amdano, a gwaetha bo'r stori, mwyaf parod ydyw rhai pobl i'w chredu.

'Ond mae'n rhaid i mi ddweud hyn – esgusodwch fi am ddweud – fod peth bai arnoch chi eich hun. Tasech chi, pan ddangosodd y forwyn dymer ddrwg gyntaf, wedi dangos y drws iddi hi, a blaen troed, does dim amheuaeth yn fy meddwl na fase'r llances yn gwybod ei lle erbyn hyn. Yn lle hynny, rydych chi wedi rhoi pob moethau iddi hi. Mae hi'n llances ddeugain oed, yn sicr, erbyn hyn, ac anodd iawn, fel y gwyddoch, ydyw tynnu cast o hen geffyl. Ond a wnewch chi ymddiried y mater i mi, Mr Huws? Mi ddymunwn yn fy nghalon fod o ryw wasanaeth i chi, ond a wnewch chi roi eich *case* yn fy llaw i, Mr Huws?'

'Rydych chi'n hynod o garedig, Mr Jones,' ebe Enoc, 'ac os medrwch chi roi help i mi ddŵad allan o'r trybini yma, mi dalaf i chi'n anrhydeddus.'

---

yn dyst ohoni: *a witness of*
cywilydd: *shame*
gollyngdod: *relief*
yn astud: *carefully*
ymgadw rhag: *refrain from*
Wedi cymryd arno: *After he had pretended*
anrhydeddus: *honourable*
caritor: i.e. *character*
andwyo: *to spoil*
cysylltiad: *link*

masnach: *business*
gwaethaf: *worst*
gwaetha bo'r stori: *the worst the story*
mwyaf parod: *the readier*
pob moethau: *every* [*sort of*] *pampering*
anodd . . . geffyl: *it's difficult to reform a wily person*
ymddiried: *to trust*
trybini: *trouble*

'Peidiwch â sôn am dâl, Mr Huws,' ebe Jones. 'Mae rhai pobl – dydw i ddim yn awgrymu eich bod chi'n un ohonyn nhw, cofiwch, dim o'r fath beth – ond mae rhai pobl yn meddwl mai tâl sydd gan bob plismon o flaen ei lygad bob amser. Maent yn camgymryd, syr. Dydw i ddim yn deud, cofiwch, Mr Huws, na ches i fy nhalu, a fy nhalu'n anrhydeddus ambell waith, am helpio hwn a'r llall allan o helynt, ond ddaru mi erioed ofyn am dâl – erioed yn fy mywyd, er bod cyflog plismon, fel y gwyddoch, yn fychan, yn rhy fychan o lawer pan feddyliwch am ei ddyletswyddau, ac yn enwedig pan fydd ganddo deulu go fawr i'w gadw. Ond does dim eisiau i mi ddeud pethau fel hyn wrthoch chi, Mr Huws.

'Fy nhasg i rŵan, fel cyfaill a chymydog, ydyw bod o ryw wasanaeth i chi yn eich helynt. Dydw i ddim yn deud y galla i lwyddo, ond mae gen i dipyn o brofiad efo pethau fel hyn. A wnewch chi, Mr Huws, adael i mi gael fy ffordd fy hun?'

''Rwyf yn fy rhoi fy hun yn eich llaw chi, Mr Jones, gan eich bod mor garedig,' ebe Enoc.

'Da iawn,' ebe Jones. 'Mae gen i *idea.* Ydy'r llances yn ymyl? Ydy hi wedi codi?'

'O, ydi, ers meitin, mae hi yn y gegin,' ebe Enoc.

'Ydi hi'n anllythrennog?' gofynnodd Jones.

'Fedr hi ddim llythyren ar lyfr,' ebe Enoc.

'O'r gore,' ebe Jones. 'Arhoswch chi yma nes 'mod i'n galw amdanoch chi, ac os llwyddiff yr *idea,* ac os bydda i'n galw amdanoch, cofiwch edrych yn filain a phenderfynol, *os gellwch.*'

Agorodd Jones ddrws y parlwr, a chaeodd ef ar ei ôl, ac wrth gerdded ar hyd y lobi hir i gyfeiriad y gegin, dywedodd â llais uchel, fel y gallai Marged ei glywed:

'Waeth i chi heb siarad, Mr Huws, mae'n rhaid i'r gyfraith gael ei ffordd.'

Roedd Marged wrthi'n glanhau, a'r hen dymer ddrwg yn berwi ynddi, a brws llawr yn ei llaw, pan syrthiodd geiriau Jones ar ei chlyw. Cerddodd Jones i'r gegin yn dawel, ond penderfynol, clodd y drws a dododd yr agoriad yn ei boced. Yna eisteddodd wrth y bwrdd, ac ymbalfalodd yn ei bocedi am bapur. Wrth ymbalfalu tynnodd allan bâr o *handcuffs* gloyw a gosododd hwynt yn hamddenol ar y bwrdd, a'i *staff* yr un modd. Hyn oll heb ddweud gair nac edrych ar Marged ond â chil ei lygad. Gwelodd fod

---

maent yn camgymryd: *they are mistaken*
yn anllythrennog: *illiterate*
os llwyddiff . . .: *if the idea will succeed*
yn filain: *nasty*
waeth i chi heb siarad: *there's no point talking*

agoriad: *key*
ymbalfalodd: *he groped*
yr un modd: *in the same way*
ond â chil ei lygad: *out of the corner of his eye*

95

ei *idea* yn argoeli'n dda, oherwydd roedd Marged fel petai hi wedi rhewi wrth lawr y gegin, a'i hwyneb yn welwlas gan ofn neu gynddaredd. Wedi lledu darn o hen lythyr ar y bwrdd, a rhoi min ar ei bensil plwm, cododd Jones ei ben, ac edrychodd fel llew ar Marged, ac ebe fe:

'Rŵan, am y gyfraith ar y mater. Eich enw chi ydyw Marged Parry, onid e?'

'Mi wyddoch yn iawn be ydi f'enw i,' ebe Marged, gan geisio ymddangos yn ddiofn.

'O'r gore,' ebe Jones. 'beth ydyw eich oed, Marged Parry?'

'Pa fusnes sy gynnoch chi efo f'oed i?' ebe Marged.

'Marged Parry,' ebe Jones, 'wyddoch chi eich bod yn llaw'r gyfraith, a bod rhaid i chi ateb pob cwestiwn cyn mynd o flaen y *magistrate* ddeg o'r gloch fore heddiw? Faint ydi hi o'r gloch rŵan (gan edrych ar y cloc)? O! Mae digon o amser.'

'Be sy â'r gyfraith â fi?' gofynnodd Marged, gan bwyso yn drymach ar y brws.

'Be sy â'r gyfraith â chi, yn wir?' ebe Jones. 'Oni wyddoch chi eich bod chi wedi torri'r gyfraith, a elwir *Act of Parliament for the Prevention of Cruelties to Animals*?'

'Be ydi hynny?'

'Dydw i ddim yn mynd i gyfieithu i chi,' ebe Jones. 'Mi gewch chi ddyn i gyfieithu i chi pan ewch chi o flaen Gŵr y Plas. Atebwch fi, beth ydyw eich oed?'

'Rydw i'n bymtheg ar hugain,' ebe Marged, yn anfodlon.

'A'r *rest*,' ebe Jones. 'Dwedwch i mi'r gwir, Marged Parry, on'd ydych chi yn bump a deugen?'

Nid atebodd Marged air, ac ebe Jones:

'Mi wyddwn. *Very good*,' ac adroddodd wrtho'i hun wrth ysgrifennu – ychwanegodd – '*I Marged-Parry-aged-forty-five-years-last-birthday*,' etc. Iawn. Rŵan, Marged Parry, gwrandewch arna i. Wedi gweld a chlywed yr hyn fu yn y tŷ hwn neithiwr, rhwng un ar ddeg a hanner nos, fy nyletswydd fel plismon oedd chwilio i'r mater, gan ei fod yn *breach of the public peace*. Rŵan, ar ôl bod yn siarad â Mr Huws, rwyf yn hysbys o'r holl amgylchiadau, ac wedi i mi gael ychydig o eiriau gyda chi, Marged

---

argoeli: *to signal*
fel petai hi wedi: *as if she had*
yn welwlas: *pale and green*
cynddaredd: *rage*
lledu: *to spread*
min: *tip*

Gŵr y Plas: *i.e. the gentleman living in the local mansion and the magistrate*
yn anfodlon: *unwillingly*
dyletswydd: *duty*
yn hysbys o'r amgylchiadau: *acquainted with the circumstances*

Parry, byddwn yn barod i ddwyn yr holl achos o flaen Gŵr y Plas yn y *County Hall*. Ond i ddechre, eisteddwch i lawr, Marged Parry. Rwyf yn deall eich bod yng ngwasanaeth Mr Huws, *Grocer*, Siop y Groes, ers rhai blynyddoedd. Yn ystod y tymor hwnnw – gofalwch sut atebwch chi rwan – yn ystod y tymor hwnnw a gawsoch chi ryw gam dro gan Mr Huws?'

'Ddeudes i erioed 'mod i wedi cael cam gan Mr Huws,' ebe Marged.

'Iawn. Ond gadewch i mi roi hynny i lawr mewn ysgrifen,' ebe Jones, gan nodi rhywbeth ar y papur, a brygawthan rhywbeth yn Saesneg. 'Yna,' ebe ef, 'beth oedd yn eich meddwl wrth alw Mr Huws, yn fy nghlyw i neithiwr, yn ddyn drwg melltigedig? Rydych chi'n euog o *defamation of character*, a'r gosb am ei thorri ydyw dwy flynedd o garchar gyda llafur caled. Ond dydy hynny ond rhan fechan o'r gŵyn sydd yn eich erbyn. Yn ystod yr amser y buoch yng ngwasanaeth Mr Huws, buoch yn euog o anufudd-dod, ac rydych hyd yn oed wedi gwrthod codiad yn eich cyflog ac, yn wir, eich cyflog dyledus, gydag amcan neilltuol, sef i wneud gwraig ohonoch. Yr *idea!* Hen wrach ddiolwg fel chi yn beiddio meddwl bod gŵr bonheddig fel Mr Huws – gŵr ieuanc a allai gael y foneddiges harddaf yn y dref yn wraig – wedi gwario eiliad i feddwl amdanoch chi! Mae'n rhaid eich bod wedi drysu – wedi drysu'n llwyr yn eich synhwyrau.

'Marged Parry, gwrandewch beth rydw i'n ei ddweud rwan. Mae'ch meistr yn gwybod y gallai eich rhoi yn y *jail*, ond mae'n dda i chi fod gynnoch chi feistr tyner – nid ydyw Mr Huws yn dymuno eich carcharu. Fy nghyngor i iddo ydyw eich rhoi yn Seilam Dinbech. Rwyf wedi cymryd ambell un yno, ac maent yn gwybod sut i'w trin yno. I ddechre, maent yn eu rhwymo draed a dwylo, ac yn eu rhoi yng nghafn y pwmp, ac yn pwmpio dŵr arnynt am awr a hanner, ac felly bob dydd, nes iddyn nhw ddŵad atyn nhw eu hunain. Ond mae Mr Huws yn ddyn trugarog, a dydy o ddim yn fodlon i mi'ch cymryd i'r Seilam, ac mae'n barod i roi un treial eto arnoch. Rwan, Marged Parry, ydych chi'n barod i addo – os bydd Mr Huws yn garedig – fod yn ufudd i'w orchmynion, peidio â rhoi lle i'r ysbryd drwg yn eich calon, edrych ar ôl ei dŷ a'i gadw'n deidi,

---

dwyn yr achos: *bring the case*
rhyw gam: *some ill-treatment*
brygawthan: *to babble*
cŵyn: *complaint*
anufudd-dod: *disobedience*
cyflog dyledus: *due wages*
hen wrach: *old witch*
diolwg: *ugly*

beiddio: *to dare*
y foneddiges: *the lady*
Seilam Dinbech: *Denbigh Asylum*
sut i'w trin: *how to treat them*
trugarog: *merciful*
addo: *to promise*
yn ufudd: *obedient*
gorchmynion: *commands*

a gofyn am faddeuant Mr Huws am i chi ddychmygu ei gael yn ŵr, ac am ei alw yn ddyn drwg melltigedig? Cofiwch y bydd rhaid i chi fod mewn un o dri lle – yn Siop y Groes yn eneth dda, neu yn y *jail*, neu yn Seilam Dinbech. Ym mha un o'r tri lle rydych chi am fod, Marged Parry?'

Roedd arwyddion o edifeirwch a braw ers meitin ar Marged, ac ebe hi yn drist:

'Well gen i fod yma, a dwy'n siŵr na wnaiff Mr Huws mo 'ngyrru i i ffwrdd.'

'Iawn,' ebe Jones, 'ond rhaid gwneud cytundeb,' ac agorodd y drws gan weiddi yn uchel ar Mr Enoc Huws.

---

maddeuant: *forgiveness*
dychmygu: *to imagine*
melltigedig: *cursed*

edifeirwch: *repentance*
cytundeb: *agreement*

25: AMODAU HEDDWCH

Daeth Enoc i'r gegin yn eithaf dryslyd, ac ebe'r plismon wrtho:

'Yn awr, Mr Huws, rwyf wedi bod yn egluro'r gyfraith i Marged Parry, ac mae Marged Parry erbyn hyn yn gwybod lle y byddai hi yr adeg yma bore yfory oni bai eich bod chi yn ddyn trugarog. Ydych chi, Mr Huws, yn teimlo y gellwch chi edrach dros yr hyn sydd wedi digwydd?'

'Rwyf yn meddwl y medraf,' ebe Enoc, heb wybod yn iawn sut i ateb Jones.

'Rydych chi'n un o fil, syr,' ebe Jones. 'Mi welais rai dwsinau yn cael eu rhoi yn y *jail* am ddwy flynedd am drosedd lai na'r un mae Marged Parry yn euog ohono. Yn awr, Marged Parry, gan fod Mr Huws mor drugarog, a ydych chi yn edifarhau am eich pechodau, ac yn gofyn maddeuant Mr Huws?'

Ni ddywedodd Marged ddim, ond sobian crio.

'Mae'n rhaid i mi gael ateb, Marged Parry, neu wneud fy nyletswydd,' ebe Jones, a chododd ar ei draed a gafaelodd yn yr *handcuffs*.

'Mr Jones——,' ebe Enoc, ar fin cymryd ochr Marged, ond atebodd Jones yn union:

'Mae'n rhaid i'r gyfraith gael ei ffordd, Mr Huws. Os nad yw Marged Parry yn barod i addo'i bihafio'i hun, does dim ond *jail* neu Seilam Dinbech i fod. Be ydych chi'n ei ddeud, Marged Parry? Un gair amdani.'

'Ydw,' ebe Marged, rhwng gweiddi a chrio, a threiglodd deigryn dros rudd Enoc allan o dosturi tuag ati.

'Iawn,' ebe Jones. 'Un o'r pethau casaf gen i ar y ddaear, Mr Huws, ydyw cymryd rhywun i'r carchar, yn enwedig merch, achos maen nhw'n ddychrynllyd, choeliech chi byth. Rŵan,' ychwanegodd Jones, gan eistedd ar y bwrdd, 'dowch yma a seiniwch y papur yma, achos mae'n rhaid gwneud popeth fel y mae'r gyfraith yn gofyn.'

'Fedra i ddim sgwennu,' ebe Marged.

'Mae'r gyfraith yn caniatáu i chi roi croes,' ebe Jones.

---

amodau heddwch: *terms of peace*
dryslyd: *confused*
trugarog: *merciful*
trosedd lai: *lesser offence*
edifarhau: *to repent*
maddeuant: *forgiveness*

treiglodd deigryn: *a tear trickled*
grudd: *cheek*
tosturi: *pity*
choeliech chi byth: *you would never believe*
caniatáu: *to permit*

Daeth Marged at y bwrdd ac wedi i Jones roi ei fys ar fan neilltuol ar y papur, gwnaeth Marged globen o groes bron cymaint â melin wynt.

'Rŵan, Mr Huws,' ebe Jones, 'faint o gyflog sydd yn ddyledus i Marged Parry?'

'Punt a chweugen, rwy'n meddwl,' ebe Enoc.

'Dowch â nhw yma bob dime,' ebe Jones.

'Beth am y codiad?' ebe Marged, wedi gwella tipyn.

'Rydych chi wedi fforffedio'r codiad drwy gamymddwyn, ac mae'n rhaid i chi ennill eich caritor yn gyntaf cyn sôn am y codiad,' ebe Jones.

'Hwyrach——' ebe Enoc.

'Mr Huws,' ebe Jones, oherwydd gwelai fod Enoc yn toddi, 'talwch chi'r arian sy'n ddyledus i'r forwyn, achos mae'n rhaid mynd ymlaen yn ôl y gyfraith.'

Estynnodd Enoc yr arian i Jones, a chyflwynodd Jones hwynt i Marged, ac ebe fe:

'Nawr, Mr Huws, wnewch chi addo peidio â sôn gair wrth neb am yr helynt yma, ar eich gwir rŵan?'

'Sonia i air wrth neb, os ———,' ebe Enoc.

'Does dim OS i fod am y peth, Mr Huws,' ebe Jones, 'rwyf yn crefu arnoch er mwyn hen greadures fel eich morwyn i beidio â menshon y peth wrth neb, achos petai'r hanes yn mynd allan fe fydde Marged Parry, druan, yn sbort gan bawb. Wnewch chi addo, Mr Huws? Dowch, byddwch yn ffeind. Rwyf yn gwybod nad ydi hi ddim yn haeddu hynny, ond wnewch chi addo cadw'r peth yn ddistaw?'

'Gwnaf,' ebe Enoc.

'Rydych chi'n un o fil, meddaf eto,' ebe Jones. 'A rŵan, Marged Parry, gofalwch chithe arwain bywyd newydd, a pheidio â themtio'ch mistar i adael i'r sôn am yr helynt yma fynd allan, achos petai o unwaith yn mynd allan, mi fyddech yn sbort i'r plwy, a byddai holl blant y dref yn gweiddi ar eich ôl. A chofiwch chithe, Mr Huws, os bydd gennych y gŵyn leia yn erbyn eich morwyn – dim ond y smic lleia – *just* deudwch wrtha i – rydw i'n pasio'ch tŷ bob dydd – a mi ofala i am gael trefn ar bethe. Gyda llaw, os bydd arnoch eisiau morwyn, mae gen i nith sydd yn

---

neilltuol: *particular*
cloben o groes: *a huge cross*
bron cymaint: *almost as big*
yn ddyledus: *owed*
punt a chweugen: *£1.50*
bob dime: *every halfpenny*
codiad: *rise*

camymddwyn: *misbehave*
yn toddi: *melting*
cyflwynodd J: *J presented*
yn crefu arnoch: *beg you*
haeddu hynny: *deserve that*
plwy: *parish*
cŵyn leia: *smallest complaint*

first-class housekeeper a ddaw atoch ar ddiwrnod o rybudd, petaech chi'n digwydd bod mewn angen am un. Wel, rŵan, mae'n rhaid i mi fynd, ond mae arna i eisiau gair â chi'ch hun, Mr Huws.'

Teimlai Enoc unwaith eto yn obeithiol ac yn llawer ysgafnach ei feddwl. Edrychai ar Jones fel angel gwarcheidiol. Wedi i'r ddau fynd eilwaith i'r parlwr, ebe Enoc, gan rwbio'i ddwylo, a gwenu'n siriol:

'Wyddoch chi be, un garw ydych chi, Mr Jones. Wn i ddim be faswn i wedi'i wneud oni bai i chi ddigwydd dŵad yma.'

'Mr Huws,' ebe Jones, 'rwyf wedi cael llawer o brofiad mewn pethau fel hyn. Mae hi mor *ignorant* â meipen, ac ar yr *ignorance* y ddaru mi weithio – dyna oedd yr *idea*. Nawr, Mr Huws, os ydych chi am heddwch a chysur yn eich tŷ, dangoswch mai chi ydi'r mistar. Bloeddiwch arni rŵan ac yn y man, a gwnewch iddi wneud pethe nad oes angen eu gwneud, *just* i ddangos mai chi ydi'r mistar. Ond mi ddeuda i hyn, os na chodwch eich cloch a dangos iddi hi pwy ydi pwy, fyddwch chi damed gwell. Mi fydd yn waeth arnoch nag erioed, coeliwch chi fi.'

'Rydych chi'n deud y gwir, Mr Jones,' ebe Enoc, 'ac mae'n rhaid i mi geisio bod yn fwy o fistar.'

'Mi ddof i mewn rŵan ac yn y man,' ebe Jones, 'megis i edrych a ydi popeth yn mynd ymlaen yn iawn, mi gedwith hynny hi danodd.'

Pan oedd Jones yn llefaru'r geiriau olaf gwelai Enoc forwyn Tŷ'n yr Ardd yn croesi'r heol at ei ddrws â nodyn yn ei llaw, ac wedi gofyn i Jones ei esgusodi am foment, rhedodd Enoc at y drws, gan guddio ei lygaid â'i law rhag i Kit weld y cleisiau, i dderbyn y nodyn, a dychwelodd yn y funud. Wedi agor y nodyn a'i ddarllen iddo ef ei hun, ebe Enoc:

'Wel, dyma hi eto!'

'Be sydd rŵan, Mr Huws? Ychwaneg o brofedigaethau?' ebe Jones.

'Ie,' ebe Enoc, 'gwahoddiad oddi wrth Mrs Trefor i fynd yno i swper heno i gyfarfod a'r gweinidog, a sut y *medra* i fynd â dau lygad du?'

'Fe ellwch chi fynd yno yn ddigon hawdd,' ebe Jones. 'Oes gynnoch chi bîff heb ei gwcio yn y tŷ?'

'Oes, rwy'n meddwl,' ebe Enoc.

'Wel, wedi i chi gael eich brecwast, torrwch ddau ddarn o bîff cul, ac ewch i'ch gwely – mi fedr y llanciau yn y siop 'neud heboch yn iawn – a rhowch un darn ar bob llygad, ac arhoswch yn eich gwely tan ganol dydd – ie, hyd ddau o'r gloch – ac os medrwch chi gysgu, gore oll. Erbyn

---

rhybudd: *notice*
angel gwarcheidiol: *guardian angel*
. . . â meipen: *i.e. as daft as a brush*
Bloeddiwch: *Shout*
os . . . cloch: *if you don't raise your voice*

tamed gwell: *any better*
coeliwch chi fi: *believe me*
llefaru: *to say*
cleisiau: *bruises*
profedigaethau: *tribulations*

101

un neu ddau o'r gloch, bydd y cleisiau duon dan eich llygaid wedi diflannu'n lân, ac erbyn yr amser y bydd eisiau i chi fynd i Dŷ'n yr Ardd, mi fyddwch yn *all right*. Rhag gwastraffu, bydd y bîff yn ginio iawn i'r gath wedyn.'

Chwarddodd Enoc ac ebe fe:

'Wel, yn wir, un garw ydych chi, welais i erioed eich sort chi. Mi'i triaf o beth bynnag.'

'Mae o'n siŵr o ateb y diben,' ebe Jones, 'a rŵan mae'n rhaid i mi fynd, Mr Huws.'

'Arhoswch, wn i ddim pryd y dof i allan o'ch dyled chi – cymerwch hon rŵan,' ebe Enoc, gan roi sofren yn llaw Jones.

Edrychodd Jones ar y sofren ar gledr ei law, a throdd lygad cellweirus ar Enoc, ac ebe fe:

'Rydych chi'n rhy hael, Mr Huws. Ydych chi am i mi reteirio o'r *force* ar unwaith? Wel, does gen i ond diolch yn fawr i chi, a chofiwch fy mod at eich gwasanaeth, Mr Huws.'

'Peidiwch â sôn, fe gawn siarad eto, bore da,' ebe Enoc.

---

wedi diflannu'n lân: *totally disappeared*
diben: *purpose*
dyled: *debt*

sofren: *sovereign,* £1
cellweirus: *jocularly*
fe gawn siarad eto: *we'll have a chat again*

26: BREUDDWYD ENOC HUWS

Bwytaodd Enoc ei frecwast mewn distawrwydd. Edrychai Marged yn swrth, diynni a digalon, fel cath wedi hanner ei lladd. A pha ryfedd? Roedd y gobaith hapus y byddai hi yn feistres yn Siop y Groes, ac y gelwid hi yn 'Mrs Huws', wedi ei lofruddio. Ac nid hynny yn unig, ond roedd hi wedi ei bygwth a'i thrin yn ofnadwy gan blismon, oedd bellach yn mynd i'w gwylio a'i chadw mewn trefn. Yn wir, ystyriai Marged na fu ond y dim iddi hi gael ei chymryd i'r carchar.

Gallai Enoc weld ar yr olwg oedd ar Marged ei bod yn gwybod ei lle i raddau mawr. Ond a fyddai hi'n parhau yn y cyflwr dedwydd hwn? Roedd Enoc yn gwybod yn iawn y byddai rhaid iddo ef ddangos y *dyn* os oedd am gadw Marged i lawr. Oni wnâi ef hynny, teimlai Enoc yn berffaith sicr y byddai Marged mewn meddiant cyflawn o'i thymherau drwg erbyn trannoeth.

˙ Wrth fwyta'i frecwast synfyfyriai sut y gallai ddechrau ar y gorchwyl hwn. Ychydig ffydd oedd ganddo yn ei allu. Yn wir, ni fedrai fod yn gas wrth neb, a gwell oedd ganddo oddef cam na bod yn frwnt a meistrolgar. Ond, erbyn hyn, gwelai y byddai rhaid iddo geisio dangos ei awdurdod. Wedi gorffen brecwast, aeth yn syth i'r pantri, lle nad oedd wedi bod ers llawer o amser, a theimlai lygaid Marged yn llosgi ei gefn wrth iddo gymryd y fath hyfdra. Torrodd ddwy dafell o bîff cul yn ôl cyfarwyddyd Jones, ac wrth fynd i'r llofft, dywedodd, braidd yn nerfus:

'Marged, rydw i'n mynd i'r gwely, a does neb i 'nistyrbio i tan ganol dydd,' a rhag i Marged ei atal, cerddodd yn gyflym i'r llofft.

Ni ddywedodd Marged air; yn unig edrychodd yn syn ar y bîff oedd yn ei law. Oedd ei meistr wedi drysu? Pam roedd yn cymryd bîff i'r llofft, yn enw pob rheswm? A oedd y plismon wedi dod â mastiff iddo, i'w gadw yn y llofft, i edrych ar ei hôl hi? Neu a oedd yn bwriadu yn y dyfodol – yn

---

yn swrth: *sullen*	cyflwr dedwydd: *happy state*
diynni: *without energy*	Oni wnâi ef hynny: *Unless he'd do that*
A pha ryfedd?: *And no wonder*	meddiant cyflawn: *full possession*
y gelwid hi: *that she'd be called*	synfyfyriai : *he was lost in thought*
wedi ei lofruddio: *had been murdered*	gorchwyl hwn: *this task*
wedi ei bygwth: *been threatened*	goddef cam: *suffer a wrong*
a'i thrin: *and treated*	y fath hyfdra: *such boldness*
ystyriai M: *M considered*	tafell: *slice*
na fu ond y dim: *that she'd been within a hair's breadth*	cyfarwyddyd: *instructions*
	rhag i . . . ei atal: *in case M stopped him*
ar yr olwg: *by the look*	wedi drysu: *had become confused*
i raddau mawr: *to a great extent*	

hytrach na bwyta yn y gegin – gymryd ei fwyd yn y llofft, a hwnnw heb ei goginio? Roedd Marged wedi ei drysu a'i hanesmwytho yn fawr.

Aeth Enoc i'w wely ac, yn ôl y cyfarwyddyd, gosododd y bîff ar ei lygaid. Nid rhyfedd, ar ôl yr hyn a aethai drwyddo'r noson cynt a'r bore hwnnw, ei fod yn teimlo ar ôl gorwedd yn ei wely braidd yn gwla. Teimlai ei frecwast, er nad oedd ond bychan, yn pwyso'n drwm ar ei stumog. Ni allai roi reswm am ei salwch. Gwaethygai ei glefyd, a thrawyd Enoc gan y syniad arswydus – a oedd Marged, tybed, wedi ei wenwyno? Nid oedd dim haws, oherwydd, yn wahanol i hen ferched yn gyffredin, ni allai Marged oddef cathod – yn wir, roedd hi wedi lladd tua hanner dwsin trwy ddefnyddio gwenwyn llygod. Beth, meddai Enoc, os oedd hi wedi rhoi peth o'r gwenwyn hwnnw yn ei frecwast?

Fel hyn y meddyliai Enoc pan syrthiodd i gwsg trwm, mor drwm fel na ddeffroes am bedair awr. Ac nid oes neb yn gwybod pryd y byddai wedi deffro, oni bai iddo gael breuddwyd ofnadwy. Meddyliai ei fod wedi bod yn afiach a gorweddiog am fisoedd lawer, a bod Marged wedi cadw ei afiechyd yn ddirgelwch i bawb, oherwydd nid oedd na meddyg na chyfaill wedi ymweld ag ef yn ystod holl fisoedd ei salwch. Roedd mewn poenau arteithiol yn barhaus, nos a dydd, ac os cwynai ychydig, trawai Marged ef yn ei dalcen â rhyw offeryn, nes dyblu ei boenau.

Trwy ryw ffordd nas gwyddai ef, roedd Marged wedi gwerthu ei siop, a'i holl eiddo, ac wedi cadw'r arian. Weithiai dygai Marged yr holl arian ar fwrdd bychan o flaen ei lygaid, a chyfrifai hwynt yn fanwl lawer gwaith drosodd, yna cadwai hwynt yn ofalus. Gwyddai mai disgwyl iddo farw yr oedd Marged, a'i bod yn bwriadu ei gladdu yn ddirgel yn yr ardd wedi nos. Ar adegau, trawai Marged ef yn ei ben â morthwyl mawr nes achosi pant yn ei dalcen.

Synnai ef ei hun weithiau ei fod yn gallu byw cyhyd dan y fath driniaeth chwerw, a gwelai ar wyneb Marged ei bod hithau wedi hen

---

flino disgwyl iddo farw. Ar brydiau, cedwid ef am wythnosau heb damaid o fwyd. Pan fyddai ei newyn fwyaf, deuai Marged i'r ystafell â dysglaid o'r ymborth mwyaf persawrus; eisteddai o fewn troedfedd i'w drwyn, a bwytâi hi'r cyfan.

Un diwrnod, daeth Marged i'r ystafell â chyllell fain finiog yn ei llaw, a dweud wrtho nad oedd hi yn bwriadu ei ladd am fis neu ddau, ond mai gorchwyl y diwrnod hwnnw a fyddai tynnu ei lygaid allan. Cyn gynted ag y siaradodd Marged, teimlai Enoc yr un foment ei fod ef ei hun wedi colli'r gallu i siarad. Gwnaeth ymdrech galed, ond ni fedrai symud ei dafod, fel pe bai'n cydsynio i Marged dynnu ei lygaid, peth a wnaeth hi yn ddeheuig â blaen y gyllell. Rhyfeddai Enoc nad oedd tynnu ei lygaid yn achosi cymaint o boen iddo â chael ei daro yn ei dalcen â'r morthwyl. Gwelai Marged yn gosod ei lygaid ar y bwrdd, ac yn eu gadael yno, ac yna yn mynd i lawr y grisiau. Ni phrofai Enoc lawer iawn o anghyfleustra oherwydd colli ei lygaid, ond teimlai dipyn yn anghyfforddus wrth eu gweld yn edrych arno o hyd.

Tra oedd ef yn synfyfyrio ar y pethau hyn, dyma Marged drachefn yn dweud wrtho ei bod, ar ôl tynnu ei lygaid, wedi anghofio crafu'r tyllau, a phan ddechreuodd hi grafu, neidiodd Enoc yn ei wely a deffrodd. Deallodd ei fod wedi breuddwydio. Ceisiodd agor ei lygaid, ond ni allai. Dechreuodd amau ai breuddwyd ydoedd. Teimlodd ei lygaid, ac – wel, cofiodd am y bîff. Llosgai ei lygaid yn enbyd, ond roedden nhw yn ei ben, ac nid ar y bwrdd; ac ni theimlodd yn ei fywyd mor ddiolchgar. Neidiodd i'r llawr, ac ymolchodd, a chafodd fod meddyginiaeth Jones wedi ateb y diben.

Teimlai ei fod yn ddyledus i Ragluniaeth am anfon gŵr o fedr a phrofiad Jones i'w dynnu allan o helynt. Rhedai ei feddyliai yn barhaus i Dŷ'n yr Ardd, ac edrychai ar ei oriawr yn fynych. Nid oedd heb ofni i'r Parch. Obediah Simon wneud argraff ffafriol ar feddwl Miss Trefor. Roedd Enoc yn ymwybodol – yn boenus felly – fod Mr Simon yn fwy

---

cedwid ef: *he'd be kept*
newyn fwyaf: *hunger at its greatest*
ymborth: *food*
mwyaf persawrus: *tastiest*
bwytâi hi: *she would eat*
gorchwyl: *task*
cydsynio: *to agree*
yn ddeheuig: *dexterously*
blaen: *tip*
Rhyfeddai E: *E was surprised*
Ni phrofai E: *E didn't experience*
anghyfleustra: *inconvenience*

yn synfyfyrio: *thinking*
crafu'r tyllau: *scraping the holes*
amau: *to doubt*
meddyginiaeth: *remedy*
yn ddyledus i: *indebted to*
Rhagluniaeth: *providence*
medr: *ability*
helynt: *trouble*
yn barhaus: *continually*
argraff ffafriol: *favourable impression*
yn ymwybodol: *conscious*

golygus nag ef. Ac er nad hynny'n unig a barodd iddo roi ei fôt yn ei erbyn pan oedd galwad Mr Simon o flaen yr eglwys, eto roedd yn rhan o'r rheswm pam y penderfynodd Enoc nad Mr Simon oedd y dyn gorau y gellid ei gael fel gweinidog. O'r ychydig ymddiddan a gawsai â Mr Simon gwyddai fod y gweinidog yn fwy siaradus nag ef – yn fwy diofn a hy.

A Miss Trefor? Nid oedd ef wedi celu oddi wrthi, heblaw mewn geiriau, ei hoffter ohoni. Yn wir, roedd mewn cant o amgylchiadau wedi dangos ei fod yn gaethwas iddi. Hyd yn hyn, nid oedd hi wedi rhoi ond ychydig le iddo gasglu ei bod yn deall ei ofal a'i deimladau tuag ati. Yr unig arwydd a gawsai Enoc oedd na byddai hi'n osgoi ei gwmni nac, ar y cyfan, yn amharchus ohono. Prin yr ymddygai hi felly ato pan ddechreuodd fynd i Dŷ'n yr Ardd. Yn wir, cofiai amser pan na chollai unrhyw gyfle i roi ergyd iddo, a phryd hynny gwgai Capten Trefor arni. Ni wnâi hynny'n awr, ond ymddygai ato fel cyfaill i'r teulu. Ond prin bod y newid hwn yn ei hymddygiad yn ddigon o gymelliad iddo wneud ei feddwl yn hysbys iddi. Petai hi'n gwrthod ei gynnig – petai hi'n dweud yn bendant nad oedd iddo obaith, – wel, roedd yn syniad na allai ei oddef, a gwell oedd ganddo dreulio'i oes i fynd a dod i ac o Dŷ'n yr Ardd os gallai felly gadw pawb arall draw, os na allai ef ei hun lwyddo yn ei gais. Ond pa sicrwydd oedd ganddo ef na ddeuai rhywun a chipio ei eilun? Dim. A hwyrach mai'r Parch. Obediah Simon oedd y gŵr a wnâi hynny.

---

a barodd: *that caused*
fôt: *vote*
galwad: *call*
nad Mr S oedd: *that Mr S wasn't*
y gellid ei gael: *that one could get*
a gawsai: *that he'd had*
yn fwy diofn: *more fearless*
hy: *bold*
celu: *to conceal*
amgylchiadau: *circumstances*
yn gaethwas: *a slave*
casglu: *to infer*

yn amharchus ohono: *disrespectful of him*
Prin yr ymddygai felly: *Hardly did she behave in such a way towards him*
gwgai CT arni: *CT would frown at her*
ymddygiad: *behaviour*
cymelliad: *induction*
yn hysbys: *known*
na allai ei oddef: *that he couldn't tolerate*
ei gais: *his attempt*
na ddeuai rhywun: *that someone wouldn't come*
cipio ei eilun: *grab his idol*
a wnâi hynny: *who would do that*

27: DARGANFYDDIAD SEM LLWYD

Ar ei ffordd i Dŷ'n yr Ardd roedd mynwes Enoc Huws yn llawn eiddigedd. Roedd ynddo deimlad anghyfforddus y byddai'r Parch. Obediah Simon yn disgleirio ar y swper a'i daflu ef i'r cysgod, a gwneud ei obaith, oedd eisoes yn ddigon gwan, yn wannach nag erioed. Nid oedd ei syniadau yn uchel am y gweinidog, ond roedd Enoc yn ddigon gonest i gydnabod wrtho ei hun nad oedd yn feirniad diragfarn. Pan oedd yn cerdded yn gyflym tua Thŷ'n yr Ardd, nid unwaith na dwywaith y dywedodd wrtho ei hun: 'Wn i ddim yn y byd mawr be mae pobol yn 'i weld yn y dyn – licies i erioed mono.'

Hwyrach mai tipyn mwy nag arfer o ofal am ei ymddangosiad oedd y rheswm fod Enoc braidd ar ôl yr amser penodedig yn cyrraedd Tŷ'n yr Ardd. Pan agorodd Kit, y forwyn, y drws iddo, ebe hi:

'Wel, Mr Huws, lle rydych chi wedi bod tan rŵan? Mae Miss Trefor yn gofyn o hyd ydych chi wedi dŵad?'

Yr hen gnawes! Gwyddai Kit yn iawn fod y gair yn werth swllt iddi'r noson honno, ac yr oedd yn werth canpunt yng ngolwg Enoc, os ffaith a fynegai Kit. Agorodd Kit ddrws y *smoke-room*, lle roedd Capten Trefor, Mr Denman, Mr Simon a Miss Trefor yn ei ddisgwyl, ac yn eistedd wrth y pentan yn ei ddillad gwaith yr oedd Sem Llwyd, a phawb heblaw Sem yn ymddangos fel pe baen nhw wedi hanner meddwi.

Fel yr ymddangosodd Enoc cododd pob un, heblaw Sem, ar ei draed, i ysgwyd llaw ag ef, a Miss Trefor oedd y gyntaf i wneud hynny, ffaith y cymerodd sylw manwl ohoni. Ond fu ef ddim yn hir cyn cael rheswm am yr holl lawenydd. Wedi i bawb ymdawelu, ac i Enoc eistedd, ebe'r Capten:

'Mae'n siŵr, Mr Huws, eich bod yn gweld ein bod dipyn yn llawen heno. Ond yr unig beth sy'n amharu tipyn ar fy llawenydd i yn bersonol nad ydyw Mrs Trefor gyda ni heno, a hynny oherwydd afiechyd – afiechyd, gobeithio, nad ydyw'n beryglus. Ond mae gennym newydd da, Mr Huws, mae Sem Llwyd wedi dod â newydd i ni gwerth ei glywed – maent wedi taro ar y faen yng Nghoed Madog!'

---

darganfyddiad: *discovery*	swllt: *shilling* (5p)
mynwes: *chest*	yng ngolwg E: *from E's point of view*
eiddigedd: *envy*	os ffaith . . . K: *if it was a fact that K expressed*
cydnabod: *acknowledge*	Fel yr ymddangosodd E: *As E appeared*
beirniad diragfarn: *unprejudiced critic*	ymdawelu: *to become quiet*
ymddangosiad: *appearance*	amharu: *to impair*
amser penodedig: *set time*	wedi . . . y faen: *have struck the vein [of lead]*
Yr hen gnawes!: *The old sly one!*	

'Beth?' ebe Enoc mewn syndod mawr, 'wedi dod i blwm yn barod?'

'Dyna'r ffaith, syr, onid e, Sem?' ebe'r Capten.

Rhoddodd Sem nòd doeth.

'Hwrê! Brafo ni, Cwmni Coed Madog,' ebe Enoc mewn llawenydd mawr, ac ymunodd pawb yn y dathlu.

'Esgusodwch ein ffoliheb, Mr Simon,' ebe'r Capten, gan annerch y gweinidog, 'ac nid ffoliheb chwaith, oherwydd does dim yn fwy naturiol, syr, nag i bobol fel fy hunan a Mr Huws a Mr Denman – pobol gyda golwg ar wneud lles i'r gymdeithas, a chyda golwg ar gadw achos crefydd i fyny – sydd wedi gwario llawer o arian – mwy nag a goeliech chwi – naturiol iddynt lawenhau pan ddônt o hyd i'r trysor cuddiedig.'

'Perffaith naturiol, ac rwyf yn cydlawenhau â chwi, Capten Trefor,' ebe Mr Simon.

'*Just* y peth y buaswn yn ei ddisgwyl oddi wrth ŵr o ddiwylliant a dysg fel chwi,' ebe Capten Trefor.

'Gadewch glywed am y darganfyddiad, faint ydych chi wedi ei ddarganfod, Sem Llwyd?' gofynnodd Enoc.

'Esgusodwch fi, Mr Huws,' ebe'r Capten, 'mi af i lawr i'r Gwaith fy hun yn y bore, a chewch *report* cyflawn. Mae'n siŵr bod Sem wedi rhedeg yma â'i wynt yn ei ddwrn y foment gyntaf y gwelodd lygad y trysor gloyw, ac nid ydyw mewn *position*, mi wn, i roi *idea* briodol i chwi, Mr Huws, am natur y darganfyddiad. Ac fel y dywedais, mi af i lawr i'r Gwaith fy hun yn y bore. Ond hyn sydd sicr, pe bai'r darganfyddiad ond cymaint â nodwyddaid o edau sidan ac, yn wir, nid wyf yn disgwyl, yn ôl natur pethau, iddo fod yn fawr, mae'r ffaith fod Sem Llwyd a'i bartner wedi darganfod ei fod yno yn dangos yn eglur fod toreth ohono allan o'r golwg. Onid dyna ydyw'n profiad ni fel *practical miners*, Sem?'

'Rydych chi yn llygad eich lle, Capten,' ebe Sem.

Yn y fan hon daeth Miss Trefor i mewn gan hysbysu bod y swper yn disgwyl amdanynt, ac aeth y cwmni i'r parlwr, ond arhosodd y Capten i gael gair neu ddau yn gyfrinachol â Sem Llwyd.

'Dydi o fawr o beth, mwy na thebyg, Sem?'

'Nag ydi, syr,' ebe Sem, 'prin werth sôn amdano, fel y cewch chi weld yfory, ond roeddwn i'n meddwl na fase fo'n ddrwg yn y byd i mi ddŵad yma i ddeud.'

'Chwi wnaethoch yn iawn, Sem,' ebe'r Capten. 'Y gwir ydyw, ddaeth newydd erioed mewn gwell amser. Does gan Denman, druan, mae arnaf ofn, fawr o arian i'w sbario, ac y mae'n gorfod cyfyngu arno ei hun i wneud yr hyn mae yn ei wneud. Ond does dim dowt, Sem, fod eich newydd wedi codi llawer ar ei ysbryd. Mae hi'n wahanol gyda Mr Huws, mae ganddo fo bwrs led hir. Gobeithio y cawn ni rywbeth acw yn fuan, petae o ddim ond er mwyn Denman. Ond rhyngoch chwi a fi, dydw i ddim yn disgwyl dim acw rŵan, ond rhaid ceisio cadw'r gobaith i fyny. Faswn i erioed wedi dechre yng Nghoed Madog – mi faswn yn trio byw ar y tipyn oedd gen i – oni bai 'mod i'n meddwl beth ddaethai ohonoch chwi, y gweithwyr a'ch teuluoedd.'

'Wn i ddim be ddaethai ohonon ni heblaw am Goed Madog,' ebe Sem.

'Digon gwir,' ebe'r Capten, 'ond beth ydyw eich barn chwi, Sem, a beth ydyw barn y dynion am y lle?'

'Wel, syr,' ebe Sem, 'mae gan y dynion, a mae gen innau, ffydd y cawn ni blwm yno ryw ddiwrnod.'

'Gweddiwch ynte,' ebe'r Capten, 'mae gwaelod, chwi wyddoch, i byrsau'r ychydig ohonom sy'n gorfod dwyn y gost. Mi ddof i lawr acw yfory, Sem, os byddaf byw ac iach. A rŵan, rhaid i mi fynd at y cyfeillion yma. Peidiwch â chodi, Sem, mi ddwedaf wrth Kit am ddŵad â pheint o gwrw i chwi a thipyn o fara a chaws.'

'Thanciw, syr,' ebe Sem.

---

yn gorfod cyfyngu: *forced to confine*
beth ddaethai: *what would become*

pyrsau: *purses*
dwyn y gost: *bear the cost*

28: Y SWPER

Miss Trefor oedd wedi paratoi'r danteithion oherwydd roedd hi, yn ddiweddar, wedi ymroi i ddysgu coginio a gwneud pob math o waith tŷ. Gofalodd y Capten am hysbysu ei gyfeillion mai Susi oedd y gogyddes. Wedi i'r gweinidog ofyn bendith, ac i'r Capten daflu golwg ar hyd a lled y bwrdd a'r hyn oedd arno, ebe fe:

'Rwyf yn sicr, gyfeillion, y gwnewch yn harti o'r peth *sydd* yma, fel ag y *mae* o, ac os bydd rhywbeth heb fod yn iawn ar fy merch, Susi, y bydd y bai, achos hi sy'n gyfrifol am y cwcri.'

'Dydych chi ddim yn fodlon, Dada,' ebe Susi, 'ar ofyn bendith ar y bwyd heb wneud *apology* dros yr hon a'i paratôdd.'

'Maddeuwch i mi, Miss Trefor,' ebe'r gweinidog, 'rydych yn camesbonio geiriau Capten Trefor – rhoi sicrwydd i ni y mae'ch tad y bydd popeth yn berffaith.'

'Diolch i chwi, Mr Simon, am *revised version* o eiriau 'Nhad,' ebe Susi.

('Conffowndio'r dyn,' ebe Enoc yn ei frest, 'gobeithio y tagith o.')

'Fodd bynnag am hynny,' ebe'r Capten, 'mi obeithiaf y gwnewch gyfiawnder â'r hyn *sydd* yma. Y rhai salaf yn y byd, Mr Simon, ydym ni, teulu Tŷ'n yr Ardd am gymell. Ac os na wnewch y gorau o'r hyn sydd o'ch blaen, arnoch chwi y bydd y bai, Mr Simon.'

'Ni byddaf yn euog o'r bai hwnnw, Capten Trefor,' ebe'r gweinidog.

('Mi gredaf i hynny,' ebe Enoc wrtho'i hun.)

'Iawn,' ebe'r Capten. 'Mr Simon, beth gymerwch chwi i'w yfed? Rwyf fi fy hun wedi arfer cymryd cwrw. Hwyrach ei fod yn fai ynof, ac mi fyddaf yn meddwl weithiau, wrth ysytyried y mawr ddrwg sydd o'i gamarfer, y dylwn, er mwyn esiampl, ei roi heibio. Ydych chwi'n ddirwestwr, Mr Simon?'

'Ydwyf,' ebe Mr Simon, 'yn yr ystyr Ysgrythurol i'r gair. Mi fyddaf yn cymryd cwrw yn gymedrol, a phan fyddaf yn credu ei fod yn fwy llesol i mi na the neu goffi. Ond ni fynnwn i friwio teimladau neb wrth ei gymryd.'

'Dyna *just* f'athrawiaeth innau,' ebe'r Capten, ac ychwanegodd: 'Susi,

---

danteithion: *delicacies*	cyfiawnder: *justice*
ymroi: *to apply oneself*	am gymell: *for urging*
hysbysu: *to inform*	sydd o'i gamarfer: *by abusing it*
gofyn bendith: *to say grace*	ei roi heibio: *put it by*
taflu golwg: *to cast a glimpse*	Ysgrythurol: *Biblical*
cwcri: *cookery*	yn gymedrol: *moderately*
dros yr hon: *on behalf of the one*	yn fwy llesol: *more beneficial*
camesbonio: *misinterpreting*	ni fynnwn i friwio: *I wouldn't wish to hurt*
y tagith o: *that he'll choke*	athrawiaeth: *belief*

dwedwch wrth Kit am ddod â chwrw i Mr Simon a minnau, a choffi i Mr Huws a Mr Denman. Maent hwy eu dau, Mr Simon, yn ddirwestwyr, ond heb fod yn rhagfarnllyd.'

Roedd hyn braidd yn annisgwyl i'r gweinidog, ac ebe fe: 'Rhydd i bob meddwl ei farn.'

'Ac i bob barn ei llafar,' ebe'r Capten.

'Os rhydd i bob barn ei llafar,' ebe Enoc, 'fy marn i ydyw y dylem ni, sydd yn gymharol ieuanc, yn fwy na neb, ymwrthod yn llwyr â'r diodydd meddwol.'

'Wel, Mr Simon,' ebe'r Capten, 'sut atebwn ni hynny?'

'O'm rhan fy hun,' ebe Mr Simon, 'ni byddaf un amser yn hoffi dadlau ynghylch mân reolau. Gwell gen i ddilyn esiampl y Testament Newydd. Rydych wedi sylwi yn ddiamau, Capten Trefor, nad ydyw'r Datguddiad Dwyfol yn gosod i lawr fân reolau ynghylch bwyd a diod. Mae gan bob dyn ryddid i ddarllen y Datguddiad, a hawl i'w ddeall yn ôl ei feddwl ei hun. Os ydyw un dyn yn darllen llwyrymwrthodiad yn yr Ysgrythur Lân, popeth yn iawn, – dyna'i feddwl ef, ac os ydyw dyn arall yn methu canfod llwyrymwrthodiad, mae ganddo yntau hawl i feddwl felly.'

'Wel, Mr Huws,' ebe'r Capten, gan wacáu ei wydraid, 'dyna bilsen go gref i chwi, beth ddwedwch chwi yn ateb i hynny?'

'Nid wyf yn cymryd arnaf,' ebe Enoc, 'fod yn ddadleuwr, yn enwedig gyda gŵr dysgedig fel Mr Simon. Ond os ydwyf yn deall dysgeidiaeth y Testament Newydd – yn enwedig dysgeidiaeth Iesu Grist ei hun – nid oes dim y mae Ef yn rhoi mwy o bwys arno na hunanymwadiad a hunanaberthiad. Roedd yn ei ddysgu i eraill, ac yn ei gario allan yn ei fywyd ei hun.'

'Mr Huws,' ebe'r Capten, 'esgusodwch fi. Tipyn o *bad taste* ynof oedd cyffwrdd â'r cwestiwn dirwestol, yn enwedig ar achlysur fel hwn. Y peth gorau y gallwn 'i wneud, wedi i Mr Denman ddweud *just* un gair ar y ddadl fel diweddglo, ydyw troi'r ymddiddan at rywbeth arall. Rŵan, Mr Denman.'

---

dirwestwyr: *abstainers*
yn rhagfarnllyd: *prejudiced*
Rhydd . . . farn: *Every mind has the freedom to an opinion*
Ac . . . llafar: *And every opinion has a right to be expressed*
ymwrthod yn llwyr: *totally abstain*
diodydd meddwol: *alcoholic drinks*
O'm rhan fy hun: *As far as I'm concerned*
mân reolau: *minor rules*
Datguddiad Dwyfol: *Divine Revelation*

hawl: *right*
llwyrymwrthodiad: *total abstention*
yn methu canfod: *fails to find*
Nid . . . arnaf: *I don't assume to be*
dadleuwr: *debater*
dysgeidiaeth: *teaching*
mwy o bwys: *more emphasis*
hunanymwadiad: *selfdenial*
hunanaberthiad: *selfsacrifice*
dirwestol: *temperance*
diweddglo: *conclusion*

'Rwyf wedi sylwi,' ebe Mr Denman, 'fod merched, hynny ydyw merched o'r dosbarth gore, yn cael eu harwain megis gan reddf i benderfynu cwestiynau amheus – cwestiynau y bydd dynion yn ansicr amdanyn nhw. Mi rof y cwestiwn mewn ffurf ymarferol, gan apelio at Miss Trefor. Rŵan, Miss Trefor, meddyliwch fod dau ŵr ieuanc, cyfartal o ran pryd a gwedd, ffortiwn, a phob rhagoriaeth arall, yn ceisio eich llaw, ond bod un yn ddirwestwr, a'r llall yn cymryd diodydd meddwol. Pa un a briodech chi?'

'Ddewiswn i yr un ohonynt,' ebe Susi.

'Ie,' ebe Mr Denman, 'ond meddyliwch y byddai *rhaid* i chwi briodi un o'r ddau.'

'Wel,' ebe Susi, 'pe byddai *rhaid* i mi briodi un ohonynt, neu gael 'y nghrogi, mi briodwn, wrth gwrs, y dirwestwr.'

'Clywch! clywch!' ebe Enoc, 'mae'r cwestiwn wedi'i setlo.'

'Gyda phob dyledus barch,' ebe Mr Simon, 'dydi'r cwestiwn ddim wedi'i setlo, oherwydd yn ôl tystiolaeth Capten Trefor mae Miss Trefor yn ddirwestreg, ac felly mae ganddi hi ragfarn.'

'Ond mae Mr Denman yn golygu i chwi apelio at y dosbarth gore o ferched,' ebe Enoc.

'Nid yn aml iawn y clywir merched ieuainc prydferth yn dweud yn bendant na phriodant byth, ac y byddai'n well ganddynt fod yn hen ferched. Gyda thipyn o *strategy*, gellir cymryd y ddinas fwyaf caerog,' ebe Mr Simon.

'Mae'n debyg mai adrodd eich profiad ydych chi rŵan, Mr Simon,' ebe Susi, gyda thipyn o gnoad yn ei geiriau.

'Susi,' ebe'r Capten, gan droi llygaid arni braidd yn geryddol, 'eich perygl, fy ngeneth, ydyw bod dipyn yn rhy ffraeth. Pan ddeuwch i adnabod fy merch yn well, Mr Simon, dowch i ddeall nad ydyw fy merch yn *bad sort*, ond fel hen lanc bydd raid i chwi ddioddef ergyd rŵan ac yn y man. Dyna ei phechod parod – ymosod ar wŷr dibriod.'

'Dyna'r ail *apology* dros eich merch heno, Dada,' ebe Susi. 'Y gyntaf oedd na wyddwn sut i gwcio; a'r ail na wn i sut i'm bihafio fy hun. Rhaid eich bod wedi esgeuluso fy *education*, Dada. Ddywedais i rywbeth *vulgar*, Mr Simon?'

---

megis gan reddf: *as if by instinct*
cyfartal: *equal*
o ran pryd a gwedd: *in looks and features*
rhagoriaeth: *superiority*
Pa . . . chi?: *Which one would you marry?*
neu gael 'y nghrogi: *or be hanged*
dyledus barch: *due respect*
dirwestreg: (female) *abstainer*

rhagfarn: *prejudice*
yn golygu: *means*
i chwi: *that you*
na phriodant byth: *that they shall never marry*
y ddinas fwyaf caerog: *the most fortified city*
cnoad: *bite*
braidd yn geryddol: *rather reproving*
yn rhy ffraeth: *too sharp-tongued*

'Dim o gwbl, Miss Trefor. Ni rown i yr un ffig am ferch ieuanc os na fedrai ateb drosti hi ei hun,' ebe Mr Simon.

'Debyg iawn,' ebe Susi. 'Rown innau yr un ffig am ŵr, er iddo fedru ateb drosto ei hun.'

'Mae arnaf ofn, fy ngeneth,' ebe'r Capten, 'y bydd rhaid i mi wneud trydydd *apology* drosoch, os ewch ymlaen yn y ffordd yna. Nid ydyw siarad yn amharchus am ddynion yn un arwydd o *education*, ac yr ydych yn anghofio mai *dyn* ydyw eich tad.'

'*Present company excepted*, chwi wyddoch, Tada,' ebe Susi, 'a dydw i, fel y gwyddoch chi, ddim wedi cyfarfod ond ychydig o ddynion – dim ond Cwmni Pwll y Gwynt, pobl Bethel, ac ychydig o bregethwyr Methodus, a 'mhrofiad gwirioneddol i ydyw mai *windbags* ydyw naw o bob deg o'r dynion a welais.'

'Susi,' ebe'r Capten, 'mae'n ymddangos bod pawb wedi gorffen. Cenwch y gloch yna am Kit i glirio pethau, ac rwyf yn meddwl mai gwell i chwi fynd i edrych sut mae hi ar eich mam, druan. Mae hi, *poor woman*, wedi ei gadael yn unig heno.'

'O!' ebe Susi, 'mi wela, rydych chi am fy nhorri o'ch seiat, Tada.'

Canodd Susi'r gloch am Kit, a rhedodd ymaith dan chwerthin.

'Mae gennych ferch fywiog, Capten Trefor,' ebe Mr Simon.

'Oes,' ebe'r Capten, 'mae digon o fywyd ynddi, ond byddaf yn ofni yn aml iddi wneud argraff anffafriol ar feddyliau dieithriaid. Hwyrach fy mod yn euog o adael iddi gael gormod o'i ffordd ei hun. Ond mae'n rhaid i mi ddweud hyn fod rhyw newid rhyfedd wedi dod dros feddwl fy merch yn ddiweddar. Amser yn ôl, syr, roedd yn peri llawer o boen a phryder meddwl i mi, oherwydd doedd hi ddim yn meddwl am ddim ond am ymwisgo, darllen *novels*, a gwag-freuddwydio ei hamser gwerthfawr heibio. Nid oedd yn difwyno ei dwylo o'r naill ben i'r wythnos i'r llall, ac er ei bod wedi cael magwraeth grefyddol – cyn belled ag roedd addysg ac esiampl ei rhieni yn mynd – roedd gennyf le i ofni nad oedd yr adeg honno yn meddwl dim am fater ei henaid, ac roedd hyn, fel y gellwch feddwl, yn achosi poen i mi. Er yn hogen roedd ei dychymyg yn fywiog, a thrwy ryw anffawd, fe aeth pethau cyffredin

---

bywyd, megis gwaith tŷ, trafferthion bywyd, ac yn y blaen, mor ddieithr iddi â phe buasai'n byw mewn byd arall.

'Gan fy mod wedi dechre, waeth i mi orffen. Y pryd hwnnw, syr, nid wyf yn meddwl fod fy merch yn ymwybodol fod yma fyd o drueni o'i chwmpas. Ni wyddai hi ei hun beth oedd eisiau dim, ac ni allai ddychmygu, ar y pryd, fod neb arall mewn angen neu yn dioddef. Heblaw hynny, nid oedd ganddi syniad am werth arian – roedd papur pumpunt yn ei golwg fel hen lythyr, heb fawr feddwl fod pob punt yn golygu hyn a hyn o waith i'w thad. Roedd hi rywfodd yn byw ynddi hi ei hun, ac er gwneud llawer cais nid oedd bosib ei chael i sylweddoli *realities* bywyd. Oes rhaid i mi ddweud bod hyn wedi peri i mi golli llawer noswaith o gysgu?

'Ond ers amser bellach, nid ydyw'n gofalu dim am wisgoedd – mae'n well ganddi, syr, fynd i'r capel mewn ffroc gotwm nag mewn gown sidan – ac mae fel gwenynen gyda gwaith tŷ o'r bore gwyn tan nos. Mewn gair, mae hi wedi mynd i'r eithafion cyferbyniol. Mae'n well ganddi olchi'r llawr na chwarae'r piano, a hwyrach y bydd yn anodd gennych fy nghredu, ond ddoe pan oeddwn yn dod adref o'r Gwaith, beth welwn ond Susi yn golchi carreg y drws, a Kit y forwyn, yn edrych arni â dwylo sychion! Wrth gwrs, mae peth fel hyn yn *ridiculous*, ond mae'n mynnu cael gwneud y pethau y dylai'r forwyn eu gwneud – yn wir, erbyn hyn, *sinecure* ydyw morwyn yn ein tŷ ni, syr.

'Raid i mi ddim dweud wrthoch chi, Mr Simon, nad ydyw peth fel hyn yn gweddu i'w sefyllfa, ond rwyf wedi mynd i'r drafferth o'i ddweud rhag ofn y digwydd i chi ddod yma ryw ddiwrnod a chael *shock* i'ch *nerves* wrth weld fy merch â ffedog fras o'i blaen yn glanhau esgidiau, a'r forwyn yn eistedd wrth y tân yn darllen nofel. Ac wrth sôn am ddarllen, welir byth mohoni yn awr yn gafael mewn llyfr gwagsaw. Ei hoff lyfr, wrth gwrs, ydyw'r Beibl. Ac os nad ydwyf yn eich blino, newid arall y dylwn gyfeirio ato ydyw ei ffyddlondeb ym moddion gras. Rydych wedi sylwi eich hun, Mr Simon, nad oes neb yn fwy ffyddlon yn y capel, mi gredaf.'

Ar hyn dychwelodd Miss Trefor, ac ebe hi:

---

waeth i mi orffen: *I might as well finish*	gwenynen: *bee*
ymwybodol: *aware*	eithafion cyferbyniol: *opposite extremes*
eisiau dim: *need for anything*	yn gweddu: *to suit*
yn ei golwg: *in her view*	sefyllfa: *situation*
yn golygu: *to mean*	welir byth mohoni: *she is never seen*
hyn a hyn o waith: *such and such amount of work*	llyfr gwagsaw: *trivial book*
ynddi hi ei hunan: *within herself*	moddion gras: *chapel service*
peri: *to cause*	

'Mr Huws, mae Mam yn crefu arnoch beidio â mynd i ffwrdd cyn dŵad i edrach amdani.'

'Mi ddof y munud yma,' ebe Enoc, ac ymaith ag ef.

'Mae'n rhyfedd,' ebe'r Capten, 'y ffansi mae Mrs Trefor wedi ei chymryd at Mr Huws. Petai'n fab iddi nid wyf yn meddwl y gallai ei hoffi yn fwy; ac eto, erbyn ystyried, nid ydyw mor rhyfedd, oherwydd ni chyfarfûm â dyn erioed haws i'w hoffi, ac mae Mrs Trefor ac yntau o'r un teip o feddwl – maent yn naturiol grefyddol, a'u myfyrdodau'n rhedeg ar yr un llinellau, ac rwyf yn meddwl bod fy ngwraig a Mr Huws – beth, Mr Denman, ydych chi'n paratoi mynd adre? Wel, rwyf yn deall eich brys, eisiau dweud y newydd da wrth Mrs Denman, onid e? Wna i mo'ch rhwystro chi – nos dawch, nos dawch. Dyn clên iawn ydyw Mr Denman, Mr Simon, ac rydych yn siŵr o ffeindio fy mod yn dweud y gwir amdano . . . Ond mae'r cwrw yma'n dechrau mynd, mae arnaf ofn. Cael gormod o lonydd, trwy nad oes neb yn ei yfed.

'Peidiwch ag yfed chwaneg ohono – *change is no roguery,* – mae gen i dipyn o Scotch *whiskey,* sydd yma ers gwn i ddim pryd, gan mai anaml y byddaf yn edrych arno, ac os ydi o cystal ag oedd o fis yn ôl rydych yn sicr o'i licio. Esgusodwch fi tra byddaf yn nôl tipyn o ddŵr glân . . .

'Rŵan, syr, rwyf yn meddwl y liciwch chi hwn – *say when.*'

'*Prime, prime,*' ebe Mr Simon.

'Mi wyddwn,' ebe'r Capten, 'y buasech yn ei licio, a phaham mae'n rhaid i ddyn ei amddifadu ei hun o bethau da'r bywyd hwn? Ond mae'n rhaid i mi ddweud hyn, na fedraf fwynhau glasaid o wisgi ym mhresenoldeb fy merch, am ei bod yn ddiweddar yn rhagfarnllyd ofnadwy yn ei erbyn – ble cafodd hi ei *notions* dirwestol, wn i ddim.'

'Hwyrach,' ebe Mr Simon, 'mai gan Mr Huws, oherwydd mae o'n ymddangos i mi dipyn yn *ancient* yn ei ffordd. Ac mae'n resyn o beth fod ymysg ein dynion gore y fath gulni meddwl. Mae hyn i'w briodoli o bosibl i ddiffyg addysg ac anwybodaeth o'r byd mawr.'

'Mi welaf,' ebe'r Capten, 'eich bod yn ddyn sy'n sylwi ar fywyd a chymeriadau. Nawr, syr, goddefwch i mi ddweud ei bod yn dda gennyf gyfarfod â dyn eang ei syniadau, ac y bydd yn dda gennyf gael eich

---

crefu: *to beg*	mae'n resyn o beth: *it's a pity*
ni chyfarfûm: *I didn't meet*	culni meddwl: *narrowmindedness*
haws i'w hoffi: *easier to like him*	i'w briodoli: *to be attributed*
myfyrdodau: *thoughts*	diffyg addysg: *lack of education*
dyn clên: *a lovely man*	anwybodaeth: *ignorance*
ei amddifadu ei hun: *to deprive himself*	goddefwch i mi: *permit me to*
rhagfarnllyd: *prejudiced*	eang ei syniadau: *broadminded*
dirwestol: *abstention*	

cwmni yn aml. Mewn lle fel Bethel, mae'n hyfryd cael cwmni gŵr o gyffelyb syniadau â mi fy hun. Hwyrach y synnwch pan ddwedaf na fu ond ychydig gymdeithas rhyngof a'ch rhagflaenydd, Mr Rhys Lewis. Fel y clywsoch yn ddiamau, roedd Mr Lewis yn ŵr rhagorol, yn bregethwr da, sylweddol, ac yn hynod o dduwiol. Ond roedd yn gul ei syniadau ar rai pethau – nid oedd wedi troi llawer yn y byd, ac er fy mod yn ei edmygu fel pregethwr, ac yn ei barchu fel bugail a gwas yr Arglwydd, nid oeddwn, rywfodd, yn gallu bod yn gartrefol yn ei gwmni. Roedd ef, syr, wedi troi mewn cylch bychan, a minnau mewn cylch mawr.'

'Hynny, yn ddiamau,' ebe Mr Simon, 'oedd yn rhoi cyfrif am y peth, ac, fel y dywedais o'r blaen, mae'n resyn o beth fod rhai o'n dynion gore yn gul. Ond beth bynnag arall ydwyf, nid ydwyf yn gul, diolch i'm hadnabyddiaeth o'r byd. Rŵan, er fy mod yn mwynhau eich cwmpeini yn fawr, ac yn gobeithio y caf lawer ohono, mae'n hen bryd i mi droi adref wedi i mi ddiolch i chwi am eich *hospitality*.'

'Peidiwch â sôn am *hospitality*,' ebe'r Capten, 'mi wyddoch yn iawn lle rydw i'n byw, a bydd yn dda gennyf eich gweld yn fuan eto. Buaswn yn galw fy merch i lawr, ond esgusodwch hynny heno, a'r tro nesaf y dewch yma, mi obeithiaf y bydd Mrs Trefor yn ddigon iach i'ch croesawu.'

'Mae'n ddrwg iawn gennyf am ei hafiechyd, a chofiwch fi ati. Ac rŵan, nos dawch, Capten Trefor,' ebe Mr Simon wrth adael y tŷ.

'Nos dawch,' ebe'r Capten, ac wedi cau'r drws, ychwanegodd rhyngddo ac ef ei hun: 'Nos dawch, ŵr da. Rydych chi, syr, rwyf yn meddwl, yn hen *stager*, neu ni cherddech chwi adref lawn cyn sythed ag y daethoch yma. Hym! Gwell i mi rŵan glirio olion y gyfeddach, oherwydd yr hyn na wêl y llygad ni ofidia'r galon. Mae Susi yn siŵr o wybod fod y botel wedi ei hanrhydeddu. Mae ganddi ffroen fel *retriever*. Ond, siŵr ddyn, nad ydwyf yn feistr yn fy nhŷ fy hun. Ac rŵan, wedi i mi gymryd llond gwniadur o ffarwél, mi af i fyny i edrych sut mae,' a cherddodd y Capten i'r llofft heb afael yn y ganllaw. Rhoddai hynny, bob amser, dawelwch cydwybod i'r Capten.

---

cyffelyb: *similar*
cymdeithas: *company*
rhagflaenydd: *predecessor*
yn ddiamau: *surely*
sylweddol: *substantial*
edmygu: *to admire*
i'm hadnabyddiaeth: *to my knowledge*
ni cherddech chwi: *you wouldn't walk*
lawn cyn sythed: *just as straight*

olion y gyfeddach: *traces of the party*
yr hyn . . . galon: *what the eye does not see the heart does not worry about*
wedi ei hanrhydeddu: *has been honoured*
ffroen: *nostril*
llond gwniadur: *thimbleful*
canllaw: *bannister*
Rhoddai hynny: *That gave*
tawelwch cydwybod: *ease of conscience*

29: YSTAFELL Y CLAF

Aeth Enoc a Miss Trefor i fyny'r grisiau. Cyn agor drws ystafell ei mam, dywedodd Miss Trefor yn ddistaw:

'Mae fy mam, Mr Huws, yn salach o lawer nag yr oeddwn yn meddwl ei bod. Ni feddyliais fod dim mwy arni na thipyn o *bilious attack*. Ond mae hi yn wael iawn, a dydw i ddim, rywfodd, yn licio'i golwg hi.'

'Oni byddai'n well gofyn i Mr Simon ddŵad i'w weld? Hwyrach y gallai ei chysuro, a hwyrach y carai eich mam iddo weddïo gyda hi,' ebe Enoc.

'Na,' ebe Susi, 'does gen i ddim ffydd mewn gweddi dyn ag arogl cwrw arni,' ac agorodd ddrws yr ystafell.

'Ydych chi'n wael iawn, Mrs Trefor?' gofynnodd Enoc.

'Ydw, y selni olaf un ydi o,' ebe Mrs Trefor.

'Dyn annwyl, peidiwch â siarad fel yna; mi'ch gwelais chi yn llawer salach ac yn mendio, Mrs Trefor,' ebe Enoc.

'Naddo, Mr Huws, naddo. Rydw i'n teimlo'n rhyfedd – fûm i erioed yn teimlo'r un fath. Roedd Susi yn meddwl 'y mod i'n cysgu ers oriau, ond doeddwn i ddim, achos roeddwn i'n ei chlywed hi'n dŵad i mewn bob tro, ac yn eich clywed chithe i lawr yn siarad, yn enwedig Richard. A doeddwn i ddim yn effro chwaith. Roeddwn i'n meddwl 'y mod i ar ryw afon braf, lydan, ac nid mewn cwch. Doedd gen i ddim byd i 'nal i, ac eto, roedd rhywun neu rywbeth yn 'y nal i rhag i mi suddo. Roedd yr afon yn mynd yn gyflym, a neb ond y fi arni. A rydw i'n teimlo rŵan, er 'y mod i'n reit effro, fel petawn i ar yr afon – rhyw deimlad fel petawn i'n mynd o hyd, a rydw i'n meddwl, Mr Huws, mai angau ydi o.'

'Dim o'r fath beth, Mrs Trefor,' ebe Enoc yn gysurol, 'dydi o ddim ond tipyn o wendid. Dydi angau ddim yn beth mor hyfryd, mae arnaf ofn, â'r teimlad rydych chi yn ei ddisgrifio, Mrs Trefor.'

'Sut y gwyddoch chi, Mr Huws? Achos does dim neb yn medru gadael ei brofiad ar ôl i ddweud beth ydi angau,' ebe Mrs Trefor.

'Rydych chi *quite a philosopher*, Mam. Chlywes i erioed monoch chi'n siarad mor dwt. Dydych chi ddim i farw'n siŵr i chi,' ebe Miss Trefor.

'Mae 'na rywbeth yn deud wrtha i na fydda i'n codi o'r gwely 'ma eto.

---

yn salach o lawer: *much more ill*
ei chysuro: *comfort her*
selni olaf un: *final illness*
mendio: *to mend, get better*

yn effro: *awake*
angau: *death*
yn gysurol: *comfortingly*
gwendid: *weakness*

Does 'na ddim rhyw air yn deud, Mr Huws, am rywun yn cael ei gymryd ymaith o flaen drygfyd?'

'Oes,' ebe Enoc, 'fe ddwedir fod y cyfiawn yn cael ei gymryd ymaith o flaen drygfyd. Ond nid oes drygfyd yn debyg o ddigwydd i chwi, Mrs Trefor. Nid oes gennych le i amau daioni Duw yn y dyfodol.'

'Dydyn ni ddim wedi byw fel y dylen ni, Mr Huws,' ebe Mrs Trefor, 'ac mae gen i eisio deud rhywbeth wrthoch chi. Mi wn eich bod yn ddyn da a chrefyddol. Ac am yr amgylchiade, wel, fe ddaw amgylchiade pawb i'r golwg yn hwyr neu hwyrach. Mae o wedi costio llawer o boen a gofid i mi'n ddiweddar wrth feddwl i mi fod am flynydde yn rhoi rhyw bris mawr ar y peth maen nhw'n ei alw'n *respectability* – rhyw feddwl ein bod ni'n well na phobol eraill. Ond rydw i'n credu, Mr Huws, fod Duw wedi madde i mi'r ffolineb, a fedra i byth ddiolch digon fod Susi wedi cael gras i ddiystyru'r lol ddaru mi ddysgu iddi hi. O diar! O diar! Mae gen i gywilydd wrth feddwl mor wirion fûm i. Ond mi gefes drugaredd, rydw i'n meddwl.'

'Rwyf yn eich 'nabod chi, Mrs Trefor, ers rhai blynydde bellach, ac yn eich holl lwyddiant bydol a'ch cysuron roedd pethau crefydd yn uchaf yn eich meddwl, a rwyf lawer tro wedi bod yn cenfigennu at eich ysbryd.'

'Wyddoch chi ddim byd am 'y mhechod i. Ond rwyf yn meddwl y medra i ddeud hyn yn onest – na wn i ddim am adeg yn ystod yr ugen mlynedd diwetha nad oedd gen i ryw gymaint o gariad at Grist a'i achos. Ond mi adewes i'm meddwl ramblo, ac mi ymserches mewn pethe y bydde'n gywilydd gen i eu henwi i chi. Ond ers tro rŵan rydw i wedi ffarwelio â nhw, ac yn meddwl y liciwn i gael mynd o'r hen fyd 'ma, a chael mynd i wlad heb ddim trwbl, ac y medrwn i fod yn gyfforddus a hapus mewn lle nad oes dim pechod o'i fewn, na dim balchder – dim ond cariad at Grist.'

'A be sydd i ddŵad ohonom ni, Mam?' ebe Susi.

'Wel,' ebe Mrs Trefor, 'rwyt ti wedi cael rhyw ole rhyfedd yn ddiweddar.'

'Naddo, Mam,' ebe Susi, 'ches i ddim mwy o ole na phobol eraill, ond 'y mod i, hyd yn ddiweddar, wedi cau fy llygaid rhag ei weld. Fel y

drygfyd: *adversity*	diystyru: *to disregard*
o flaen drygfyd: *ahead of adversity*	lol: *nonsense*
y cyfiawn: *the just*	Mae gen i gywilydd: *I'm ashamed*
amau daioni Duw: *to doubt the goodness of God*	mor wirion: *so silly*
amgylchiadau: *circumstances*	trugaredd: *mercy*
i'r golwg: *into view*	cenfigennu at: *to be envious of*
yn hwyr neu hwyrach: *eventually*	pechod: *sin*
madde: *to forgive*	ymserches i: *I fell in love with*
gras: *grace*	rhag ei weld: *from seeing it*

gwyddoch chi, Mam, myfi fy hun oedd fy mhopeth ar hyd y blynydde – arnaf i fy hun oedd fy holl feddwl – byw i 'mhlesio fy hun yr oeddwn i ac yn methu. Ac rwyf yn fwy argyhoeddedig bob dydd mai hunan ydi damnedigaeth pawb, ac mai anghofio hunan ydi'r daioni mwya. Rwyf yn ofni – hwyrach fy mod yn methu – fod gormod o hunan mewn pobol dduwiol. Maent byth a beunydd, yn y seiat, yn dweud eu bod yn ofni nad ydynt yn gadwedig – yn ofni na fyddan nhw byth yn cael mynd i'r nefoedd. Ond cyn gynted ag y teimlant yn barod i fynd yno, maent ar frys am gael marw. Mae gen i ofn ein bod yn meddwl mwy am fod yn saff yn y diwedd nag am wneud ein dyletswydd. Ydw i ddim yn iawn, Mr Huws?'

'Rydych chi bob amser yn iawn, Miss Trefor,' ebe Enoc.

'Na, nid bob amser, Mr Huws,' ebe Susi, 'ond rydw i'n siŵr fy mod yn iawn ar hyn.'

Ar hyn torrwyd ar yr ymddiddan gan ymddangosiad Capten Trefor, a ddywedodd:

'Wel, be sy'n mynd ymlaen? Tipyn o seiat? Sut mae hi arnoch chi erbyn hyn, Sarah?'

'Pur gwla, Richard, ac oni bai 'mod i'n gwbod fod gynnoch chi gwmpeini, mi faswn i'n meddwl eich bod chi'n eithaf diofal ohono i,' ebe Mrs Trefor.

'Dyna'r unig reswm, Sarah; ni buasai yn weddus i mi adael Mr Simon, er bod fy meddwl i gyda chwi yn barhaus, a 'nghalon i yn llosgi eisiau dŵad i ddeud y newydd da i chi, a glywsoch ers meitin, mi wn, gan Susi neu Mr Huws,' ebe'r Capten.

'Na, ddaru ni ddim sôn dim, Dada, wrth Mam,' ebe Susi.

'Does bosib!' ebe'r Capten, 'eich bod heb ddweud wrth eich mam am yr hyn sydd wedi ein llenwi â llawenydd a gorfoledd heno?'

'Beth ydi o, Richard? Oes 'na ddiwygiad wedi torri allan?' gofynnodd Mrs Trefor.

'Na,' ebe'r Capten, 'nid newydd o'r natur yna sydd gennym heno; er, mae'n rhaid i mi gyfaddef, fod llwyr angen am ddiwygiad, ac arnaf fi fy hun yn fwy na neb.'

---

yn fwy argyhoeddedig: *more convinced*
damnedigaeth: *damnation*
duwiol: *religious*
byth a beunydd: *always*
seiat: *fellowship meeting (in chapel)*
yn gadwedig: *saved*
ymddangosiad: *appearance*

Pur gwla: *Quite ill/feeble*
diofal: *without care*
yn weddus: *fitting*
gorfoledd: *joy*
diwygiad: *religious revival*
llwyr angen: *real need*

'Mae Sem Llwyd, Mam, yn deud ei fod wedi taro ar y faen yng Nghoed Madog – dyna'r newydd,' ebe Susi.

Edrychodd y Capten yn geryddol ar ei ferch, ond cyn iddo ddweud dim yn gas, cofiodd fod Enoc yno, a lliniarodd ei olwg, ac ychwanegodd Susi:

'Mae hi yn dechre mynd yn hwyr, Dad.'

'*Quite right*,' ebe'r Capten. 'Dyna fo, Sarah, mae Susi wedi dweud y newydd da i chi mewn un gair.'

Roedd Mrs Trefor wedi clywed gynifer o weithiau yn ystod ei hoes am 'daro ar y faen', fel na ddarfu i'r newydd effeithio rhyw lawer arni, a'r unig beth a ddywedodd oedd, 'Ho!'

Cododd Enoc i ffarwelio â Mrs Trefor, ac i fynd adref. Aeth Miss Trefor i'w ddanfon, gan adael ei thad i ehangu ar y newydd da wrth ei mam.

---

taro ar y faen: *to locate the seam [of lead]*
yn geryddol: *reprovingly*
lliniarodd ei olwg: *he relaxed his look*

cynifer: *so many*
ehangu: *to expand*

30: DATGUDDIAD

Roedd Enoc Huws y noson honno wedi addunedu y dywedai rywbeth o'i feddwl wrth Miss Trefor, hyd yn oed petai'n marw yn yr ymdrech. Yn wir, roedd hyn yn pwyso cymaint ar ei feddwl fel na wnaeth i 'newydd da Sem Llwyd' leihau dim ar ei ddwyster. Ebe ef:

'Dwy i ddim yn meddwl, Miss Trefor, fod llawer o sail i'ch ofnau am eich mam. Mae hi'n siarad yn bert ryfeddol.'

'Gobeithio nad oes, Mr Huws,' ebe Susi, 'ond mae gen i *presentiment* cas na fydd fy mam fyw yn hir. Fedr hi ddim dioddef profedigaethau na dal dim gwynt croes. Fel y gwyddoch, mae hi wedi cael bywyd esmwyth, ac wedi arfer cael digon o bopeth, ac mae ychydig adfyd yn ei tharo hi i lawr. Pan fo'r byd heb fod wrth ei bodd, mae yn gollwng ei gafael ohono fel pe bai yn haearn poeth, ac mae'n hiraethu, mi wn, rŵan, am gael mynd i'r nefoedd, ac rydw i'n meddwl y caiff hi fynd yno ryw ddydd, oherwydd mi wn ei bod yn caru Iesu Grist. Ond rydw i'n meddwl 'y mod i fy hun wedi dysgu cymaint â hyn, yn ddiweddar, beth bynnag, sef na ddysges i ddim nes i mi ddysgu dioddef, a diodde'n ddistaw.'

'Wyddwn i ddim, Miss Trefor,' ebe Enoc, 'eich bod wedi dioddef – roeddwn bob amser yn meddwl eich bod yn berffaith iach.'

'Ac felly rydw i,' ebe Miss Trefor. 'Rwyf wedi dioddef tipyn o'ch achos chi, Mr Huws.'

'O'm hachos i, Miss Trefor?' ebe Enoc mewn syndod, a daeth mil o feddyliau i'w galon.

'Ie,' ebe hi. 'Mi wn eich bod yn cario llawer o arian yn barhaus ar Waith Coed Madog, ac mai 'nhad sydd yn eich perswadio i neud hynny. Mae'n hawdd i chi, mewn amser, wario'r cwbl sy gynnoch chi ar waith *mine* a heb gael dim yn ôl, fel y digwyddodd i Hugh Bryan, druan, ac fel mae Mr Denman bron â gneud. A fedra i ddim bod yn dawel, Mr Huws, heb eich rhoi chi ar eich gwyliadwriaeth. Peth ofnadwy ydyw i ddyn, ar ôl iddo weithio'n galed a hel tipyn o'i gwmpas, ac ennill safle barchus ymhlith ei gymdogion, ac wedyn, yn y diwedd, golli'r cwbl a mynd yn

---

datguddiad: *revelation*
addunedu: *to pledge*
lleihau: *to lessen*
dwyster: *intensity*
sail: *base*
dioddef: *to tolerate*
profedigaethau: *tribulations*

dal: *to withstand*
gwynt croes: *cross wind*
y caiff hi fynd: *that she'll be allowed to go*
o'ch achos chi: *because of you*
gwyliadwriaeth: *guard*
hel tipyn: *to collect a lot*
safle barchus: *a respected position*

dlawd. Rwyf yn 'nabod rhai felly, a rydych chithe, Mr Huws, yn eu 'nabod nhw.'

'Mae arnaf ofn, Miss Trefor,' ebe Enoc, 'eich bod mewn tymer brudd heno, a'ch bod wedi anghofio'r newydd a gawsom gan Sem Llwyd.'

'Na,' ebe Susi, 'dydw i ddim wedi anghofio newydd Sem Llwyd; ac os ydi o'n wir, rwyf yn llawenhau er mwyn 'y nhad a chithe a Mr Denman. Ond peidiwch â rhoi llawer o bwys arno – rwyf wedi clywed llawer o newyddion tebyg a dim byd yn dŵad ohonynt. Cymerwch ofal, Mr Huws. Goddefwch i mi ofyn i chi faint ydych chi wedi'i wario'n barod ar Goed Madog, os gwyddoch chi?'

'O, rhywbeth fel tri chant o bunnau, rwyf yn meddwl,' ebe Enoc.

'Gwarchod pawb! Roeddwn yn ofni hynny,' ebe Miss Trefor.

'Ond dydw i ddim ond un o dri, Miss Trefor,' ebe Enoc.

'Ie,' ebe hi, 'yr un o'r tri sydd yn rhoi'r arian – y chi, Mr Huws, ydi'r banc.'

'Nid wyf yn dallt eich meddwl, Miss Trefor,' ebe Enoc.

'Fy meddwl ydi hyn, Mr Huws,' ebe hi, 'ac mae'n rhaid i mi gael ei ddweud – chi sydd yn ffeindio'r arian a 'nhad sydd yn 'u gwario nhw achos does gan 'nhad yr un bunt o'i eiddo i'w gwario.'

'Rydych chi'n smalio, Miss Trefor,' ebe Enoc.

'Fûm i erioed yn fwy difrifol, Mr Huws,' ebe Susi. 'Roeddwn yn ofni o hyd eich bod yn credu ein bod yn gyfoethog, ond y gwir ydyw ein bod yn dlawd – ac yn dlawd iawn, a dyna, mi wn, sydd yn lladd 'y mam. Does gen i ddim *idea* faint mae Mr Denman wedi'i wario er pan gychwynnodd Coed Madog, ond mi wn hyn – na wariodd 'y nhad ddim, achos doedd ganddo ddim i'w wario. Fedrwn i ddim bod yn dawel 'y nghydwybod heb gael dweud y cwbwl wrthoch chi, Mr Huws. Ac am newydd da Sem Llwyd, does gen i ond gobeithio ei fod yn wir, er eich mwyn chi. Ond dydw i ddim yn rhoi dim pwys ar yr hyn a ddywed Sem. Mae o wedi dweud llawer o bethau tebyg o'r blaen, a'r cwbwl yn troi'n ddim yn y byd.'

'Miss Trefor,' ebe Enoc, wedi ei hanner syfrdanu, 'rydych chi'n smalio – dydych chi ddim yn meddwl deud wrtha i nad ydi'ch tad yn dda arno?'

'Mae fy nghalon yn rhy brudd i smalio, Mr Huws,' ebe Miss Trefor. 'Nid yn unig mae 'nhad mewn dyled ond does dim gobaith ganddo i

---

tymer brudd: *sad mood*
yn llawenhau: *rejoicing*
llawer o bwys: *much importance*
Goddefwch i mi: *Permit me*
Gwarchod pawb!: *Good grief!*
o'i eiddo: *in his possession*

yn smalio: *legpulling*
cydwybod: *conscience*
yr hyn a ddywed S: *what S says*
syfrdanu: *to shock*
mewn dyled: *in debt*

dalu ei ddyled. Ond dydi'r ffaith ein bod ni ein hunain yn dlawd ddim yn ddigon o reswm i ni wneud eraill yn dlawd. Rwyf yn sicr bron na fydd fy mam fyw yn hir – fedr hi ddim dal tlodi. Be sydd o'm blaen i, wn i ddim; ond rwyf yn benderfynol na byddaf byw ar dwyll a rhagrith, deued a ddelo. Rydych chi rŵan yn gwybod sut mae pethe'n sefyll.'

'Rydych wedi fy synnu, Miss Trefor, ac eto rwyf yn teimlo'n llawen,' ebe Enoc, a'i wyneb yn dangos yn eglur ei fod yn dweud y gwir o'i galon.

'Yn llawen, Mr Huws? Ydi clywed ein bod yn dlawd yn fforddio llawenydd i chi?' ebe Miss Trefor yn gynhyrfus.

'Fe allai ei fod yn ymddangos yn greulon ynof ddweud ond, mewn ystyr, mae'n dda iawn gennyf ddeall eich bod yn dlawd, os ydych chi'n dlawd hefyd.'

Nid atebodd Miss Trefor air, ond gydag ysgorn dirmygus ar ei hwyneb, cyfeiriodd tua'r drws. Cyrhaeddodd Enoc y drws o'i blaen, a chan ei gau a gosod ei gefn arno, ebe fe:

'Arhoswch i mi f'esbonio fy hun.'

'Nid oes angen i chi neud hynny,' ebe Miss Trefor, 'rwyf yn gweld trwoch fel trwy ffenest. Roeddech chi, mi wn, yn credu bob amser ein bod yn weddol dda arnom. Wel, mae hynny yn eitha naturiol. Roeddwn i wedi disgwyl am eich cydymdeimlad – a doeddwn i ddim chwaith – achos f'amcan – f'unig amcan – yn dweud wrthoch am sefyllfa fy nhad oedd eich lles chi eich hun, – rhoi ar eich gwyliadwriaeth rhag i chi ddŵad i'r un sefyllfa eich hunan. Taswn i yn hunanol, mi fuaswn yn eich gadael yn y tywyllwch. Gadewch i mi fynd, Mr Huws, os gwelwch yn dda.'

'Nid cyn y byddwch mewn gwell tymer,' ebe Enoc. 'Gyda'ch holl *insight*, ac er mor graff ydych, rydych chi wedi cam—'

'Susi? Lle'r ydych chi, 'ngeneth i?' gwaeddodd Capten Trefor wrth ddod i lawr y grisiau, ac ychwanegodd, 'Mae ar eich mam eich eisie, Susi.'

Er bod rheg yn beth hollol ddieithr i Enoc, aeth rhywbeth tebyg i reg trwy ei fynwes pan glywodd lais y Capten, ac ysgubodd Susi heibio heb gymaint â dweud 'nos dawch' wrtho.

---

dal: *to bear*
twyll a rhagrith: *deception and hypocrisy*
deued a ddelo: *come what may*
yn gynhyrfus: *agitated*
ysgorn dirmygus: *contemptuous scorn*
cyfeiriodd: *she headed for*
cydymdeimlad: *sympathy*
amcan: *aim*

sefyllfa: *situation*
lles: *good*
gwyliadwriaeth: *guard*
yn hunanol: *selfish*
mor graff: *so observant*
rheg: *swearword*
ysgubodd S: *S swept*
heb gymaint â: *without as much as*

'Holô, Mr Huws,' ebe'r Capten, 'roeddwn yn meddwl eich bod wedi mynd adref ers meitin, ond pobl ifainc ydyw pobl ifainc o hyd. Rydw innau'n cofio'r amser, syr, ha! ha! ha! Arhoswch, Mr Huws, hidiwn i ddim dŵad i'ch danfon adref – mae arnaf eisiau tipyn o awyr iach.'

Teimlai Enoc yn flin iawn ei ysbryd, fel y cymerai'r Capten afael yn ei fraich gan ei arwain tuag adref. Gallasai sylwedydd craff weld fod gwir angen ar y Capten am gymorth braich Enoc, oherwydd nid oedd yn cerdded mor syth ag arfer, ond ef ei hun fuasai yr olaf i gydnabod hynny, ac Enoc fuasai'r olaf o bawb i weld hynny, yn enwedig pan oedd ei feddwl bron yn hollol gyda Miss Trefor.

---

hidiwn i ddim: *I wouldn't mind*
sylwedydd craff: *keen observer*
gwir angen: *real need*

mor syth: *as upright*
cydnabod: *to acknowledge*

31: CAPTEN TREFOR

Wedi i'r Capten ac Enoc gyrraedd y ffordd fawr, ebe'r Capten:

'Rwyf yn cofio, Mr Huws, pan oeddwn dipyn iau nag wyf yn awr, y byddwn yn cael llawer o ddifyrrwch wrth gerdded allan yn nhrymder y nos ar fy mhen fy hun, pan fyddai trwst y byd a masnach wedi distewi, a dim yn bod, mewn ffordd o siarad, i aflonyddu ar fy myfyrdodau. Mae fy meddwl fel y gwyddoch, wedi ei gymryd i fyny mor llwyr yn ddiweddar gyda phethau daearol, fel rwyf yn teimlo angen mewnol am seibiant i ymollwng i fyfyrdodau cwbl wahanol o ran eu natur. Ar adegau, Mr Huws, mi fyddaf yn meddwl mai yn ffilosoffydd y bwriadwyd fi. Oherwydd, cyn gynted ag y caf ddeng munud o hamdden oddi wrth orchwylion bydol, bydd fy myfyrdodau yn rhedeg ar ôl y pethau mawr – pethau'r enaid.'

'Yn sicr,' ebe Enoc, oherwydd nid oedd yn gwrando ond ychydig, ac yn deall llai o'r hyn a ddywedai'r Capten. Ac nid oedd y Capten heb sylwi bod meddwl Enoc yn rhywle arall, ac er mwyn ei ddwyn gartref, ebe fe:

'Beth ydyw eich syniad, erbyn hyn, Mr Huws, am ein gweinidog – Mr Simon?'

'Fy syniad yw ei fod yn gerddor gweddol,' ebe Enoc.

'Ie, ond beth rydych yn ei feddwl ohono *fel gweinidog?*' gofynnodd y Capten.

'Wn i ddim a ydw i'n abl i roi barn,' ebe Enoc. 'Ac yn wir, dydi o ddim yn waith hoff gen i i farnu dynion, yn enwedig pregethwyr. Ond gan eich bod yn gofyn, mi ddwedaf wrthoch chi. Fy nheimlad, o'r dechre, ydyw nad oes gan Mr Simon ddim dylanwad ysbrydol arnaf – dim i gynhesu fy nghalon at Grist. A'i bregethau, ei anerchiadau yn y seiat, a'i ymddiddanion mewn cwmni – dydw i byth yn teimlo damed gwell o'u herwydd. Mae rhyw syniad gennyf y dylai gweinidog yr Efengyl wneud pethau crefydd a byd arall yn fwy dymunol yn ei olwg. Ni theimlais i erioed felly dan weinidogaeth nac yng nghwmni Mr Simon. Ond, efallai mai ynof fi fy hun mae'r diffyg.'

---

iau: *younger*
difyrrwch: *pleasure*
yn nhrymder y nos: *at the dead of night*
trwst: *noise*
aflonyddu: *to disturb*
myfyrdodau: *thoughts*
daearol: *earthly*
ymollwng: *to let oneself go*
y bwriadwyd fi: *that I was intended for*

gorchwylion bydol: *earthly tasks*
enaid: *soul*
dwyn: *to bring*
ysbrydol: *spiritual*
anerchiadau: *addresses*
ymddiddanion: *conversations*
gweinidogaeth: *ministry*
diffyg: *deficiency*

'Mr Huws,' ebe'r Capten, 'rydych yn f'argyhoeddi i fwy-fwy bob dydd eich bod wedi'ch cynysgaeddu â thalent neilltuol i adnabod cymeriadau. Wrth fynegi'ch barn rydych chi wedi rhoi mynegiant i 'nheimlad innau hefyd. Rydych, mewn ffordd o siarad, wedi ffotograffio cymeriad Mr Simon fel y gallaf ei adnabod ar unwaith.'

'Nid wyf yn siŵr am hynny,' ebe Enoc, 'na'm bod wedi gwneud chware teg â Mr Simon oherwydd, a dweud y gwir i chi, mae gen i ragfarn o'r dechre yn ei erbyn. Ond gallaf ddweud yn onest o waelod fy nghalon ei fod yn llawer gwell dyn nag rydw i wedi arfer meddwl ei fod.'

'Syr,' ebe'r Capten, 'mae'n rhaid bod rhyw reswm am eich rhagfarn. Na, syr, mae arnaf ofn eich bod wedi gosod allan, mewn byr eiriau, wir gymeriad Mr Simon ac, os ydwyf wedi cymryd i mewn wir ystyr eich geiriau, eich syniad ei fod yn fwy o ddyn y byd hwn na'r byd a ddaw.'

'Dyna fy nheimlad, ond gobeithio fy mod yn methu,' ebe Enoc.

'Mae arnaf ofn, syr,' ebe'r Capten, 'eich bod gyda hyn, fel gyda phopeth arall, wedi taro'r hoelen ar ei phen, ac rwyf yn fwy argyhoeddedig o hyn gan fod Susi acw wedi awgrymu fwy nag unwaith syniadau cyffelyb. Yn wir, rydych fel pe byddech wedi bod yn siarad amdano gan mor debyg ydyw'ch syniadau.'

'Ni chefais ddim sgwrs â Miss Trefor ynghylch Mr Simon,' ebe Enoc.

'Nid yw hynny,' ebe'r Capten, 'ond yn profi'ch bod yn dra thebyg o ran meddwl. Ond goddefwch i mi ofyn hyn – oes gennych le i gredu fod gan Mr Simon eiddo? Fy rheswm dros ofyn y cwestiwn i chwi ydyw hyn – roeddwn braidd yn meddwl ar olwg Mr Simon heno ei fod yn cymryd cryn ddiddordeb yng Ngwaith Coed Madog, ac na fuasai ganddo wrthwynebiad, pe buasem yn gofyn iddo gymryd *shares* yn y Gwaith. Beth ydyw'ch syniad chwi?'

'Dydw i'n gwybod dim am sefyllfa fydol Mr Simon,' ebe Enoc, 'ond prin y buaswn yn meddwl bod ganddo eiddo. Mae gweinidogion dan ryw fath o angenrheidrwydd i wisgo'n dda, ac i ymddangos yn *respectable*. A hyd yn oed pe buasem yn siŵr fod gan Mr Simon arian wrth gefn, prin rydw i'n meddwl y buasai'n ddoeth gofyn iddo gymryd *shares* yng

---

argyhoeddi: *to convince*
fwy-fwy: *more and more*
wedi'ch cynysgaeddu: *been bestowed*
mynegi: *to express*
barn: *opinion*
mynegiant: *expression*
rhagfarn: *prejudice*
gwir gymeriad: *true character*
y byd a ddaw: *the world to come*
yn fwy argyhoeddedig: *more convinced*

cyffelyb: *similar*
goddefwch i mi: *permit me*
eiddo: *property*
cryn ddiddordeb: *considerable interest*
gwrthwynebiad: *opposition*
sefyllfa fydol: *earthly situation*
gweinidogion: *ministers*
angenrheidrwydd: *necessity*
arian wrth gefn: *money set aside*
yn ddoeth: *wise*

Nghoed Madog. Mwy priodol fuasai ei annog i gloddio a mynd yn ddwfn i bethau'r Beibl, nag i gloddio am blwm, fel chwi a minnau. Ac yn wir, dydw i ddim yn credu y bydd arhosiad Mr Simon yn hir ym Methel. Mae o eisoes yn ymddangos i mi wedi mynd trwy ei stoc, ac yn ailadrodd pethau ers tro.'

'Wyddoch chi beth, Mr Huws?' ebe'r Capten, 'mi rown lawer am eich gallu i adnabod cymeriadau a does ryfedd yn y byd eich bod wedi llwyddo cymaint. Mae rhaid i mi ofyn eich maddeuant – mi dries dipyn o dric arnoch. Y gwir ydyw hyn: roeddwn yn sylwi eich bod yn gweld bod Mr Simon yn cymryd diddordeb mawr yn newydd da Sem Llwyd, ac roeddwn yn ofni yn fy nghalon ichwi, yn ddifeddwl, ofyn iddo gymryd *shares*. Ond mi welaf nad oedd raid i mi ofni. Yn wir, pwy bynnag gymerwn ni'n bartneriaid bydd rhaid iddynt rŵan – wedi i ni ddarganfod y plwm – ystyried ein bod yn gwneud ffafr fawr â hwynt, a dweud wrthynt bod rhaid iddynt roi hyn a hyn o arian i lawr. Wyddoch chi beth? *Mae*'n dda gennyf ein bod wedi taro ar y faen, er mwyn Denman, druan oherwydd, rhyngoch chwi a fi, mae arnaf ofn ei fod wedi gwario bron cymaint sy ganddo.'

'Mae'n wir ddrwg gen i glywed hynny, ond tybed na chaiff o'r cwbl yn ôl ryw ddiwrnod,' ebe Enoc.

'Y cwbl yn ôl, syr? Caiff, fel y cawn ninnau, a llawer ychwaneg,' ebe'r Capten, ac ychwanegodd, 'Ond dyma ni yn awr wedi dŵad at eich *palatial residence* a *noble residence* ydyw, mewn gwirionedd. Ond dyna'r oeddwn yn cychwyn ei ddweud – oni bai fod fy llygaid wedi syrthio ar eich tŷ ardderchog – dyna'r oeddwn yn mynd i'w ddweud – fy mod am ofyn cymwynas gennych, ac nid peth arferol, fel y gwyddoch, ydyw hynny i mi . . . Peidiwch ag agor y drws, Mr Huws, cyn i mi orffen fy stori. Mi a'i hystyriwn yn gymwynas – yn gymwynas fawr iawn – pe gallech roi benthyg can punt i mi – nid i gario'r Gwaith ymlaen, ond i mi yn bersonol, oherwydd mae gennyf dipyn wrth gefn i gario'r Gwaith ymlaen. Rhoddaf i chwi fy I.O.U. a chewch hwy yn ôl gydag *interest*. Ni buaswn yn beiddio gofyn y ffafr hon; yn wir, roeddwn wedi penderfynu

---

Mwy priodol: *More appropriate*
annog: *to urge*
cloddio: *to dig deep*
arhosiad: *stay*
does . . . byd: *no wonder at all*
maddeuant: *forgiveness*
darganfod: *to discover*
ystyried: *to consider*

hyn a hyn o arian: *such and such a sum of money*
bron cymaint: *almost as much*
na chaiff o'r cwbl: *that he won't get the lot*
cymwynas: *favour*
Mi a'i . . . yn gymwynas: *I'd consider it a favour*
pe gallech: *if you could*
tipyn: *quite a bit*
wrth gefn: *set aside*

galw rhyw ddyledion i mewn, oni bai am y newydd da a gawsom heno gan Sem Llwyd.'

'Cewch â chroeso; dewch i mewn, syr,' ebe Enoc, ac i mewn yr aethant. 'Gwarchod pawb! Does yma ond tywyllwch,' ychwanegodd Enoc wedi agor y drws. Roedd Marged wedi diffodd y *gas*, a gadael i'r tân fynd yn isel yn y grât, ac yn ôl pob golwg wedi mynd i'r gwely ers meitin.

'Mae'n ddrwg gen i,' ebe Enoc wrth danio'r *gas*, 'eich dwyn i le mor anghyfforddus, ond gellwch weld sut fyd sydd ar hen lanc.'

'*Just so*,' ebe'r Capten, 'ond pwy sy'n gyfrifol? *Self-imposed misery* ydyw, Mr Huws.'

'Wn i ddim am hynny,' ebe Enoc, 'ond mi wnaf y *cheque* i chwi rŵan, Capten Trefor.'

'Os nad ydyw yn rhyw wahaniaeth i chwi, Mr Huws,' ebe'r Capten, 'byddai yn well gennyf eu cael mewn aur neu *notes*, ond peidiwch ag achosi dim anghyfleustra i chi'ch hun.'

'Rwyf yn meddwl y gallaf eu rhoi i chi mewn *notes*,' ebe Enoc.

'*Very good*,' ebe'r Capten, 'ond arhoswch, ydych chi ddim yn peri rhyw anghyfleustra i chwi'ch hun wrth wneud hynny?'

'Dim o gwbl,' ebe Enoc wrth fynd i'r offis i gael yr arian, a thra bu ef yn yr offis edrychai'r Capten yn foddhaus i'r tân.

Daeth Enoc yn ôl gyda'r papurau, gan eu gosod bob yn un ac un ar y bwrdd, a chymerodd y Capten hwynt yn rasol, gan eu dodi'n ofalus yn ei logell-lyfr.

'Diolch i chwi, syr,' meddai; 'os byddwch mor garedig â rhoi i mi ddarn o bapur a phîn ac inc, mi roddaf i chwi gydnabyddiaeth amdanynt, Mr Huws.'

'Na hidiwch,' ebe Enoc.

'Na, busnes ydyw busnes,' ebe'r Capten, 'er, rhaid cyfaddef, nid ydyw peth felly'n angenrheidiol, mewn ffordd o siarad, rhwng pobl o gymeriad. Ar yr un pryd, – wel, mi gofiaf am y peth yfory. Ac yn awr, Mr Huws, mae'n rhaid i mi ddychwelyd, er y buasai'n dda gennyf gael parhau gael eich cwmni.'

'A gaf i ddŵad i'ch danfon adre, syr?' gofynnodd Enoc.

---

dyledion: *debts*
yn ôl pob golwg: *according to all appearance*
anghyfleustra: *inconvenience*
peri: *to cause*
cyrchu: *to fetch*
yn foddhaus: *contented*

yn rasol: *graciously*
llogell-lyfr: *pocket book*
cydnabyddiaeth: *acknowledgement*
Na hidiwch: *Don't bother*
rhaid cyfaddef: *one must admit*

'Na chewch, Mr Huws,' ebe'r Capten, 'nid am na fuasai'n dda gennyf gael eich cwmni, ond chwi wyddoch, mae gennyf eisiau ychydig funudau o seibiant ar fy mhen fy hun i feddwl a myfyrio, os gallaf, am bethau uwch. Ond diolch i chwi, Mr Huws, yr un fath.'

Wedi ysgwyd dwylo yn garedig, aeth y Capten ymaith yn hollol fodlon ar lwyddiant ei neges.

---

pethau uwch: *higher things*   bodlon: *pleased*

32: ADEILADU CESTYLL

Hon oedd y noson hapusaf ym mywyd Mr Denman ers llawer o amser. Y creadur! Gan fod ganddo ffydd diffuant yng ngalluoedd a gonestrwydd y Capten Trefor, roedd wedi colli'r cwbl oedd yn ei enw, a hynny heb yn wybod i'w wraig. Roedd hi'n dyfalu ei fod wedi gwario wmbreth ar weithfeydd mwyn, ond nid oedd hi'n dychmygu fod y cwbl wedi mynd 'i lawr siafft gwaith mein'. Rhwng Pwll y Gwynt a Choed Madog, byd truenus iawn a gawsai Mr Denman ers amser. Cofiai Mr Denman amser pan oedd ganddo ychydig dai, ychydig diroedd a thipyn o arian. Ond erbyn hyn roedd y cwbl, bron, wedi mynd drwy ddwylo'r Capten.

Heblaw hynny, roedd Mr Denman wedi dioddef am flynyddoedd sŵn beunyddiol ei wraig. Roedd hi'n ei fyddaru am ei ffolineb yn cario ei arian 'i'r hen Gapten 'na'. Roedd hyn wedi dinistrio ei gysur teuluaidd, ac roedd Mr Denman wedi peidio â chymryd ei wraig i'w gyfrinach, ac roedd yn byw mewn arswyd beunyddiol rhag iddi hi ddod i ddeall gymaint roedd e wedi ei wario, a chyn lleied oedd ganddo ar ôl. Pe gwelsai ef ei ffordd yn glir i ddatguddio ei sefyllfa i Mrs Denman, buasai yn eithaf bodlon i daflu'r cwbl i fyny ac ail ddechrau byw. Roedd y peth yn dod i bwyso yn drymach arno bob dydd. Teimlai fod cadw hyn i gyd yn ei fynwes ei hun yn ei fwyta ymaith yn raddol, ac yn aml dywedai ei gymdogion fod Mr Denman yn heneiddio yn ofnadwy. Ychydig yr oeddent hwy'n ei wybod am ei bryderon a'i ofnau.

Ond wedi clywed newydd da Sem Llwyd, roedd gwên foddhaus ar wyneb Mr Denman a'i ysbryd wedi bywiogi drwyddo. Prin y buasai neb yn adnabod ei gerddediad tuag adref. Cerddai fel llanc.

'A'r fath lwc,' ebe fe wrtho'i hun, 'na ddaru mi ddim torri 'nghalon! Y fath fendith! Mi fase cannoedd wedi torri'u calonne a rhoi'r cwbl i fyny amser maith yn ôl. Ond roedd gen i ffydd o hyd yn y Capten o'i chwmpas hi. Pwy arall fase'n gwario'r cwbl oedd ganddo, ysgwn i? Ond

---

ffydd diffuant: *sincere faith*
galluoedd: *abilities*
dyfalu: *to guess*
wmbreth: *a lot*
gweithfeydd mwyn: *mineral mines*
sŵn beunyddiol: *daily sound*
byddaru: *to deafen*
i'w gyfrinach: *into his confidence*
arswyd beunyddiol: *daily terror*
cyn lleied: *so little*

Pe gwelsai ef: *If he'd see*
datguddio: *to reveal*
pwyso: *to weigh*
yn heneiddio: *getting old*
pryderon: *fears*
boddhaus: *pleased*
wedi bywiogi: *had enlivened*
Prin y buasai neb: *No one would hardly*
cerddediad: *walk, step*
ysgwn i?: *I wonder?*

mi ga i'r cwbwl yn ôl, rŵan, ar ei ganfed. A diolch y medra i fynd adre a dangos wyneb llawen, a deud y cwbwl i gyd wrth y wraig! Ac mi gaf dipyn o gysur teuluaidd rŵan, tybed, peth na ches i mono ers blynydde.'

Wrth natur, nid oedd Mrs Denman yn berson oedd yn blino'n hawdd, ond roedd hir-ddisgwyl am ei gŵr gartref hyd ddeg, un ar ddeg, ac weithiau hanner nos, a'r ffaith – oedd yn ddigon amlwg iddi hi erbyn hyn – eu bod yn mynd yn dlotach bob dydd, wedi rhoi golwg sarrug i'w hwyneb a thôn gwynfannus i'w llais. Roedd y plant newydd fynd i'r gwely a hithau, Mrs Denman, wedi ei gosod ei hun mewn cadair wrth y tan i bendwmpian i aros ei gŵr gartref. Synnodd yn fawr pan welodd Mr Denman yn dod i mewn yn fywiog, a deallodd ar ei olwg fod rhywbeth mwy na chyffredin wedi digwydd, ac ebe hi, dipyn yn wawdlyd:

'Diar mi! Be sy'n bod?'

'Mi ddeuda i chi, Mary bach, cyn gynted ag y bydda i wedi tynnu fy sgidie,' ebe Mr Denman. Ac wedi gwneud hynny a thynnu ei gadair at y tân, a gosod ei draed ar y stôl haearn, edrychodd yn foddhaus ar ei wraig, ac ebe fe:

'O'r diwedd! O'r diwedd, Mary!'

'O'r diwedd be, Denman?' gofynnodd Mrs Denman.

'Wedi – dŵad – i blwm – wedi – dŵad – i blwm, Mary, – wedi taro ar y faen, Mary, o'r diwedd! Ac rydw i fel y gog! Mi wn 'mod i wedi achosi llawer o flinder i chi wrth fentro, a mentro am gymin o flynydde, a gwario cymin o arian, ac mi fasech yn blino mwy tasech chi'n gwbod y cwbwl. Ond mi wyddwn o hyd – roedd rhywbeth yn deud wrtha i y cawn i blwm yn fuan, a dyma fo wedi dŵad. Diolch i'r nefoedd amdano – achos roedd hi agos â mynd i'r pen arna i – roeddwn i *just* â thorri fy nghalon, a bron meddwl y byddwn i farw yn ddyn tlawd. Ond diolch i'r nefoedd, meddaf eto.'

'Deudwch yn fwy plaen wrtha i, Denman, dydw i ddim yn eich dallt chi,' ebe Mrs Denman.

'Mi wna, Mary bach, mor blaen â haul hanner dydd. Mi wn 'y mod i wedi'ch cadw chi yn y twllwch, Mary, ac na wyddoch chi fawr am waith mein. Roeddwn i ar fai, a rŵan mi fedra ofyn i chi faddau i mi, a mi wn y gwnewch chi faddau i mi pan ddeuda i'r cwbwl. Rydw i wedi gwario

---

ar ei ganfed: *100fold*
golwg sarrug: *surly look*
tôn gwynfannus: *moaning tone*
pendwmpian: *to doze*
mwy na chyffredin: *different to normal*
dipyn yn wawdlyd: *rather scornfully*
cyn gynted: *as soon*

fel y gog *(cuckoo)*: *very happy*
mentro: *to venture*
am gymin/gymaint: *for so much*
agos . . . arna i: *almost finished me off*
ar fai: *at fault*
maddau: *to forgive*

ar weithydd mein, Mary, fwy nag y daru chi erioed freuddwydio. Wel, waeth i mi rŵan gyfadde'r gwir – rydw i wedi gwario hynny oedd gen i – mae'r tai a'r tir a'r cwbwl wedi mynd, heblaw y tipyn stoc sydd yn y siop. Erbyn heno, yn wir, rydw i'n teimlo'n ddiolchgar 'mod i wedi dal ati, achos taswn i wedi rhoi i fyny dim ond wythnos yn ôl, mi faswn i wedi colli'r cwbwl. Ond mi ga i'r cwbwl yn ôl rŵan, a llawer chwaneg. Fedrwn i yn 'y myw ddeud wrthoch chi cyn heno, Mary, ond mae popeth yn *all right* rŵan. A llawer gwaith rydych chi wedi galw Capten Trefor yn hen 'Gapten y felltith', yntê, Mary? Ond alwch chi byth mono felly eto. Dyn iawn ydi'r Capten. Ond a dwad at y pwnc a siarad yn blaen – mae Sem Llwyd wedi taro ar y faen yng Nghoed Madog, Mary. Hynny ydi, wyddoch, wedi dŵad i blwm, a ŵyr neb beth fydd ein cyfoeth ni, achos y Capten a finnau a Mr Huws, Siop y Groes, bia'r holl waith. Na, ŵyr neb eto be fydd ein cyfoeth ni, Mary.'

'Ond ydi o'n wir, Denman? Be os mai celwydd ydi'r cwbwl a chithe wedi gwario eich eiddo i gyd? O, diar! Rydw i *just* yn sâl. Ydi o'n wir, Denman?'

'Yn wir, wraig bach? Ydych chi'n meddwl nad yw Sem yn gwybod y gwahaniaeth rhwng plwm a baw? Yn wir? Mae cyn wired â'ch bod chithe'n eistedd yn y gader 'na. Mi wn fod y newydd mor dda fel y mae'n anodd ei gredu, ond mae'n eitha gwir – rydyn ni wedi'n gneud i fyny am ein hoes, Mary, a diolch i Dduw am hynny!

'A wyddoch chi be, Mary? Roeddwn i *just* yn meddwl eich bod chi a finne'n dechre mynd i oed, ac mae'r peth gore i ni rŵan fydd rhoi'r busnes yma i fyny, achos dydi o ddim ond poen a blinder. Ac i be y boddrwn ni efo busnes pan fydd gynnon ni ddigon o fodd i fyw yn *respectable*? Mi bryna i ferlen a thrap *just* i redeg i'r Gwaith ac i gnocio tipyn o gwmpas, ac i'ch cymryd chithe allan ar ddiwrnod braf. Mae'n *rhaid* i ni feddwl am roi addysg dda i'r plant yma – y pethe bach! Rydw i'n meddwl y gwnaiff Bobi bregethwr neu dwrne, mae o mor siarp. Ac am Lusi, rhaid i ni ddysgu miwsig iddi, achos mae o *yn* yr eneth yn amlwg i bawb. Mi gawn gysidro eto am y plant eraill,' ebe Mr Denman.

'O! Denman, mae o fel breuddwyd gen i'ch clywed chi'n siarad!' ebe Mrs Denman.

---

waeth i mi: *I might as well*
cyfadde: *to admit*
hynny oedd gen i: [*all*] *that I had*
Fedrwn i yn 'y myw: *I couldn't for the life of me*
C y felltith: *the accursed Captain*
ŵyr neb: *no one knows*
eiddo: *property*

cyn wired: *as true*
am ein hoes: *for the rest of our lives*
y boddrwn ni: *that we bother*
digon o fodd: *plenty of means*
merlen a thrap: *pony and trap*
twrne: *solicitor*
yn amlwg: *obvious*

'Ydi mae o, ond yn ddigon gwir er hynny, Mary. Ond deudwch i mi, Mary, oes gynnoch chi rywbeth blasus i swper? Achos, deud y gwir i chi, er bod gan y Capten swper ffyrs clas, fedrwn i neud dim byd ohono rywsut ar ôl dallt eu bod nhw wedi dŵad i blwm yng Nghoed Madog.'

'Mae 'ma dipyn o *steaks*, Denman, ond roeddwn i wedi meddwl cadw hwnnw erbyn cinio yfory,' ebe Mrs Denman.

'Hidiwch befo fory, Mary, dewch i ni 'i gael o. Does dim rhaid i ni bellach gynilo, mi gawn ni ddigon o bopeth, a mwy na digon,' ebe Mr Denman.

Prin y gallai Mrs Denman gredu mai Mr Denman oedd yn siarad â hi, gan mor fwyn a hawddgar oedd ei eiriau, ac mor wahanol oedd ei ysbryd. Am dymor hir nid oedd hi wedi cael ganddo ond atebion byrion a thymer sur a phigog. Teimlai fel pe buasai wedi ei thaflu'n ôl i'r chwe mis cyntaf ar ôl priodi. Ni fuasai ganddi erioed lawer o ffydd y deuai dim daioni o waith Mr Denman yn 'mentro' cymaint. Ac eto, roedd yn methu cwbl gredu, ac yn methu llawenhau yr un fath â Mr Denman. Roedd hi'n obeithiol ac yn ofnus – yn llawen ac yn brudd bob yn ail, a mwy nag unwaith y gofynnodd hi i Mr Denman: 'Ond Denman, ydych chi'n credu ei fod o reit wir?' Pan brotestiodd Denman ei fod o cyn wired â'r pader, wel, roedd yn rhaid iddi hi ei gredu.

Yn wir, mor llwyr y meddiannwyd hi gan yr un ysbryd â'i gŵr fel y chwarddodd hi dros y tŷ. Nid oedd wedi chwerthin o'r blaen ers blynyddoedd, ac roedd y chwerthiniad hwn mor uchel nes deffro Sami, eu bachgen ieuengaf. Digwyddodd hyn pan oedd Mrs Denman newydd roi'r wynwyn yn y badell ffrio gyda'r *steaks*. Wedi deffro, gwrandawodd y crwt yn astud, a chlywodd lais uchel a llawen ei dad yn siarad yn y gegin. Yn nesaf daeth aroglau hyfryd y wynwyn a'r *steaks* i'w ffroenau. Llithrodd yn ddistaw o'r gwely ac i lawr y grisiau. Safodd yn ei grys nos ar ganol llawr y gegin, ac ebe fe:

'Ga i gig, Dad?'

Pe buasai Sami wedi codi yn yr un ffordd y noson cynt, fe fuasai wedi

---

Hidiwch befo: *Don't mind*
cynilo: *to save*
Prin y gallai Mrs D: *Mrs D could hardly*
hawddgar: *pleasant*
sur a phigog: *surly and irritable*
fel pe buasai wedi: *as if she had been*
y deuai dim daioni: *that no good would come*
llawenhau: *to rejoice*

yn brudd: *sad*
bob yn ail: *alternately*
cyn wired â'r pader: *as true as the prayer*
mor llwyr: *so totally*
y meddiannwyd hi: *that she was possessed*
fel y chwarddodd: *that she laughed*
chwerthiniad: *laugh*
yn astud: *attentively*

cael cweir i'w chofio. Ond roedd amgylchiadau'n wahanol – roedd ei dad wedi dod i blwm, ac ebe Mr Denman yn groesawus:

'Cei, 'y ngwas gwirion i, tyrd yma ar lin Dada. Gei di gig? Cei gymin ag a lici di. Ac mi gei bopeth arall y gelli di ddychmygu amdano.'

Ac felly y treuliodd Mr a Mrs Denman amser dedwydd yn cynllunio mil o bethau a wnaent wedi cael y plwm mawr.

---

cweir: *hiding*
amgylchiadau: *circumstances*
wedi dod i: *had found*
ar lin Dada: *on Dad's knee*
cei gymin (gymaint): *you may have as much*
ag a lici di: *as you like*

Ac mi gei: *And you may have*
y gelli di: *that you can*
dychmygu: *to imagine*
dedwydd: *happy*
a wnaent: *that they'd do*

33: CARIAD NEWYDD

I un fel Enoc Huws, a oedd 'yn ddyn o fusnes', ac mor awyddus ag unrhywun i wneud arian, gallesid tybio eu bod 'wedi taro ar y faen' yng Nghoed Madog, yn ddigon i lenwi ei feddwl am bythefnos o leiaf. Ond tra oedd ef yn myfyrio o flaen y tân, ni ddaeth 'newydd da Sem Llwyd' unwaith ar draws ei feddwl. Nid oedd iddo le yn ei galon. Nid oedd ganddo ond un meddwl mawr – SUSAN TREFOR.

Erbyn hyn roedd hi'n bopeth ganddo, ac ar wahan iddi hi nid oedd gwerth mewn dim yn ei olwg. Ar un adeg, roedd wedi bod yn edrych arni fel trysor rhy werthfawr iddo ef byth allu gobeithio ei gael. Ond roedd yr amgylchiadau wedi newid cryn lawer oddi ar hynny. Roedd ennill serch a chalon Miss Trefor yn ei olwg erbyn hyn o fewn terfynau posibilrwydd. Gwelai nad oedd ef yn amharchus yn ei golwg – cytunai'r ddau yn gyffredin ar lawer o bethau ac, ar adegau, tybiai Enoc ei bod hi'n edmygu rhyw bethau ynddo. Roedd ef o'r dechrau wedi amcanu ennill edmygedd ei mam, ac wedi llwyddo y tu hwnt i'w ddisgwyliadau, oherwydd gwyddai fod iddo le cynnes yng nghalon Mrs Trefor. Ac ni chawsai Enoc erioed well cyfle nag a gawsai'r noson honno i wneud yn hysbys i Miss Trefor ei wir deimladau tuag ati.

'Y newydd gore,' ebe Enoc wrtho'i hun, 'a ges i ers gwn i pryd, oedd ei chlywed hi'n deud eu bod nhw'n dlawd. Rŵan, meddwn, mae hi'n fwy tebyg o wrando ar fy nghynigiad. Rŵan, o dan yr amgylchiade, bydd fy nghariad ati yn sicr o ymddangos yn fwy *disinterested*. A dyna oeddwn yn *mynd* i'w ddeud wrthi taswn i wedi cael amser. Ond dyna'r hen Gapten lawr y grisie! Dau funud fase'n gneud y tro. Fu neb mor anlwcus â fi! A mi ddaru hi gamddallt 'y ngeirie i! Mi brifes i hi, druan, ac erbyn hyn mi fase'n dda gan 'y nghalon i taswn i heb ddeud yr un gair. Mae hi'n teimlo'n ddig ata i heno, mi wn. A be fydd ore i mi'i neud? Mi af yno fory, achos *rhaid* i bethe ddŵad i bwynt rŵan – mae'n rhaid i mi egluro pam roeddwn i'n deud fod yn dda gen i glywed eu bod

---

gallesid tybio: *one could have assumed*
yn ei olwg: *in his sight*
cryn lawer: *quite a lot*
o fewn: *within*
terfynau posibilrwydd: *realms of possibility*
amharchus: *disrespected*
yn ei golwg: *in her sight*
edmygu: *to admire*
wedi amcanu: *had aimed*

tu hwnt: *beyond*
disgwyliadau: *expectations*
yn hysbys: *known*
cynigiad: *proposal*
ymddangos: *to appear*
camddallt: *to misunderstand*
Mi brifes i hi: *I hurt her*
yn ddig: *annoyed*
egluro: *to explain*

nhw'n dlawd. Ond y gwaetha ydi, *dydyn* nhw ddim yn dlawd. Roedd yn hawdd dallt hynny ar eirie'r Capten heno. Wedi eu twyllo nhw y mae o – wedi cadw'i amgylchiade oddi wrthynt mae'r hen lwynog. Mi wyddwn fod y peth yn amhosibl. Ac eto, mi fase'n well gen i tasen nhw'n wir dlawd, oherwydd tase hi felly arnyn nhw, mae gen i le i obeithio y base *hi*, hwyrach, yn fwy parod i dderbyn fy nghynigiad. Ac mae'r nefoedd yn gwybod y base'n dda gen i roi'r cwbl sy gen i at 'i gwasanaeth *hi*, a chadw'r hen bobol hefyd, tase rhaid. Ond tybed nad 'y nhrio i roedd hi? Mae'n siŵr ei bod hi'n gwybod 'mod i'n meddwl amdani hi, a hwyrach mai 'nhestio i roedd hi. Does neb yn gwybod. Ond mae'n rhaid iddi hi benderfynu rhywbeth yn fuan, achos fedra i ddim byw fel ———.'

Curodd rhywun ar y ffenestr yn ysgafn, ac edrychodd Enoc mewn braw i'r cyfeiriad hwnnw, a sylwi nad oedd Marged wedi tynnu'r llenni. Tu ôl i'r gwydr gwelai Enoc helm loyw ac wyneb siriol o dani, sef wyneb Jones y Plismon, yn gwenu arno. Agorodd Enoc y drws, ac ebe Jones:

'Mr Huws, doeddwn i ddim ond *just* galw'ch sylw fod y *blind* heb ei dynnu i lawr.'

'Diolch i chwi,' ebe Enoc, 'doeddwn i ddim wedi sylwi. Sut fu, tybed, i Marged anghofio? Dowch i mewn, Mr Jones.'

'Dim ond am funud, syr, achos rhaid i mi fynd ynghylch fy musnes,' ebe Jones. 'Sut y doth hi ymlaen yn Nhŷ'n yr Ardd? Ddaru chi fwynhau'ch hun yno? Wrth gofio, sut mae'r llygaid? O! Mi welaf, maent yn iawn. Mi wyddwn y base'r bîff yn eu mendio nhw.'

'Rydych chi'n ddoctor campus, Mr Jones,' ebe Enoc; 'ddaru neb sylwi fod dim o'i le arnyn nhw. Wel, fe gawsom nosweth bur hapus, a newydd da hefyd. Mae'n dda gen i ddeud, Mr Jones, a mi fydd yn dda gynnoch chithe glywed, ein bod ni wedi dŵad i blwm yng Nghoed Madog.'

'Ffact, Mr Huws?' gofynnodd Jones.

'Ffact i chi. Mae Sem Llwyd wedi taro ar y faen heno,' ebe Enoc.

'Sem Llwyd, ai e?' ebe Jones. 'Hidie Sem yr un blewyn â chymryd tipyn o blwm yn 'i boced i lawr y siafft – mae Sem yn hen *stager*, Mr Huws. Petawn i chi, Mr Huws, mi fynnwn weld drosof fy hun. Ewch i lawr y Gwaith yfory.'

---

yn wir dlawd: *really poor*
nad 'y nhrio i oedd hi?: *that she wasn't trying me?*
'nhestio i: *testing me*
helm: *helmet*
gloyw: *shining*
siriol: *cheerful*

wedi dŵad i blwm: *have located lead*
Hidie S: S *wouldn't mind*
yr un blewyn: *a single hair*
mi fynnwn weld: *I'd insist on seeing*
drosof fy hun: *for myself*

'Be? Y fi fynd i lawr, Mr Jones? Chymrwn i ddim mil o bunnau am fynd,' ebe Enoc.

'Ha! ha!' ebe Jones, 'un braf ydych chi, Mr Huws, i fentro! Sut y gwyddoch chi ydi'r meinars yn deud y gwir wrthoch chi? Choeliwn i byth feinar. Ond deudwch i mi, oedd o ddim yn rhyfedd fod y Capten allan mor hwyr heno?'

'O! welsoch chi'r Capten?' gofynnodd Enoc.

'Do,' ebe Jones, 'o Dŷ'n yr Ardd y des i rŵan, a mi ges i rywbeth yno na chawsoch chi, y titóts, mono – mi ges i lasaid o wisgi hefo'r hen ŵr.'

'Lle daru chi daro ar y Capten?' gofynnodd Enoc.

'Yn bur od,' ebe Jones, 'roeddwn i *just* yn dŵad i gornel y stryd fawr, a mi glywes gnocio ar ddrws Lloyd, y twrne. Roedd Lloyd yn cychwyn i'w wely, achos roedd gole yn ffenest y llofft. Doeddwn i ddim yn gallu gweld pwy oedd yn curo, ond fe aeth i mewn, ac mi feddylies y mynnwn i wybod pwy oedd yno. Fu o ddim i mewn yr un pum munud, a phwy oedd o ond y Capten. Roedd yn reit dda ganddo 'ngweld i, a mi es i'w ddanfon o adre. Mae'r hen ŵr yn torri – roedd o'n cerdded yn simsan heno. Ond pam roedd o efo'r hen Lloyd yr adeg yma o'r nos, os gwn i?'

'Rhyw fusnes, mae'n debyg,' ebe Enoc yn fyfyrgar.

'Felly roedd o'n deud,' ebe Jones. 'Wyddoch chi be, Mr Huws, dydw i ddim yn meddwl bod y Capten mor dda arno ag mae pobl yn credu ei fod.'

'Beth sy'n peri i chi feddwl hynny?' gofynnodd Enoc.

'Wel,' ebe Jones, 'fedra i ddim deud wrthoch chi'n iawn, rywsut, ond be ydych chi'n feddwl am hynny, Mr Huws?'

'Mae sefyllfa fydol Capten Trefor yn ddieithr hollol i mi, a dydi o ddim llawer o bwys i mi beth ydi ei sefyllfa – pa un ai cyfoethog ai tlawd.'

'Prin y galla i'ch coelio chi rŵan, Mr Huws.'

'Pam?' gofynnodd Enoc.

'Oherwydd,' ebe Jones, 'fod pobol yn gallach rŵan nag y bydden nhw ers talwm. Mi briodes i pan oeddwn i'n dair ar hugen oed, a mi briodes eneth dlawd. Taswn i wedi bod yn amyneddgar a phriodi geneth â dwy

---

choeliwn i byth: *I'd never believe*
meinar: *a miner*
titots: *teetotallers*
Lle daru chi daro: *Where did you bump into*
twrne: *solicitor*
y mynnwn: *that I'd insist*
yn torri: *getting old*
yn simsan: *shaky*

os gwn i?: *I wonder?*
mor dda arno: *as well off*
sefyllfa fydol: *wordly situation*
llawer o bwys: *not very important*
pa un ai: *whether*
coelio: *to believe*
amyneddgar: *patient*

neu dair mil o bunne ganddi, mi faswn inne'n safio gwisgo'r lifre 'ma. Ond rŵan mae dynion yn cymryd amser i edrach o'u cwmpas, ac yn cymryd gofal fod y wraig yn dŵad â rhywbeth i'r tŷ heblaw tafod drwg. *Quite right*, hefyd. Ac er, mae'n rhaid i mi gyfadde, fod yno brydferthwch, dysg a sens, rwyf yn meddwl na fase rhywun rydw i'n 'i nabod mor aml yn Nhŷ'n yr Ardd, oni bai 'i fod yn credu fod yno rywbeth arall.'

'Nid yw'r un y cyfeiriwch ato, Mr Jones, mor fydol ac ariangar a hynny. A phe buasai rhywbeth mwy na chyfeillgarwch rhyngddo ef a Miss Trefor, ac iddo ffeindio nad oedd hi ddim yn dda ar ei thad, neu hyd yn oed ei fod yn dlawd, ni fuasai hynny yn newid dim ar ei fwriadau tuag ati,' ebe Enoc.

'Mi welaf,' ebe Jones, 'mai'r syniad hen ffasiwn sy gynnoch chi, Mr Huws, am gariad – y cariad mae'r nofelau 'ma'n sôn amdano. Ond fasech chi'n synnu pe deudwn i wrthoch chi ei bod hi'n galed ar y Capten?'

'Baswn, wrth gwrs,' ebe Enoc.

'Be ddeudech chi pe dwedwn i fod y Capten wedi derbyn gwrit am bum punt ar hugain?' gofynnodd Jones.

'Mi ddwedwn fod rhywun wedi dweud celwydd wrthoch,' ebe Enoc.

'Be petawn i'n deud fy mod yn *gwybod* bod hynny'n wir?' gofynnodd Jones.

'Mi ddwedwn,' ebe Enoc, 'fy mod innau'n *gwybod* nad ydyw'r Capten heno yn fyr o ddau na thri phum punt ar hugain. Mae rhyw gamgymeriad yn bod, Mr Jones.'

'Nac oes, syr, dim camgymeriad. Ac os oes gan y Capten ddau bum punt ar hugain, mi wn ei fod wedi partio â'u hanner nhw heno,' ebe Jones.

Gwenodd Enoc, a dywedodd wrtho'i hun:

'Y *maen* nhw'n dlawd wedi'r cwbl, a diolch am hynny.'

'Petaswn i yn eich lle chi,' ebe Jones, 'mi faswn yn gneud fy hun yn *conspicuous by my absence* yn Nhŷ'n yr Ardd. Dydw i ddim yn ame na wnan nhw'u gore i'ch cael chi i'r trap i briodi'r ferch yna, Mr Huws.'

'Dydi'r ffaith,' ebe Enoc, 'os ffaith ydyw, fod y Capten wedi cael gwrit ddim yn profi ei fod yn dlawd. Dyn od ydi'r Capten, a hwyrach ei fod wedi cymryd yn ei ben i beidio â thalu'r arian nes licie fo'i hun. Ond sut y daethoch chi o hyd i hyn, Mr Jones?'

safio: *to save*
lifre (lifrai): *uniform*
er: *although*
y cyfeiriwch ato: *that you refer to*
bwriadau: *intentions*

gwrit: *writ*
yn ame (amau): *to doubt*
na wnan nhw'u gore: *that they won't do their best*
nes licie fo'i hun: *until he'd like to himself*

'Mae plismon yn dŵad o hyd i fil o bethau na wiw iddo eu dweud. Ond mae'n ddigon gwir, coeliwch chi fi, ac mi fedrwn ddweud ychwaneg wrthoch chi, ond mi wn ar eich wyneb nad ydych yn coelio,' ebe Jones.

Ni fedrai Enoc gelu ei lawenydd, a chododd Jones i fynd ymaith, ac ebe fe:

'Amser a ddengys, Mr Huws, ond rydych chi'n siŵr o ffeindio fy mod——. Beth oedd y swn 'na? Oes gynnoch chi gathod yma?'

'Nac oes,' ebe Enoc, 'mae yma fwy o lygod nag o gathod. Ond roedd yna ryw swn, on'd oedd? Beth oedd o, tybed?'

'Yn y rŵm gefn oedd o; gadewch i ni fynd i edrach rhag ofn fod yma ladron,' ebe Jones.

Goleuodd Enoc gannwyll, ac nid heb ofn yr aeth tua'r ystafell gefn, ond roedd Jones wrth ei sawdl. Agorodd Enoc y drws. Cyn gynted ag yr estynnodd Enoc y gannwyll ymlaen i'r ystafell, ceisiwyd ei chwythu allan gan rywun o'r tu ôl i'r drws.

Neidiodd Enoc yn ôl mewn dychryn. Cipiodd Jones y gannwyll o'i law, a gwthiodd Enoc o'i flaen i'r ystafell. Yna clywsant rywun yn dweud yn ddistaw:

'Y fi sy 'ma, mistar.'

'Ie, a phwy arall?' ebe Jones, gan ddal y golau i bob cyfeiriad.

Datguddiodd y goleuni olygfa ddiniwed dros ben. Yn eistedd ar fainc, â'i gên yn pwyso ar ei bron a'i bys yn ei cheg, gan edrych ar y llawr yn euog, roedd Marged. Y tu ôl i'r drws roedd cymeriad adnabyddus o'r enw Tom Solet. Nid hwn oedd y tro cyntaf i Tom fod allan yn caru, oherwydd roedd wedi claddu tair o wragedd. Gofynnodd Jones iddo:

'Wel, Tom, be ydi'ch busnes chi mewn tŷ fel hyn yr adeg yma o'r nos?'

Gwenodd Tom, ac amneidiodd â'i ben a'i lygaid ar Marged.

'Beth?' ebe Jones, 'ai wedi dŵad yma i garu Marged rydych chi?'

Rhoddodd Tom nòd cadarnhaol.

'Ho!' ebe Jones, 'ers faint o amser mae'r busnes yma yn mynd ymlaen, Tom?'

Rhoddodd Tom nòd dwbl ar Marged.

'Ers pa bryd, Marged?' gofynnodd Jones.

---

na wiw iddo eu dweud: *that he'd dare not tell*
celu: *to hide*
Amser a ddengys: *Time will tell (show)*
wrth ei sawdl: *at his heel*
Cyn gynted: *As soon*
Datguddiodd y goleuni: *The light revealed*

diniwed: *harmless*
mainc: *bench*
euog: *guilty*
amneidiodd: *he gestured*
cadarnhaol: *affirmative*
nòd dwbl: *double nod*

'Mae arno isio siarad efo fi ers talwm, ond chafodd o 'rioed ddŵad i fewn tan heno,' ebe Marged.

'Felly,' ebe Jones. 'Ond 'rhoswch chi, Tom, rydych chi wedi claddu'r wraig ddiwetha . . . dri mis yn ôl, on'd ydych chi?'

Nodiodd Tom ei ben dair gwaith.

'Roeddwn braidd yn meddwl hynny,' ebe Jones, ac ychwanegodd, 'ac rydych chi'n meddwl closio at Marged a gwneud gwraig ohoni, Tom?'

Rhoddodd Tom nòd amodol.

'Wel, Marged,' ebe Jones, 'mae Tom yn ddyn gonest, sobr, mewn gwaith cyson – yn cael pymtheg swllt yr wythnos – ac mae ganddo dŷ a dodrefn. Ydych chi'n fodlon?'

'Wn i ddim wir, ond hwyrach na fedra i 'neud dim llawer gwell,' ebe Marged.

'Rwyf yn credu,' ebe Jones, 'y byddwch chi'n gneud yn reit dda – nid bob dydd y cewch y fath gynigiad. A mi ellwch chithe, Tom, ystyried eich hun yn lwcus dros ben os cewch Marged yn wraig, achos mae hi'n lân, yn iach, yn fedrus, a gweithgar, heblaw fod ganddi dipyn o bres (llewyrchai wyneb Tom wrth glywed hyn). Mewn gwirionedd, gore po gyntaf i chi fynd at eich gilydd. Be 'dach chi'n ei ddeud, Tom?'

Rhoddodd Tom nòd o gydsyniad hollol.

'Beth rydych *chi'n* ei ddeud, Marged?' gofynnodd Jones.

'*Just* fel mae o'n licio,' ebe Marged.

'Wel,' ebe Jones, 'os bydd Mr Huws yn fodlon i adael i Marged ymadael heb roi notis, y peth gore, Tom, fyddai i chi roi'r gostegion allan y Sul nesa.'

Edrychodd Tom yn ymofyngar i wyneb Mr Huws, ac ebe Enoc:

'Os ydi Marged yn dymuno hynny, wna i mo'i rhwystro hi,' ebe Enoc.

'Rydych chi wedi stopio'n rhy sydyn, Mr Huws,' ebe Jones. 'Roeddwn braidd yn disgwyl eich clywed yn dweud y basech yn rhoi'r brecwast priodas.'

'Wel, mi *wnaf* hynny, a hwyrach y rho i dipyn o bresant iddi hi,' ebe Enoc.

'Mi wyddwn,' ebe Jones, 'yr actiech fel gŵr bonheddig.'

'Thanciw, syr,' ebe Marged.

---

amodol: *conditional*
na fedra i neud: *that I can't do*
dim llawer gwell: *not much better*
llewyrchai wyneb T: *T's face glowed*
gore po gyntaf: *the sooner the better*
cydsyniad hollol: *total agreement*

gostegion: *marriage banns*
yn ymofyngar: *inquisitively*
wna i mo'i rhwystro hi: *I won't obstruct her*
y rho i: *that I'll give*
yr actiech: *that you'd act*
gŵr bonheddig: *gentleman*

'Rŵan,' ebe Jones, 'cofiwch chi, Tom, dydyn ni ddim eisiau clywed am *breach of promise*, achos mae 'ma ddau witnes, cofiwch.'

Rhoddodd Tom nòd.

Ac felly y gadawyd y cariadon gan Enoc a Jones. Wedi mynd allan o'u clyw, ebe Jones:

'Dyna fusnes go fawr wedi'i neud, onid e, Mr Huws?'

'Yn wir!' ebe Enoc, 'a ffansïwch, ddeudodd y dyn yr un gair o'i ben!'

'Mi ddeudodd lawer â'i ben, ynte,' ebe Jones. 'Mae nòd y dyn cystal â'i air.'

'Wel,' ebe Enoc, 'mae Tom Solet wedi cymryd baich mawr oddi ar 'y meddwl i.'

'Mi'ch credaf,' ebe Jones. 'A rŵan mae'n rhaid i mi fynd ynghylch 'y musnes. Ond mae gen i un gymwynas i'w gofyn gynnoch chi, Mr Huws. Roeddwn i'n sylwi ddoe fod gynnoch chi *hams* cartre nobl yn eich siop. Wnewch chi 'nhrystio i am un tan y *pay day* nesa? Mae hi dipyn yn brin arna i am bres rŵan, ond mi dala i'n siŵr i chi y *pay day* nesa.'

'Wna i mo'r fath beth, Mr Jones,' ebe Enoc, 'ond mi anfonaf i chi ham yn rhodd ac yn rhad yfory a chroeso, am eich caredigrwydd. Bydd yn eich tŷ cyn canol dydd.'

'Rydych yn rhy haelionus, Mr Huws, a does gen i ond diolch i chi o waelod 'y nghalon, a dweud nos dawch,' ebe Jones.

---

allan o'u clyw: *out of their earshot*
baich: *burden*
cymwynas: *favour*

nobl: *lovely*
'nhrystio i: *trust me*
Wna i mo'r fath beth: *I won't do such a thing*

34: O'R DIWEDD

Roedd yr argoelion pendant fod Marged i gael gŵr, a hynny yn y dyfodol agos, yn rhoi llawer o gysur meddwl i Enoc. Ni allai ef lai na synnu mor rhwydd yr oedd Tom Solet wedi cyrraedd ei nod, tra oedd ef ei hun yn yr helbul ers blynyddoedd, a chyn belled ag y gallai weld nid oedd yn nes i'w nod yn awr nag yn y dechrau.

Roedd Enoc wedi bwriadu dangos i Miss Trefor ei serch tuag ati hi, ond roedd ef wedi gwneud rhagymadrodd anhapus a'i briwiodd hi'n dost. Wedi hyn, ni allai ef orffwyso heb ei egluro ei hun i Miss Trefor, ac mor fore ag oedd weddus hwyliodd i Dŷ'n yr Ardd gyda'r esgus o ymholi am iechyd Mrs Trefor.

Wrth holi Kit, y forwyn, deallodd fod Mrs Trefor gryn dipyn yn waeth – eu bod wedi gorfod galw'r meddyg ati, a bod hwnnw wedi gorchymyn perffaith lonyddwch – a bod y Capten wedi mynd i'r Gwaith i chwilio ynghylch darganfyddiad Sem Llwyd. Nid oedd Enoc yn fodlon troi'n ôl, a gofynnodd i Kit hysbysu ei fod yn holi amdanynt. Dychwelodd y forwyn gyda gair fod Mrs Trefor yn rhy wael i neb ei gweld. Aeth Enoc yn ôl yn benisel, a bwriadai roi ail gynnig yn yr hwyr. Er bod yn ddrwg iawn ganddo am waeledd Mrs Trefor, eto yr hyn a'i gofidiai fwyaf oedd na chawsai gyfle i egluro'i hun i Miss Trefor. Pan oedd ar fin cychwyn i Dŷ'n yr Ardd yn yr hwyr gan obeithio cael cyfle, pe na bai ond dau funud, i siarad â Miss Trefor, daeth y Capten i mewn.

'Cheir mo'r melys heb y chwerw, Mr Huws,' meddai, 'ac ni theimlais i erioed hyd heddiw mor wir ydyw'r ddihareb. Roeddwn wedi bwriadu galw yma yn gynt i roi *report* i chwi am f'ymweliad â'r Gwaith, a buaswn wedi gwneud hynny oni bai bod afiechyd Mrs Trefor, sydd gryn lawer yn waeth nag ydoedd neithiwr, wedi fy rhwystro. Ac *mae* hi'n wael iawn, mewn gwirionedd, er bod y doctor yn sicrhau nad oes berygl, ar hyn o bryd, beth bynnag.

---

argoelion pendant: *definite signs*
lai na synnu: *i.e. but be surprised*
helbul: *trouble*
cyn belled â: *as far as*
yn nes i'w nod: *nearer his target*
rhagymadrodd: *introduction*
a'i briwiodd hi'n dost: *which hurt her badly*
gweddus: *proper*
yr esgus o ymholi: *the excuse of inquiring*
gryn dipyn: *considerably*
yn waeth: *worse*

llonyddwch: *peace*
darganfyddiad: *discovery*
hysbysu: *to inform*
Dychwelodd y forwyn: *The maid returned*
gwaeledd: *illness*
yr hyn a'i gofidiai fwyaf: *what worried him most*
ar fin cychwyn: *about to start*
pe na bai ond: *even if it were only*
Cheir . . . chwerw: *One doesn't get the sweet without the bitter*
dihareb: *proverb*

'Ni allaf aros yn hir i roi i chwi report am y darganfyddiad gan Sem Llwyd. Mae'n dyfod i hyn, Mr Huws. Ynddo'i hun nid yw fawr, ond mae'n arwydd sicr o bethau mwy. Dan amgylchiadau cyffredin, syr, fe fuasai hyn yn llawenydd mawr i mi, ond pan fydd un wedi cyrraedd f'oed i, ac yn y pryder rwyf ynddo heddiw am fywyd fy ngwraig, nid yw nac yma nac acw, oherwydd os cymerir hi ymaith (ac yn y fan hon chwythodd y Capten ei drwyn yn egnïol), byddaf wedi fy ngadael yn unig – yn hollol unig.'

'Rydych yn anghofio, Capten Trefor,' ebe Enoc, 'y byddai gennych ferch rinweddol wedi ei gadael gyda chwi.'

'Na,' ebe'r Capten, 'nid ydwyf yn anghofio hynny, Mr Huws, ond pa sicrwydd sydd gennyf na fydd rhywun – yn wir, dyna yw'r tebygolrwydd, y byddech chwi, neu rywun tebyg i chwi, yn ei dwyn oddi arnaf.'

Roedd yn ddiddorol gan Enoc glywed y Capten yn siarad fel hyn, a fflachiodd i'w feddwl y gallai grybwyll wrtho ei serch at y ferch, a'r awydd angerddol oedd ynddo am ei chael yn wraig. Ond cyn iddo allu ddweud dim, ebe'r Capten:

'Ac yn awr, Mr Huws, rhaid i mi ddweud nos dawch, a hyd nes bydd acw ryw newid, mae arnaf ofn na allaf roi ond ychydig sylw i Goed Madog, ac o dan yr amgylchiadau, mi wn yr esgusodwch fi,' ac ymaith ag ef.

Unwaith eto, roedd Enoc wedi colli'r cyfle – roedd bob amser yn ei golli – a dechreuai gredu bod rhyw ffawd ddrwg yn ei ddilyn, a'i fod wedi ei eni dan ryw blaned anlwcus.

Er iddo ymweld yn aml yn y dyddiau dilynol â Thŷ'n yr Ardd, methodd yn lân â chael cyfle i siarad â Miss Trefor, ac egluro pethau iddi hi. Roedd gwaeledd Mrs Trefor yn rhwystr i Enoc hyd yn oed gael cip ar yr un a garai mor fawr. Aeth pythefnos heibio heb arwydd gwella yn iechyd Mrs Trefor – pythefnos oedd cyhyd â blwyddyn yng ngolwg Enoc.

Roedd trueni Enoc mor fawr fel na allai ddal yn hwy, ac ysgrifennodd at Miss Trefor i grefu arni am ychydig funudau o sgwrsio â hi ar fater

---

darganfyddiad: *discovery*
llawenydd: *joy*
nid yw . . . acw: *it's neither here nor there*
os cymerir hi: *if she'll be taken*
rhinweddol: *virtuous*
pa sicrwydd: *what certainty*
tebygolrwydd: *likelihood*
yn ei dwyn oddi arnaf: *stealing her from me*
crybwyll: *to mention*
awydd angerddol: *passionate desire*

ffawd: *fate*
dilynol: *following*
methodd yn lân: *he failed totally*
egluro: *to explain*
cael cip: *to get a glance*
ar . . . mor fawr: *of one he loved so much*
cyhyd â: *as long as*
trueni: *wretchedness*
yn hwy: *longer*
crefu arni: *to beg her*

143

pwysig. Er ei bod wedi cymryd arni ddigio'n enbyd wrth Enoc, meddyliodd Miss Trefor fod ei thad mewn rhyw drybini pan dderbyniodd nodyn Enoc. Pennodd amser i Enoc ymweld â hi – sef prynhawn drannoeth.

Pan ddaeth Enoc wyneb yn wyneb â Miss Trefor ym mharlwr Tŷ'n yr Ardd sylwodd yn syth ei bod yn edrych yn deneuach a llwytach, ond ni welsai moni erioed mor swynol yr olwg. Glynai ei dafod yn ei enau, ac aeth pob gair yr oedd wedi ei baratoi allan o'i feddwl yn llwyr. Ysgydwodd Miss Trefor law ag ef yn oer a ffurfiol, a dywedodd wrtho am eistedd, ac wedi aros munud mewn distawrwydd, ychwanegodd:

'Wel, Mr Huws, be sy gynnoch chi i'w ddeud wrtha i?'

Wedi pesychu a chlirio'i wddf, ebe Enoc:

'Mae gen i lawer o bethau isio'u deud wrthoch chi, petawn i'n gwybod sut. Y peth sy'n fy mlino i fwya ydi 'mod i'n ofni i mi'ch clwyfo drwy ddweud ei bod yn dda gen i glywed fod eich tad yn dlawd. Rydych chi'n gwybod na chefais i ddim amser na chyfle i esbonio'r hyn roeddwn yn ei feddwl wrth ddweud felly. Mi wn ei fod yn beth rhyfedd i'w ddweud ——.'

'Ewch ymlaen, Mr Huws, achos does gen i ddim llawer o amser i aros,' ebe Miss Trefor.

'Wel,' ebe Enoc, 'mi ddywedaf yr un peth eto, a gadewch i mi grefu arnoch i beidio â rhedeg i ffwrdd cyn i mi orffen fy stori. Syniad cyffredinol eich cymdogion, Miss Trefor, ydyw bod eich tad yn weddol gefnog, a dyna oedd fy syniad innau hyd yn ddiweddar iawn. Ond erbyn hyn rwyf yn gorfod credu nad ydyw'ch tad yn gyfoethog a dweud y lleiaf. Mewn un ystyr, mae'n ddrwg iawn gennyf. Ac mewn ystyr arall, mae'n dda iawn deall mai dyna ydyw ei sefyllfa, fel y dywedais y noson o'r blaen. Mi wn pan ddywedais hyn o'r blaen – bythefnos yn ôl – fy mod wedi'ch brifo yn fawr. Ac nid ydwyf heb ofni, Miss Trefor, pan ddywedaf fy rheswm, y byddwch wedi digio wrthyf am byth ——.'

'Ewch ymlaen, Mr Huws, does neb efo Mam ond Kit, ac mi fydd yn galw amdanaf yn union,' ebe Miss Trefor.

'Wel,' ebe Enoc, 'byddai'n anodd gennnyf gredu nad ydych yn gwybod fy meddwl cyn i mi ei ddweud. Rwyf yn eich caru, Miss Trefor, ac yn eich caru mor fawr fel na allaf ddychmygu ei bod yn bosibl caru yn fwy ——.'

Er . . . arni: *Although she pretended*
digio'n enbyd: *to be terribly displeased*
trybini: *trouble*
Pennodd amser: *She fixed a time*
mor swynol yr olwg: *i.e. looking so charming*

Glynai ei dafod: *His tongue was sticking*
clwyfo: *to wound*
crefu arnoch: *to beg you*
yn weddol gefnog: *quite well-off*
wedi digio wrthyf: *to take offence at me*

Arhosodd Enoc am funud gan ddisgwyl iddi hi ddweud rhywbeth, ond ni ddywedodd air – yn unig edrychai'n dawel a digyffro yn ei wyneb. Ac ychwanegodd Enoc – dipyn yn fwy hyderus:

'Dyna'r unig reswm oedd gennyf dros ddweud ei bod yn dda gennyf glywed am sefyllfa eich tad. Pe buasech yn gyfoethog gallasech feddwl fod gennyf ryw amcanion hunanol, ond yn wir, y chi eich hun rwyf yn ei garu, ac nid dim sydd o'ch cwmpas. Mae'n ddrwg gennyf sôn am beth fel hyn, a'ch mam mor wael, ond maddeuwch i mi – fedrwn i ddim dal yn hwy. Rhowch i mi un gair – dim ond un gair o galondid, a byddaf yn ddyn perffaith ddedwydd. Ond os gwrthodwch fi – wel, mae arnaf ofn y byddaf yn ddyn gwallgof.'

'Mr Huws,' ebe Susi, a synnai Enoc y gallai hi siarad mor hunanfeddiannol, 'mae'n ddrwg gan 'y nghalon i glywed eich stori – coeliwch fi. Mae'n ddrwg iawn gen i'ch clywed chi'n siarad fel yna. Wedi i mi'ch nabod yn iawn, a gweld eich gonestrwydd – eich anrhydedd – eich caredigrwydd di-ben-draw – rwyf wedi dysgu eich parchu, a'ch parchu yn fawr. Mi wn ers talwm fod pob gair a ddwedwch yn wir. Rydych chi wedi gwneud i mi gredu bod y fath beth yn bod â dyn gonest a da. Dydw i'n gweld dim ond un gwendid ynoch chi – a hwnnw ydi eich bod chi wedi bod mor ffôl â rhoi'ch serch ar hoeden ynfyd fel fi. Mi wyddwn ers llawer o amser eich bod yn meddwl rhywbeth amdanaf – fe fase rhaid i mi fod cyn ddalled â'r post i beidio â gweld hynny. Ac mi rois i chi gyfle ddegau o weithiau i ddweud eich meddwl. Ac er mwyn beth? Er mwyn i mi gael dweud hyn wrthoch chi, Mr Huws, nad ydi o un diben i chi feddwl dim amdana i yn y ffordd yna – o un diben yn y byd.'

'Miss Trefor,' ebe Enoc, â'i galon yn ei wddf, 'dydych chi ddim o ddifrif wrth ddweud fel yna?'

'Mae'n ddrwg iawn gen i orfod dweud fel yna, Mr Huws, ond mae gwrando ar eich cais yn amhosibl – yn amhosibl.'

'Pam? Rhowch i mi reswm pam?' ebe Enoc yn drist.

'Fedra i ddim deud wrthoch chi pam, Mr Huws,' ebe Susi. 'A chofiwch, dydi'r boen i gyd ddim o'ch ochr chi. Roedd gwybod – ac

---

digyffro: *still*	hunanfeddiannol: *self-composed*
dipyn: *considerably*	coeliwch fi: *believe me*
gallasech feddwl: *you could think*	anrhydedd: *honour*
amcanion hunanol: *selfish intentions*	di-ben-draw: *endless*
maddeuwch i mi: *forgive me*	parchu: *to respect*
dal yn hwy: *hold on longer*	gwendid: *weakness*
calondid: *encouragement*	hoeden ynfyd: *foolish flirt*
dedwydd: *contented*	cyn ddalled â'r post: *as blind as the post*
gwallgof: *mad*	o un diben: *of any purpose*

roedd yn amhosibl i mi beidio â gwybod – yn fy mhoeni'n dost. Nid, cofiwch, am nad wyf yn ei ystyried yn compliment mawr. Mae i ferch gael ei hoffi – gael ei charu – gan un fel chi, Mr Huws, wel, fe ddylai honno deimlo'n falch – ac rwyf yn teimlo'n falch.'

'Pam? Deudwch i mi'r rheswm pam?' ebe Enoc.

'Wel,' ebe Susi, wedi petruso tipyn, 'rydyn ni'n rhy debyg i'n gilydd i fod yn ŵr a gwraig. Nid dyna fy syniad i am ŵr a gwraig – fy syniad i ydyw y dylent fod yn hollol wahanol i'w gilydd. Na, peidiwch â gwario munud i feddwl am y peth eto, Mr Huws, rwyf yn crefu arnoch,' ebe hi.

'Mae peidio â meddwl amdanoch chi, Miss Trefor, yr un peth i mi â mynd allan o fod. Dwedwch y cymerwch wythnos, bythefnos, ie, fis, i ystyried y peth, a pheidiwch â dweud bod y peth yn amhosibl.'

'Rwyf wedi ystyried y peth yn bwyllog, Mr Huws, cyn i chi ddŵad ag ef ymlaen. Dydw i ddim yn cellwair â chi er mwyn eich tormentio – mae gen i ormod o barch i chi wneud hynny. Rwyf yn dweud fy meddwl yn onest, a wnaiff dim wneud i mi newid fy meddwl. Cewch weld ryw ddiwrnod mai dyna'r peth gore i chi a minne. Gobeithio y cawn bob amser fod yn gyfeillion, ac yn gyfeillion mawr. Rwyf yn awyddus i achosi cyn lleied o boen i chi ag sy'n bosibl – achos yr hyn fydd yn eich poeni chi fydd yn siŵr o 'mhoeni inne.'

'Wel,' ebe Enoc, 'os dyna'ch penderfyniad, gellwch fod yn sicr y byddwch mewn poen tra byddwch byw – neu'n hytrach, tra bydda i byw.'

'Ar ôl i ni ddeall ein gilydd, Mr Huws,' ebe Susi, 'fe ddaw rhywbeth arall yn ei dro i gymryd ein meddwl.'

'Ddwedech chi ddim fel yna, Miss Trefor,' ebe Enoc yn drist iawn, 'petaech yn gwybod fel rwyf yn eich caru. Ond wnewch chi ateb un cwestiwn i mi – ydych chi wedi rhoi'ch serch ar rywun arall?'

Am foment, ac am y tro cyntaf yn ystod y sgwrs, ymddangosai Susan yn gynhyrfus, ac fel petai wedi colli tipyn ar ei hunan-feddiant, ond ebe hi yn syth:

'Ar bwy, Mr Huws, y buaswn i yn rhoi fy serch? Rydych chi'n gwybod nad oes un dyn yn dŵad yn agos i Dŷ'n yr Ardd ond y chi.'

'Dydych chi ddim yn ateb fy nghwestiwn i, Miss Trefor,' ebe Enoc.

'Wel,' ebe hi, gan fesur ei geiriau yn ofalus, 'ers rhai blynyddoedd

---

petruso: *to hesitate*	yn awyddus: *eager*
allan o fod: *out of existence*	cyn lleied: *as little*
ystyried: *to consider*	yn ei dro: *in its turn*
yn bwyllog: *thoughtfully*	ymddangosai S: *S appeared*
cellwair: *to mock*	yn gynhyrfus: *agitated*
y cawn bob amser fod: *that we can be at all times*	hunanfeddiant: *selfcomposure*

dydw i ddim wedi cyfarfod ag un dyn i'w edmygu yn fwy na chi, Mr Huws.'

'Dydych chi ddim wedi ateb fy nghwestiwn i.'

'Rwyf wedi ei ateb ore y gallwn,' ebe hi.

'A does gynnoch chi ddim gwell na dim mwy cysurus i'w ddweud wrthyf cyn i chi fynd?' ebe Enoc, gan godi ar ei draed, a lleithiodd ei lygaid.

'Dim, Mr Huws bach,' ebe hi, ac nid oedd ei llygaid hithau yn neilltuol o sych. Ychwanegodd, gan estyn ei llaw i ffarwelio ag ef: 'Brysiwch yma eto. Pan ddaw Mam dipyn yn well, mi fydd yn dda gan ei chalon eich gweld.'

Ac felly y gadawodd hi Enoc gan droi tuag at ystafell ei mam. Ar ben y grisiau safodd yn sydyn, a throdd i mewn i'w hystafell ei hun, ac edrychodd i'r drych. Yna fe'i taflodd ei hun i gadair, ac wylodd yn hidl. Ymhen dau funud, neidiodd i fyny ac ymolchodd, heb anghofio twtio'i gwallt, gan sibrwd:

'*Poor fellow*! Mi wyddwn yn iawn mai fel yna roedd hi arno. Mae o'n ddyn da – da iawn – ac mae o'n mynd yn well o hyd wrth ei 'nabod. Mae'n rhaid i mi gyfaddef fy mod yn ei licio'n well bob dydd – mae o'n ddyn *upright* ac yn *honourable*, a dim *humbug* o'i gwmpas. A taswn i'n hollol siŵr – yn hollol siŵr – na ddoi . . . – wel, mi faswn yn rhoi 'mreichiau am ei wddf o, ac yn ei gusanu o, achos mae'n rhaid i mi gyfaddef y gwir – rydw i'n ffond ohono fe. Ond mi ddalia i at fy llw, a mi gymera fy siawns . . . Sut mae Mam druan, erbyn hyn?'

---

i'w edmygu: *to be admired*
ore (orau) y gallwn: *best I could*
lleithiodd ei lygaid: *his eyes dampened*
neilltuol o sych: *particularly dry*
wylodd yn hidl: *she cried her eyes out*

gan sibrwd: *whispering*
cyfaddef: *to admit*
na ddôi . . .: *that . . . wouldn't come*
mi ddalia i at fy llw: *I'll keep to my promise*

35: LLW ENOC HUWS

Yn ei holl 'brofedigaethau', roedd Enoc Huws, ers llawer o amser bellach, wedi arfer cael rhyw gymaint o ddedwyddwch wrth freuddwydio amdano'i hun a Miss Trefor fel gŵr a gwraig. Yn wir, roedd y breuddwyd mor fyw iddo weithiau nes byddai'n ei weld ei hun, â'i wallt yn dechrau britho, yn dad i bedwar o blant – dau fachgen a dwy ferch.

Ond erbyn hyn roedd ei freuddwyd wedi diflannu fel niwl y bore. Ni allai anghofio mor benderfynol roedd hi wedi gwrthod ei gynigiad. Ar yr un pryd cofiai Enoc mor hynaws a charedig oedd hi, hyd yn oed wrth wrthod ei gais. Yn wir, roedd hi wedi cydnabod ei bod yn ei barchu fwyfwy fel roedd yn dod i'w adnabod yn well, a phwy a wyddai, fel y deuai hi i'w adnabod yn well eto, na ddeuai yn y man i'w garu yn angerddol? Meddyliau fel hyn a lanwai galon Enoc, druan, ac yn wir, ei ystumog hefyd, oherwydd nid oedd Enoc yn bwyta ond y nesaf peth i ddim, a dywedodd Marged yn aml mai gwastraff oedd paratoi pryd o fwyd, ac na allai robin goch fyw ar yr hyn roedd Enoc yn ei fwyta.

Nid oedd Enoc yn berson oedd â syniadau uchel amdano'i hun. Ond bu ei aflwyddiant gyda Miss Trefor yn achlysur i gynhyrfu gwaelodion ei natur. Penderfynodd – ac roedd y penderfyniad hwn yn beth mawr iddo ef – na fyddai ef byth eto'n mynd i Dŷ'n yr Ardd heb wahoddiad. Nid oedd y llw yn golygu na byddai'n cynnig ei hun eilwaith i Miss Trefor ryw dro – yn wir, nid oedd ef eto'n ddiobaith am lwyddo yn ei gais rywbryd. Ac wrth roddi'r llw mewn gweithred, teimlai ei fod yn gofyn aberth mawr ar ei ran. Teimlai rhywun arall hefyd rywbeth oddi wrtho, ond ni wyddai ef mo hynny.

Rhaid derbyn, er mai anfynych y byddai Enoc yn mynd allan o'i dŷ y pryd hynny, fod ei ysbryd yn fwy presennol nag erioed yn Nhŷ'n yr Ardd. Syrthiodd yn naturiol i'w hen arferiad o fynd, ar ôl swper, i'r offis,

llw: *oath*	yn angerddol: *passionately*
profedigaethau: *tribulations*	a lanwai: *that would fill*
dedwyddwch: *contentment*	aflwyddiant: *failure*
britho: *to turn grey*	achlysur: *occasion*
wedi diflannu: *had disappeared*	cynhyrfu: *to agitate*
cynigiad: *proposition*	gwaelodion: *depths*
hynaws: *genial*	gwahoddiad: *invitation*
cydnabod: *to acknowledge*	golygu: *to mean*
fwyfwy: *more and more*	mewn gweithred: *in operation*
pwy a wyddai: *who'd know*	aberth: *sacrifice*
fel y . . . yn well: *as she'd get to know him better*	anfynych: *infrequently*
na ddeuai . . . garu: *that she wouldn't eventually get to love him*	arferiad: *habit*

gan ddweud wrth Marged fod ganddo 'fusnes' i'w wneud. Yno yr arhosai am oriau bob nos, a'r unig 'fusnes' a wnâi oedd ysmygu yn ddi-baid, gan nodio a phoeri fel cynt i lygad y tân.

I dorri tipyn ar ei fyfyrdodau, daeth priodas Marged a Tom ar warthaf Enoc. Rhoddodd Enoc ganiatâd i Marged wneud beth a fynnai, ac i wahodd pwy bynnag a fynnai, ac ni feddyliodd fwy am y peth. Roedd mor absennol ei feddwl am y briodas fel na lwyr sylweddolodd fod Marged yn mynd i'w adael nes iddi hi, prynhawn cyn y briodas, ei wahodd i'r gegin gefn i weld â'i lygaid ei hun y darpariaethau. Yno roedd cwpl o gywion, *ham* cartre, tafod eidion, a lwmp o bîff wedi eu coginio ac wedi oeri. Er y gwyddai fod y cwbl ar ei gost ef ei hun, nid oedd yn gwarafun, oherwydd credai Enoc fod yr hyn oedd yn werth ei wneud o gwbl, yn werth ei wneud yn iawn. Pan welodd Enoc y danteithion, gwenodd – y wên gyntaf a fu ar ei wyneb ers dyddiau, ac ebe fe:

'Pwy fu'n cwcio i chi, Marged?'

'Y fi fy hun, wrth gwrs,' ebe Marged. Ac ebe Enoc yn ei frest: 'Lle bo ewyllys bydd gallu – welais i 'rioed moni'n troi pethau fel hyn o'r blaen,' ac ychwanegodd, 'Pwy sy'n dŵad i fwyta'r pethe 'ma i gyd, Marged?'

'Wel,' ebe Marged, 'dyna fi, a Tom, a chithe, a Betsi Pwel, a Robert Jones, a'r dynion yn y siop. O! Mi fydd yma lot ohonon ni.'

'Fe ddylech,' ebe Enoc, 'ar bob cyfrif, ofyn i Mr Bowen, y person, ddŵad yma, a Hugh, y clochydd, a Jones, y plismon, ac yn enwedig Didymus, y *reporter*, neu chewch chi ddim *report* o'r briodas yn y papur newydd.'

'Mi faswn i'n licio'n arw i'r hanes fod yn y papur newydd, ond fûm i rioed yn siarad efo Didymus,' ebe Marged.

'Wel,' ebe Enoc, 'mi ofynna *i* i Didymus a Jones y plismon, a gofynnwch chithe i'r lleill.'

'Rydych chi'n dallt, mistar,' ebe Marged, pan oedd Enoc yn cychwyn ymaith, 'mai chi fydd yn fy rhoi i?'

'Dydw i ddim yn eich dallt chi,' ebe Enoc.

'Wel,' ebe Marged, 'roedd Mr Brown, y person, yn deud y bydde rhaid i rywun i'm rhoi i, a fedrwn i ddim meddwl am neb heblaw chi, mistar.'

---

yn ddi-baid: *non-stop*
myfyrdodau: *thoughts*
ar warthaf E: *upon E*
caniatâd: *permission*
beth a fynnai: *whatever she wanted*
absennol: *blank*
fel . . . sylweddolodd: *that he didn't fully realize*
darpariaethau: *preparations*

Er y gwyddai: *Although he knew*
gwarafun: *to begrudge*
danteithion: *delicacies*
'Lle . . . gallu': *i.e. Where there's a will there's a way.*
person: *parson*
clochydd: *bellringer*
yn arw: *i.e. very much*

'Mi fydde'n well gen i i rywun arall neud y gwaith, Marged,' ebe Enoc.

'Mae hi'n rhy hwyr i ofyn i neb arall, mistar,' ebe Marged.

'Pa amser yfory mae'r briodas i fod?' gofynnodd Enoc.

'Cyn gynted ag y canith y gloch wyth,' ebe Marged.

Petrusodd Enoc am funud, a meddyliodd na byddai neb o gwmpas yr adeg honno o'r dydd, a dywedodd:

'Wel, mae'n debyg y bydd rhaid i mi drio gneud y *job*, ond cofiwch chi, Marged, fy ngalw yn ddigon bore.'

'Trystiwch chi fi am hynny,' ebe Marged.

Ni welsai Enoc erioed briodas yn Eglwys Lloegr ac ni wyddai pa ddyletswyddau oedd ynglŷn â'r 'rhoi'. Dechreuodd deimlo'n ofnus ac anghyfforddus, a meddyliodd mai'r peth gorau iddo, ar ôl cau'r siop, fyddai rhedeg cyn belled â Mr Brown, y person, i gael gwybod natur y dyletswyddau, a dyna beth a wnaeth.

Roedd Enoc a'r hen berson rhadlon ar delerau hynod gyfeillgar, a chafodd dderbyniad croesawgar, ac esmwythad i'w feddwl, pan eglurodd Mr Brown na fyddai'n rhaid iddo wneud dim ond dweud, 'y fi'.

'A rŵan, Mr Huws,' ebe'r hen berson, 'nid yn aml ydech chi'n dŵad yma – newch chi cymyd glasaid o gwin?'

'Dim diolch i chwi, Mr Brown, fydda i ddim yn arfer yfed peth felly,' ebe Enoc.

'Wyddoch chi, Mr Huws, rydech chi, Calvins, yn pobol smala iawn – rydech chi'n gwaeth na Pabyddion. Rydech chi'n meddwl ych hun yn rhy duwiol i cymyd y pethe da ma'r Brenin Mawr wedi roi, ac yn meddwl y cewch chi mynd i'r nefodd o blaen pobol erill am hynny. Ond credwch chi fi, Mr Huws, cewch chi ddim. Mae o'n dangos ysbryd di-diolch a pechadurus, a cewch chi weld rhyw diwrnod, Mr Huws, ma fi sy'n *right*. Ond waeth i mi dewi – gwn ma Mr Simon fydd yn ych priodi chi. Ma Miss Trefor yn geneth propor iawn, ac yn debyg o gneud gwraig da. Pryd ma o i fod, Mr Huws?'

'Y nefoedd fawr a ŵyr!' ebe Enoc, gan godi i ymadael.

'Dyma chi, Mr Huws,' ebe Mr Brown wrth ysgwyd llaw ag Enoc, 'dyma fi wedi priodi Tom Solet tair gwaith, a mynd i priodi o yfory y pedwar gwaith. Ma o'n cwilydd i chi! Cofiwch Mr Huws, os na neith Mr

---

Cyn . . . wyth: *As soon as the 8 o'clock bell rings*
Petrusodd E: *E hesitated*
dyletswyddau: *duties*
rhadlon: *gracious*
telerau: *terms*
esmwythad: *relief*
Calvins: *Calvinists*

smala: *funny*
Pabyddion: *Catholics*
duwiol: *godly*
pechadurus: *sinful*
waeth i mi dewi: *I might as well be quiet*
nefoedd . . . a ŵyr: *heaven knows*
cwilydd (cywilydd) i chi: *shame on you*

Simon priodi chi, mi na i, a hynny am dim – mi cowntia fo'n onar, a mi na i chi'n digon saff.'

Teimlai Enoc – ar ôl bod yn pendroni mewn unigrwydd am ddyddiau a nosweithiau – yn ysgafnach a hoywach ei ysbryd wedi siarad â Mr Brown. Er mor anobeithiol oedd Enoc, roedd gwaith Mr Brown yn cyfeirio at Miss Trefor fel ei ddarpar wraig, heb os nac oni bai, yn falm i'w glwyfau. 'Pam mae pawb yn siarad fel hyn, os nad yw'r peth i fod?' meddai Enoc wrtho'i hun.

Erbyn hyn dechreuai Enoc deimlo tipyn o ddiddordeb ym mhriodas Marged, ac nid oedd yn ddrwg ganddo y byddai rhaid iddo gymryd rhyw fath o ran ynddi – rhoddai hyn dipyn o brofiad iddo erbyn y dôi ei dro yntau. Cyfeiriodd ei gamau tua chartref Didymus i'w wahodd i'r brecwast, ond arbedwyd y siwrnai iddo. Ar ei ffordd trawodd ar Jones y Plismon.

'Hylo!' ebe Jones, 'gŵr go ddiarth, onid e? Welais i monoch chi ers gwn i pryd, Mr Huws. Deudwch i mi, ydych chi wedi peidio â mynd i Dŷ'n yr Ardd?'

'Fûm i ddim yno ers rhai dyddiau,' ebe Enoc.

'A!' ebe Jones, 'mi wyddwn mai felly y bydde hi. Mae'n dda gen i'ch bod chi'n dallt y cwbl erbyn hyn. Ond mae'r hen wraig yn wael iawn, mi glywais.'

'Glywsoch chi rywbeth heddiw?' gofynnodd Enoc.

'Do, Mr Huws – mae'n llawer gwaelach. Mi fydd yno *smash* ryw ddiwrnod, ond mae'n dda gen i'ch bod chi'n dallt pethau'n o lew,' ebe Jones.

'Fyddwch chi'n rhydd yn y bore? Fedrwch chi ddŵad acw i frecwast priodas Marged?'

'Medra, mi fydd yn dda gen i gael dŵad,' ebe Jones. 'Ac mae'r hen Fari Fagdalen yn eich gadael chi ynte?'

'Ydi,' ebe Enoc, 'a mi liciwn i petai popeth drosodd. Ond deudwch i mi, welsoch chi Didymus heno? Mi faswn i'n licio iddo yntau fod acw.'

'Gadewch hynny i mi, Mr Huws,' ebe Jones.

'Diolch, a chofiwch fod acw erbyn yr amser,' ebe Enoc, yn llawn pryder a allai ef ei hun godi yn ddigon bore i 'roi' Marged.

---

onar: *honour*
pendroni: *to worry*
hoywach: *livelier*
cyfeirio at: *to refer to*
darpar wraig: *intended wife*
heb os nac oni bai: *without doubt*
yn falm i'w glwyfau: *a tonic to his wounds*
erbyn y dôi . . . yntau: *by the time his turn would come*

arbedwyd . . . iddo: *he was saved the journey*
trawodd ar: *he bumped into*
wedi peidio â mynd: *had stopped going*
dallt: deall
gwaelach: *worse*
yn o lew: *well*
Mari Magdalen: *Mary Magdalene (St. Luke 24.10)*

36: PRIODI

Ni allai Enoc yn ei fyw gysgu'r noson cyn priodas Marged. Yn wir, nid oedd ef, ers iddo fod ddiwethaf yn Nhŷ'n yr Ardd, yn gallu cysgu ond ychydig. Trôi a throsai yn ei wely, nes byddai hi agos yn bryd codi, ac yna pan gurai Marged ar ddrws ei ystafell wely am saith o'r gloch y bore – yr hyn a wnâi bob bore trwy'r flwyddyn – teimlai Enoc bron marw o eisiau cysgu.

Y noson cyn priodas Marged clywodd y cloc yn taro un, dau, tri, pedwar, pump, ac yntau heb gysgu winc, ac yna cysgodd fel carreg. Am chwarter i chwech, curodd Marged ar ddrws ei ystafell yn galed. Atebodd Enoc, ond mewn gwirionedd ni wyddai ef ei bod hi wedi curo. Arhosodd Marged i'r cloc daro chwech, ac aeth at y drws a gofynnodd yn foesgar:

'Ydych chi'n codi, mistar?' Dim ateb. Curodd Marged drachefn, ond nid oedd neb yn symud. Dychrynodd yn enbyd, a meddyliodd fod ei meistr wedi marw, a chychwynnodd Marged i 'nôl help, ond trodd yn ei hôl, a gosododd ei chlust wrth y drws. A'r fath ollyngdod a gafodd Marged pan glywodd hi Enoc yn chwyrnu'n drwm a chyson.

'Hylô! Be 'di'r mater?' ebe Enoc, a neidiodd i'r llawr gan feddwl bod y tŷ yn dod i lawr am ei ben.

'Mistar, rydych chi'n bownd o fod ar ôl,' ebe Marged.

'O'r gore, Marged,' ebe Enoc, a dechreuodd sylweddoli ble roedd, a beth oedd i fod y bore hwnnw. Edrychodd ar ei *watch* – pum munud wedi chwech – roedd digon o amser, ac eisteddodd ar ymyl y gwely – dim ond am funud – cyn dechrau gwisgo. Caeodd ei lygaid, dim ond am funud – nes clywodd Marged yn dod i fyny'r grisiau, a phesychodd Enoc yn uchel fel pe buasai yn hanner tagu, a throdd Marged yn ei hôl. Roedd erbyn hyn yn gwbl effro, ac er mwyn argyhoeddi Marged o'r ffaith, gwnâi gymaint o drwst ag a fedrai. Edrychodd ar ei *watch* – deng munud wedi saith! Ble yn y byd mawr roedd e wedi bod er pum munud wedi chwech? Prin y gallai gredu ei lygaid. Rhaid ei fod wedi cysgu. Cydymdeimlai Enoc â Marged yn fawr erbyn hyn, oherwydd gwelai ei

---

yn ei fyw: *for the life of him*	yn hanner tagu: *half choking*
Trôi a throsai: *He would twist and turn*	argyhoeddi: *to convince*
yn foesgar: *courteously*	gwnai: *he would make*
drachefn: *again*	gymaint o drwst: *as much noise*
Dychrynodd yn enbyd: *She got terribly frightened*	ag a fedrai: *as he could*
y fath ollyngdod: *such a relief*	Cydymdeimlai E: *E sympathised*
fel pe buasai: *as if he were*	

fod wedi achosi llawer o bryder iddi hi, ac er mwyn ei llwyr argyhoeddi ei fod yn hollol effro, aeth Enoc allan o'i ffordd a chanodd yn uchel, er nad oedd yn teimlo fel canu. Ymhen ychydig funudau roedd ef i lawr yn y gegin, ac wedi gwisgo fel pìn mewn papur, peth a roddodd ddiwedd ar bryder Marged. Roedd hi gyda Betsi Pwel yn barod ers meitin i fynd i'r Eglwys. Ebe Marged:

'Wel, mistar, roeddwn i *just* â meddwl na fasech chi byth yn codi, a dyma hi rŵan yn ugain munud wedi saith.'

'Mae digon o amser.'

'Mae'n siŵr gen i y byddwch chi'n ddigon effro y bore y byddwch chi a Miss Trefor yn priodi, oni fydd o, Betsi?' ebe Marged.

'Rhowch i mi baned o de, Marged, achos rydw i'n teimlo'n reit bethma,' ebe Enoc.

'Wel, mae paned yn gweitied i chi ers awr, mistar,' ebe Marged yn fêl i gyd. 'A rŵan,' ebe hi ar ôl tywallt y te i Enoc, 'wrth fod Betsi'n byw yn ymyl yr Eglwys, mi awn ni yno. Cofiwch ddod i'r Eglwys erbyn y caniff y gloch wyth, iawn, mistar?'

'Wrth gwrs,' ebe Enoc, ac aeth Marged a Betsi ymaith.

Yfodd Enoc y 'paned' yna llwythodd ei bibell oherwydd roedd digon o amser i gael mygyn cyn mynd i'r Eglwys, ac eisteddodd mewn cadair esmwyth o flaen y tân braf. Dechreuodd Enoc ei fygyn, a synfyfyrio, a chollodd ei dân. Taniodd ei bibell wedyn ac wedyn – syrthiodd ei ên ar ei frest, syrthiodd ei bibell o'i law, ac yna – wel, cysgodd yn drwm. Deffrowyd ef gan gnoc gnoc gnoc ar y drws. Neidiodd Enoc ar ei draed – edrychodd ar y cloc – chwarter wedi wyth! Trawodd ei het am ei ben a rhuthrodd i'r drws. Jones y Plismon oedd yno wedi dod i'w nôl, ac yn protestio bod Marged bron â chael ffit!

Brasgamodd Jones ac Enoc tua'r Llan. Aeth Jones i'r festri i hysbysu Mr Brown fod Enoc wedi dod, ac aeth Enoc yn ei flaen at yr allor. Roedd yn yr hen Eglwys rhwng cant a hanner i ddeugant o bobl wedi dod i weld y seremoni, a phob un yn wên o glust i glust. Yn fwy amlwg na phawb yn ymyl yr allor, ac yn edrych yn bryderus, gwelai Enoc wyneb Marged cyn goched â chrib ceiliog. Mor fawr oedd ei gywilydd ni

---

pryder: *worry*
ei llwyr argyhoeddi: *totally convince her*
yn reit bethma: *i.e. quite delicate*
yn gweitied: *i.e. waiting*
yn fêl i gyd: *very sweetly (all honey)*
erbyn . . . wyth: *by the time the 8 o'clock bell rings*
mygyn: *smoke*

synfyfyrio: *lost in thought*
Brasgamodd J ac E: *J and E strode*
hysbysu: *to inform*
allor: *altar*
cyn goched â: *as red as*
crib ceiliog: *cockerel's comb*
cywilydd: *shame*

wyddai Enoc beth i'w wneud a chwysodd yn ddiferol. Yn syth daeth Mr Brown ymlaen yn ei wisg glerigol a chymerodd drafferth i osod y cwmni mewn trefn, ac o dosturi at Enoc, gosododd Mr Brown ef â'i gefn at y gynulleidfa. Teimlai Enoc yn ddiolchgar iawn iddo.

Er bod Mr Brown yn cyflymu dros y gwasanaeth, ymddangosai'n ofnadwy o hir i Enoc. Ac eto, rhoddodd y seremoni rhywfaint o gysur a boddhad iddo. Roedd Enoc yn ŵr hael, ac wedi 'rhoi' llawer yn ystod ei oes, ond 'rhoi' Marged oedd y rhodd fwyaf ewyllysgar a ddaeth erioed o'i galon. Buasai wedi ei rhoi yn gynt pe buasai rhywun wedi gofyn. Ni byddai Mr Brown yn gwastraffu amser ar achlysuron fel hyn, ac roedd yn dda gan Enoc fynd i'r festri o olwg y gynulleidfa i orffen y busnes. Estynnodd Mr Brown y drwydded i Tom Solet, a thynnodd Tom ei bwrs o boced frest ei wasgod i dalu, ond ataliwyd ef gan Mr Brown.

'Hidiwch befo, Tom, fi ddim *chargio* chi y tro yma,' meddai, 'fi'n gneud hyn fel *discount* am y tro o'r blaen, ond cofiwch chi, Tom, fi'n *chargio* chi tro nesa.'

Llithrodd Enoc adref ar hyd un o'r strydoedd cefn, ac ni welodd y cawodydd *rice* yn cael eu tywallt ar bennau'r cwpl dedwydd, er mai ei *rice* ef ei hun ydoedd, oherwydd deallodd, wedi hyn, mai Marged oedd wedi cyflenwi'r cymdogesau â'r *rice* y noson cynt i anrhydeddu ei phriodas.

Ar ddydd ei phriodas, ni chafodd Marged ond un anrheg, a honno gan ei meistr, sef set o lestri te hardd. Ond yn yr adroddiad maith a manwl a anfonwyd gan Didymus i'r *County Chronicle*, dywedid 'fod yr anrhegion yn rhy luosog i'w henwi'.

Ymhen ryw awr ar ôl brecwast ffarweliodd Enoc â Marged a Tom Solet, a aeth i dreulio eu mis mêl, neu yn hytrach, eu diwrnod mêl, i'r *Coach and Horses*, tafarndy ryw filltir o'r dref. Yn y dafarn hon yr oedd Tom wedi dathlu ei holl briodasau, ac wedi arfer gwahodd ei gyfeillion i ddod i gydlawenhau ag ef. Yn y *Coach and Horses* y buont y tro hwn hyd hanner nos, ac mewn *handcart* y dygwyd Tom i'w gartref y noson honno – Robert Jones yn tynnu, a Marged yn gwthio o'r tu ôl.

chwysodd yn ddiferol: *he sweated profusely*	yn cael eu tywallt: *being poured*
o dosturi: *out of pity*	dedwydd: *happy*
ymddangosai: *he appeared*	cyflenwi'r cymdogesau: *to supply the [female]*
cysur: *comfort*	*neighbours*
boddhad: *satisfaction*	anrhydeddu: *to honour*
rhodd fwyaf ewyllysgar: *the most willing gift*	dywedid: *it was stated*
yn gynt: *sooner*	yn rhy . . . henwi: *too numerous to be named*
pe buasai rhywun: *if someone had*	mis mêl: *honeymoon*
achlysuron: *occasions*	cydlawenhau: *to co-rejoice*
cynulleidfa: *congregation*	y dygwyd T: *that T was taken*
Hidiwch befo: *It doesn't matter*	

Ar ôl brecwast a'r miri y bore hwnnw, prin y teimlai Enoc mewn hwyl i fynd i'r siop, ac wrth edrych ar y bwrdd a gweld yno lawer o fwyd heb ei fwyta, yn unol a'i natur dda anfonodd un o'r llanciau i wahodd hen wŷr a hen wragedd anghenus y gymdogaeth i'w dŷ, ac yno y bu yn eu porthi, ac yn gwneud y te a'r coffi iddynt ei hun tan iddynt adael ond esgyrn a briwsion.

O'r diwedd gadawyd ef yn unig yng nghanol yr holl lanast a dyna'r funud y cofiodd am y tro cyntaf ei fod heb yr un forwyn. Ni wyddai pa le i droi. Wedi iddo roi glo ar y tân oedd ar fin ddiffodd, aeth Enoc i'r parlwr o olwg y llestri budron a'r llanast, gan obeithio gweld Jones y Plismon, ei swcwr ymhob helbul, yn pasio. Credai y gallai Jones gael morwyn iddo ar unwaith. Edrychodd drwy'r ffenestr am oriau gan ddisgwyl gweld Jones. Yn sydyn safodd merch ifanc drwsiadus a golygus o flaen ei ffenestr. 'Pwy yn y byd mawr ydyw'r foneddiges hon?' ebe Enoc wrtho ef ei hun. Yna curodd y foneddiges ar y drws, ac aeth Enoc i'w agor.

'Chi ydi Mr Huws, syr?' gofynnodd y foneddiges.

'Ie,' ebe Enoc.

'Ga i siarad â chi?' gofynnodd hithau.

'Cewch, dowch i mewn,' ebe Enoc.

Estynnodd Enoc gadair iddi hi yn ymyl y ffenestr oherwydd sylweddolodd ei bod yn werth edrych arni. Ar ôl eistedd, ebe hi gyda gwên:

'Wedi galw ydw i, Mr Huws, i ofyn oes arnoch chi eisio *housekeeper?*'

'Just y peth sydd eisie arna,' ebe Enoc, 'ond mae arnaf ofn na wnaiff fy lle i eich siwtio. Mae fy *housekeeper* yn gorfod gwneud popeth sydd raid ei wneud mewn tŷ.'

'Rydw i'n gwbod hynny, a wnaiff o ddim gwahaniaeth i mi, achos rydw i wedi arfer gweithio, ac mi wn i sut i gadw tŷ,' ebe'r ferch ifanc, a synnodd Enoc ei chlywed yn siarad felly, oherwydd roedd ei gwisg yn drefnus a drud, yn nhyb Enoc.

'Da iawn,' ebe Enoc. 'Faint o gyflog ydych chi'n ei ofyn?'

'Ugen punt. Rwyf wedi bod yn cael mwy,' ebe hi.

---

miri: *fun*
prin y teimlai E: *E hardly felt*
yn unol â: *in accordance with*
anghenus: *needy*
cymdogaeth: *neighbourhood*
yn eu porthi: *feeding them*
budron: *dirty*
llanast: *mess*

ei swcwr ymhob helbul: *his succour in every trouble*
trwsiadus: *well-dressed*
y foneddiges hon: *this lady*
na wnaiff . . . siwtio: *that my place won't suit you*
gwnaiff . . . i mi: *it won't make any difference to me*
yn nhyb E: *in E's opinion*

'Mae hynny yn bum punt mwy nag rydw i wedi arfer ei roi,' ebe Enoc.

'Rwyf yn gobeithio,' ebe'r ferch ifanc, 'y cewch y gwahaniaeth yn y gwasanaeth, achos rydw i wedi bod mewn lleoedd da, ac wedi gweld tipyn.'

'Wel,' ebe Enoc, 'hidiwn i ddim rhoi ugen punt os byddwch yn fy siwtio,' oherwydd credai fod golwg yr eneth hon, o'i chymharu â Marged, yn werth pum punt, ac ychwanegodd:

'Pryd medrwch chi ddŵad yma?'

'Pryd mynnwch chi,' ebe hi.

'Wel,' ebe Enoc, 'mi liciwn i chi ddŵad ar unwaith achos, a dweud y gwir i chi, does gen i neb yma rŵan, ac mae'r tŷ yn heltar sgeltar. Fedrwch chi ddŵad yma yn y bore?'

'Mi ddof yma heno, naw o'r gloch, os caf,' ebe'r ferch ifanc.

'Gore oll. Beth ydi'ch enw chi?' gofynnodd Enoc.

'Miss Bifan,' ebe hi.

'O'r gore, Miss Bifan, mi fyddwch yma erbyn naw, ynte,' ebe Enoc. Ac felly cytunodd Enoc a Miss Bifan, a phan oedd Enoc yn agor y drws i Miss Bifan fynd allan, gwelodd Kit, morwyn Tŷ'n yr Ardd, yn dod tuag ato gyda nodyn yn ei llaw!

---

y cewch: *that you'll get*
hidiwn i ddim: *I wouldn't mind*
golwg: *appearance*

o'i chymharu â M: *in comparison with M*
Pryd mynnwch chi: *Whenever you wish*
os caf: *if I may*

37: WEDI MYND

Darllenodd Enoc y nodyn yn awchus:

TŶN YR ARDD.

ANNWYL MR HUWS — Rydych wedi bod yn ddiarth iawn. Hyd yr wyf yn cofio, ni ddywedais ddim, pan fuon yn siarad ddiwethaf, fod un rheswm digonol am gadw i ffwrdd, ac os dywedais, mae'n ddrwg gennyf. Fodd bynnag, rydych yn gwybod eich bod yn werthfawr gan fy nhad, ac yn annwyl gan fy mam. Mae fy nhad yn isel ysbryd, a gwn ei fod yn credu mai fi sydd wedi'ch tramgwyddo. Mae fy mam, mae'n ddrwg gennyf ddweud, yn gwaelu bob dydd. Rwyf wedi gwneud fy ngorau iddi, Duw a ŵyr! ac mae fy nghalon bron â thorri. Mae hi'n methu gwybod pam nad ydych yn dod i edrych amdani. Ddowch chi? Fydd hi ddim yma'n hir. Ddowch chi i edrych amdani?

Yr eiddoch yn gywir,

S. TREFOR.

'Dwedwch wrth Miss Trefor y dof acw toc,' ebe Enoc wrth Kit.

'Mae arni hi eisio'ch gweld chi'n arw, Mr Huws,' ebe Kit.

'Pwy?' gofynnodd Enoc.

'Miss Trefor,' ebe Kit, a wyddai sut i foddio Enoc.

'Sut y gwyddoch chi hynny, Kit?' gofynnodd Enoc.

'Am 'y mod i'n gwbod,' ebe Kit. 'Mae hi fel petai mewn breuddwyd. Ddaru chi ffraeo, Mr Huws?'

'Mae'ch meistres yn sâl iawn, Kit, ac mae gan Miss Trefor ddigon o helbul heb feddwl dim amdana i,' ebe Enoc.

'Oes,' ebe Kit, 'fwy nag a wyddoch chi. Ac mae gen i ofn na fendith meistres byth – mae hi'n od iawn, fel petai ganddi rywbeth ar 'i meddwl. A mae mistar – 'newch chi ddim sôn 'mod i'n deud, Mr Huws? Dydi o ddim yn actio'n iawn.'

'Wel, be mae o'n 'i neud, Kit?' gofynnodd Enoc.

'Mae o'n yfed yn ddychrynllyd ddydd a nos, nes mae o'n reit wirion, a mae hynny'n becsio Miss Trefor. Mae hi wedi gofyn lawer gwaith i mi

---

yn awchus: *eagerly*
yn ddiarth (dieithr): *estranged*
digonol: *sufficient*
tramgwyddo: *to offend*
gwaelu: *to deteriorate*
yn arw: *i.e. very much*

sut i foddio: *how to please*
digon o helbul: *enough problems*
na . . . byth: *that [my] mistress will never got better*
yn reit wirion: *really silly*
becsio: *to worry. to vex*

pryd gweles i chi, a be ydi'r achos, tybed, nad ydych chi ddim yn dŵad acw. Mi wn 'i bod hi'n sâl isio'ch gweld chi, syr.'

'Cymerwch ofal, Kit,' ebe Enoc, 'i beidio â dweud wrth neb fod eich meistr yn yfed. Mae afiechyd eich meistres, yn ddiame, wedi effeithio yn fawr ar Capten Trefor.'

'Faswn i ddim yn deud wrth neb heblaw chi, achos rydych chi fel un o'r teulu, Mr Huws,' ebe Kit.

'Da iawn, Kit, ewch yn ôl rŵan a dwedwch wrth Miss Trefor y dof acw toc,' ebe Enoc.

'Mi *fydd* yn dda ganddi'ch gweld chi,' ebe Kit.

Roedd clywed rhywbeth oddi wrth Miss Trefor, ac yn enwedig cael gwahoddiad i Dŷ'n yr Ardd, fel eli ar friw i Enoc. Ar yr un pryd, penderfynodd beidio â dangos brys. Er ei fod yn llosgi eisiau mynd, arhosodd am dros awr cyn cychwyn, a phan aeth, cerddodd yn hamddenol. Ar hyd y ffordd meddyliai pa fath o olwg a fyddai ar Susi, a pha beth a ddywedai hi wrtho. Gwnaeth lw na soniai air wrthi am y sgwrs ddiwethaf a gawsant. A chadwodd at ei lw – oherwydd cafodd rhywbeth arall i feddwl amdano. Er nad oedd hi eto'n dywyll, roedd gorchudd ar bob ffenest yn Nhŷ'n yr Ardd, a phan nesaodd Enoc at y tŷ, teimlai fod rhywbeth yn rhyfedd a dieithr yn yr olwg arno. Curodd Enoc ar y drws, a daeth Kit i'w agor.

'Mae hi wedi mynd, Mr Huws,' ebe hi yn ddistaw.

'Pwy?' gofynnodd Enoc.

'Meistres,' ebe Kit.

'Mynd i ble?' gofynnodd Enoc.

'Mae hi wedi marw,' ebe Kit.

'Wedi marw!' ebe Enoc, fel pe buasai wedi ei saethu gan y newydd. Nodiodd Kit, ac arweiniodd Enoc i'r parlwr lle roedd y Capten a Miss Trefor yn bendrist a distaw. Ar ei fynediad i'r ystafell, cododd Miss Trefor ar ei thraed, a heb ddduweud gair, gwasgodd law Enoc yn dynn a nerfus, nes gyrru ias drwy ei holl gorff. A gwnaeth y Capten yr un peth. Syrthiodd Enoc i gadair wedi ei orchfygu gan deimladau, oherwydd carai ef Mrs Trefor yn fawr, er ei mwyn ei hun, heblaw ei bod yn fam i Susi, ac nid oedd wedi dychmygu bod ei hymadawiad yn ymyl. Er na

---

y dof acw: *that I'll come over*
fel eli ar friw: *like ointment on a wound*
yn hamddenol: *leisurely*
pa . . . ar S: *what S would look like*
llw: *oath*
gorchudd: *covering*

pan nesaodd E: *when E approached*
yn yr olwg arno: *in the way it looked*
nes gyrru ias: *until she sent a shiver*
wedi ei orchfygu: *having been overcome*
dychmygu: *to imagine*
ymadawiad: *departure*

fyddai Enoc yn sylwgar iawn fel arfer, ni allai beidio â gweld bod y Capten yn drwm mewn diod. Edrychai'n swrth i'r tân, a rholiai dagrau mawr i lawr ei ruddiau.

'Dyma ergyd drom, Mr Huws, yn enwedig i mi, ac mewn ffordd o siarad, ergyd farwol. Hi oedd fy mywyd a fy mhopeth, a bron y dymunwn fynd i'r bedd gyda hi.'

'Roedd Mam,' ebe Susi, 'yn caru Iesu Grist. Fedrwn ni ddeud hynny? Mae marw'n beth ofnadwy, 'Nhad, os na fedrwn ni ddweud ein bod yn caru Iesu Grist.'

'Mae hynny'n ddigon gwir, fy ngeneth, a gadwch i ni obeithio y gallwn ddatgan hynny pan ddaw'r adeg,' ebe'r Capten a oedd, pa mor ddifrifol bynnag fyddai'r amgylchiad, yn abl i ragrithio, a pha mor feddw bynnag a fyddai, oedd â'i feddwl yn weddol glir.

'Mae'r adeg yn ansicr, fel y bu gyda Mam,' ebe Susi, oherwydd roedd buchedd ei thad yn ei phoeni yn dost, a rhyfeddai Enoc sut oedd hi'n gallu bod mor hunan-feddiannol.

'Fuodd eich mam farw yn sydyn yn y diwedd, Miss Trefor?' gofynnodd Enoc.

'Yn hollol sydyn ac annisgwyl, Mr Huws,' ebe Susi.

'Ie, yn hollol sydyn, ond gwnaethoch chi a minnau ein gore iddi,' ebe'r Capten.

'Ddaru mi ddim gwneud fy ngore iddi, 'Nhad, a faddeua i byth i mi fy hunan am f'esgeulustra. Roeddwn yn meddwl nad oedd hi ddim gwaeth nag oedd ers dyddiau, a gadewais hi am ddeng munud i ysgrifennu llythyr, ac erbyn i mi fynd yn ôl, roedd hi wedi marw – heb i mi gael dweud dim – dim cymaint â gafael yn ei llaw fach annwyl i'w helpio i farw. O! Mor greulon mae o'n ymddangos iddi hi farw heb neb efo hi!'

'Mae yn ofid mawr i mi, Miss Trefor,' ebe Enoc, 'na chefais weld eich mam cyn iddi hi farw.'

'Pam hynny, Mr Huws? Pam y cadwoch chi i ffwrdd?' gofynnodd y Capten.

'Ddaru neb ohonom feddwl,' ebe Susi, er mwyn cuddio anhawster Enoc i ateb, 'fod Mam mor agos i angau. Mae'n dda iawn gen i'ch bod chi wedi dŵad yma heno, Mr Huws, achos wn i ddim am y trefniadau y

---

yn sylwgar: *observant*
yn swrth: *sullen*
ergyd drom: *heavy blow*
bron y dymunwn: *I would almost wish*
datgan: *to express*
pan ddaw'r adeg: *when the time will come*
yn abl i ragrithio: *able to practise hypocrisy*

pa mor . . . fyddai: *however drunk he'd be*
buchedd: *way of life*
hunan-feddiannol: *self-composed*
faddeua i . . . hunan: *I'll never forgive myself*
f'esgeulustra: *my carelessness*
angau: *death*
trefniadau: *arrangements*

bydd rhaid eu gwneud, ond mi wn y gwnewch chi, Mr Huws, ein cynorthwyo. Does gynnon ni ddim modd i fynd i lawer o gostau.'

'Dim modd?' ebe'r Capten. 'Dim modd? Fe gaiff eich mam ei chladdu fel tywysoges.'

Ar hyn daeth Kit at y drws, a chododd ei bys ar Miss Trefor, a gadawodd hithau'r ystafell.

'Capten Trefor,' ebe Enoc, 'rwyf am ofyn un gymwynas gennych, ac rwyf yn gobeithio na wnewch fy ngwrthod. Rydych yn gwybod bod Mrs Trefor a minnau'n gyfeillion mawr – roeddwn yn edrych arni fel tasai'n fam i mi. Wnewch chi ganiatáu i mi wneud yr holl drefniadau ar gyfer y gladdedigaeth, a dwyn yr holl gost?'

'Diolch i chwi, Mr Huws,' ebe'r Capten 'ond mae hynny'n amhosibl. Mi wn y byddai fy merch yn gryf yn erbyn.'

'Roeddwn wedi meddwl gofyn i chi,' ebe Enoc, 'beidio â sôn gair wrth Miss Trefor, nac wrth neb arall am y peth, ac ystyriwn hi'n fraint gael gwneud hyn i Mrs Trefor.'

'Wel,' ebe'r Capten, 'wrth gofio'r fath gyfeillgarwch oedd rhyngoch chi a Mrs Trefor, fedra i ddim dweud "No" wrthych chi, Mr Huws, ar y telerau nad oes neb i gael gwybod hyn.'

Ceisiodd y Capten godi i ysgwyd llaw ag Enoc, ond syrthiodd yn ôl i'w gadair.

'Mr Huws, maddeuwch i mi, yn fy mhrofedigaeth chwerw rwyf wedi cymryd dau (ar bymtheg, a ddylasai ei ddweud) lasaid o wisgi, a thrwy nad wyf yn arfer llawer â fo, mae wedi effeithio arnaf. Mi wn y gwnewch faddau i mi am y tro – mae fy mhrofedigaeth yn fawr.'

'Ydyw,' ebe Enoc, 'ac mae'n ddrwg gennyf drosoch, ond goddefwch i mi fod yn hy arnoch – cedwch oddi wrth y diodydd meddwol – am rai dyddiau, beth bynnag – mae gweddeidd-dra yn gofyn hynny.'

'*Quite right*, mi wnaf; nos dawch, Mr Huws bach,' ebe'r Capten.

Ar ôl canu 'nos dawch' â Miss Trefor, aeth Enoc ymaith, ac erbyn hyn yr oedd ganddo ddigon ar ei feddwl – y forwyn newydd oedd i ddod i'w dŷ erbyn naw o'r gloch, a chario allan yr holl drefniadau ynglŷn â chladdedigaeth Mrs Trefor.

---

ein cynorthwyo: *assist us*
modd: *means*
Fe gaiff . . . ei chladdu: *Your mother will be buried*
cymwynas: *favour*
Wnewch chi ganiatáu i mi: *Will you permit me*
claddedigaeth: *burial*
dwyn: *to bear*

ystyriwn hi'n fraint: *I'd consider it an honour*
telerau: *conditions*
profedigaeth chwerw: *bitter bereavement*
(a ddylasai ei ddweud): *he should say*
y gwnewch . . . i mi: *that you'll forgive me*
goddefwch i mi: *allow me*
bod yn hy arnoch: *to be bold with you*
gweddeidd-dra: *decency*

'Susi,' ebe'r Capten, 'rhowch eich meddwl yn esmwyth, fe ofala Mr Huws am yr holl drefniadau. Ac rŵan, ewch i'ch gwely, fe ngeneth. Fedra i fy hun ddim meddwl am wely heno – mi daflaf fy hun ar y soffa. Nos dawch, *my dear girl*.'

Gadawodd Susi yr ystafell gydag ochenaid, a thaflodd y Capten ei hun ar y soffa, a chysgodd yn drwm. Aeth Susi i'w gwely, gan gymryd Kit gyda hi i gysgu, oherwydd teimlodd na allai fod er ei phen ei hun y noson honno. Ymhen deng munud roedd Kit yn cysgu'n ddistaw ac esmwyth. Ond ni allai Miss Trefor gysgu. Teimlai'n unig ac ofnus, ac ebe hi:

'Kit. Kit, ydych chi'n cysgu, Kit?'

Nid atebodd Kit, roedd hi wedi syrthio i gysgu. Ymwasgodd Miss Trefor ati, a sisialodd:

'Ie, cwsg, Kit, dwyt ti, mwy na minnau, wedi cael fawr o orffwys ers wythnosau, a rwyt ti'n haeddu llonydd heno. O! Mae'r distawrwydd yma'n 'y nghadw i'n effro. Mor wahanol oedd popeth yr adeg yma neithiwr! Y rhedeg i fyny ac i lawr, a Mam druan efo ni, ond yn sâl iawn.

'Mor ddistaw ydi hi heno! Mor bell mae hi wedi mynd! Mor anodd ydi credu na ddeudith hi byth yr un gair eto! Roedd hi yma gynne. Ble mae hi rŵan? Ie, hi, achos does dim ond ei chorff yn y rŵm nesa – ble mae hi? Yn y byd tragwyddol? Ble mae'r byd tragwyddol? Ydi o 'mhell? Ydi hi wedi cyrraedd yno? Neu a ydi ei hysbryd hi'n crwydro ac ar goll mewn *space*? Fydd hi'n crwydro, tybed, am filoedd o flynyddoedd cyn dŵad o hyd i'r byd tragwyddol?

'O! Na faswn i wedi aros efo hi hyd y munud diwetha, yn lle mynd i ysgrifennu at Enoc Huws! Hwyrach y base hi'n deud wrtha i os oedd Iesu Grist efo hi. Oedd arno FO ddim eisiau bod efo rhywun arall *just* yr un amser? Mor wirion rydw i'n siarad! O! Mor unig ydw i, ac a fydda i! Does.gynnon ni ddim cyfeillion, a theimlais i erioed o'r blaen ryw lawer o angen am gyfeillion. Ond does gynnon ni neb neilltuol. Oes, mae hefyd – mae Enoc Huws yn wir gyfaill – yr unig gyfaill sy gynnon ni. Mor wirion fûm i yn ei wrthod o. Does dim gwell dyn na fo yn y sir, a mi wn ein bod ni'n dibynnu'n hollol arno ers talwm. Rwyf yn meddwl fy mod yn ei garu yn fawr, ac eto fedra i ddim dygymod â'r syniad o'i briodi o. Petai o'n cynnig ei hun i mi eto, wrthodwn i mono. Na! Dydw i

---

ochenaid: *sigh*
sisialodd: *she whispered*
haeddu: *to deserve*
na ddeudith hi byth: *that she will never say*
gynne (gynnau): *short while ago*

tragwyddol: *eternal*
mor wirion: *so silly*
neilltuol: *particular*
dygymod: *to put up with*
wrthodwn i mohono: *I wouldn't refuse him*

ddim yn meddwl y derbyniwn ei gynnig chwaith – mi lyna i wrth fy nhad. O! Trueni na fase 'Nhad yn dduwiol! Ond dydi o ddim. Mae o'n slaf i'r ddiod, ac yn rhagrithio bod fel arall, fel petai hyd yn oed fi ddim yn gwybod. Fy nyletswydd, rwyf yn meddwl, ydi glynu wrtho hyd y diwedd. O! Dduw! Beth ddaw ohonof gyda'r fath dad? Mi geisiaf wneud fy nyletswydd ac ymddiried yn Nuw. O! Fel rydyn ni i gyd wedi gadael Mam bach! Ac mor fuan! Ei gadael ei hun yn y rŵm dywyll yna heb neb i gadw cwmpeini iddi hi, fel petaen ni ddim yn perthyn iddi hi! O! Mae'n greulon – mor greulon ei gadael ar ei phen ei hun. Mi af i gadw cwmpeini iddi hi, fedra i ddim aros yma.'

Gwawriodd y bore. Wedi hanner gwisgo, a shawl dros ei hysgwyddau, gorweddai Susan wrth ochr corff marw ei mam ar y gwely, a'i braich dde yn ei chofleidio, a'i phen wrth ei phen hithau ar y gobennydd – y ddau gorff yn berffaith lonydd – un mewn cwsg trwm ac yn anadlu, a'r llall mewn cwsg trwm ond heb anadlu.

---

cynnig: *proposal*
mi lyna i wrth: *I'll stick by*
Trueni na fase 'Nhad: *Pity that my father wasn't*
yn dduwiol: *godly*
slaf: *slave*

rhagrithio: *to practise hypocrisy*
hyd y diwedd: *to the end*
ymddiried: *to trust*
Gwawriodd y bore: *The morning dawned*
cofleidio: *to hug*

38: YMSON CAPTEN TREFOR

Roedd Miss Bifan wedi cymryd ei lle yn Siop y Groes cyn i Enoc gofio nad oedd wedi gofyn dim am ei charitor, na dim byd arall amdani. Ac erbyn hyn, roedd yn rhy hwyr i ymholi. Ac roedd gan Enoc ddigon i feddwl amdano heb golli pum munud i feddwl am ei *housekeeper* newydd. Roedd ef wedi ymgymryd â chario allan y trefniadau ynglŷn â chladdedigaeth Mrs Trefor a gwnaeth hynny heb arbed cost na thrafferth.

Gweinyddwyd y cynhebrwng yn y tŷ gan Mr Simon, ac yn yr eglwys a'r fynwent gan Mr Brown, a thystiai Capten Trefor fod popeth wedi pasio yn *hapus dros ben*. Ymhen diwrnod neu ddau, ar ddymuniad y Capten, anfonwyd yr holl filiau i mewn, a phan nad oedd Miss Trefor o gwmpas, cyfrifodd Enoc yr holl gost a chyflwynodd yr arian i'r Capten. Yna aeth y Capten o gwmpas a thalodd i bawb. Wrth setlo pob bil dywedai'r Capten ei fod yn synnu ei fod mor fychan. Parai hyn i'r derbynnydd – yn enwedig y dyn a wnaeth yr arch – ofidio na fyddai wedi codi rhagor; a dywedodd, wedi i'r Capten droi ei gefn:

'Waeth be ddeudith pobol, mae gan y Capten ddigon o bres.'

Ni chymerodd fawr o oriau i'r Capten fwrw ei hiraeth. Ac yn awr roedd ganddo hamdden i roi ei holl sylw i Waith Coed Madog. Ond roedd un peth yn ei flino, ac yn ei flino'n fawr. Dyma'i sefyllfa. Roedd yn dlawd a llwm. Credai nad oedd fymryn o obaith am blwm yng Nghoed Madog. Ac eto, Coed Madog oedd ei unig swcwr; a phetai hwnnw'n darfod ni byddai ganddo afael ar swllt. Gwyddai mai arian Enoc Huws oedd yn cario'r Gwaith ymlaen, oherwydd roedd Mr Denman ers tro wedi methu ateb y galwadau, er ei fod mewn enw yn gyd-berchennog.

Tybiai'r Capten hefyd mai'r unig reswm fod Enoc yn parhau i wario cymaint ar y Gwaith oedd ei serch at Miss Trefor – ei ferch – a'r munud y deuai rhyw broblem ar hynny byddai ef a'i Goed Madog wedi mynd i'r gwellt. Yn wir, roedd ef wedi ofni pan beidiodd Enoc am amser ag

---

ymson: *speaking to oneself*
caritor: *i.e. character*
ymholi: *to inquire*
ymgymryd: *to undertake*
claddedigaeth: *burial*
Gweinyddwyd y cynhebrwng: *The funeral was conducted*
tystiai CT: *CT testified*
Parai hyn: *This caused*

derbynnydd: *receiver*
arch: *coffin*
Waeth be ddeudith pobol: *Whatever people say*
bwrw ei hiraeth: *to get rid of his sorrow*
llwm: *poor*
mymryn: *jot*
unig swcwr: *only succour*
cyd-berchennog: *co-owner*
mynd i'r gwellt: *to come to an end*

ymweld â Thŷ'n yr Ardd ei bod hi ar ben arno, a dyna pam aeth i yfed mwy nag arfer. Ond yn awr, cymerai gysur fod ei ferch ac Enoc yn ymddangos ar delerau hynod o gyfeillgar. Eto, meddyliai'r Capten, os oedd ei ferch ac Enoc Huws yn debyg o briodi, y byddai, wrth gario'r Gwaith ymlaen, yn tlodi ei fab-yng-nghyfraith, ac felly, 'mewn ffordd o siarad,' yn ei dlodi ei hun, ac yn taflu arian i ffwrdd y byddai'n dda ganddo eu cael ryw ddydd i gadw corff ac enaid ynghyd.

Ar y llaw arall, os nad oedd mwy na chyfeillgarwch rhwng ei ferch ac Enoc, teimlai'r Capten mai ei ddyletswydd oedd cario'r Gwaith ymlaen cyhyd ag y medrai. Ond yn ei fyw, ni allai beidio â chredu bod rhyw ddealltwriaeth rhwng y bobl ieuainc ac, os felly, gresyn oedd i Enoc wario ei arian yn ofer, a'i ddwyn ei hunan yn y man, efallai, i sefyllfa na allai fforddio priodi. Wedi llawer o ymdrech meddwl, penderfynodd y Capten ofyn y cwestiwn yn syth i'w ferch. Ac un noson, pan oedd hi ac yntau yn y parlwr, ac wedi gwlychu ei benderfyniad gyda dogn go lew o wisgi, ebe'r Capten:

'Susi, mae rhywbeth ers tro yn pwyso'n drwm ar fy meddwl, ac yn peri tipyn o bryder i mi.'

'Be ydi hynny, 'Nhad?'

'Wel,' ebe'r Capten, 'mae o'n gwestiwn *delicate*, mi wn, ond mae'ch mam wedi'n gadael – a gwyn ei byd – ac oherwydd hynny fe ddylai fod mwy o *confidence* rhyngoch chi a minnau, fy ngeneth. Y cwestiwn ydyw: oes rhywbeth rhyngoch chi ac Enoc Huws?'

'Rhywbeth rhwng Mr Huws a fi ym mha fodd, 'Nhad?'

'Wel,' ebe'r Capten, 'roeddwn yn disgwyl y buasech yn deall fy nghwestiwn heb i mi orfod ei sbelio: Ydych chi dan amod i Mr Huws?'

'Amod i beth, 'Nhad?' gofynnodd Miss Trefor.

'Amod i'w briodi, wrth gwrs. Rydych yn deall fy meddwl yn iawn, Susi, ond eich bod yn dymuno fy nhormentio,' ebe'r Capten yn ddigon anniddig.

'Gwarchod pawb! Na, wnes i erioed amod â Mr Huws, nac â neb arall,' ebe Susi yn benderfynol.

'A does dim dealltwriaeth ddistaw rhyngoch chi?' gofynnodd y Capten, ac ychwanegodd: 'Cofiwch, dydw i'n dweud dim yn erbyn y peth.'

---

ei bod hi ar ben arno: *that he was finished*
hynod o: *remarkably*
yn tlodi: *impoverishing*
corff ac enaid: *body and soul*
dyletswydd: *duty*
cyhyd ag y medrai: *as long as he could*
yn ei fyw: *for the life of him*

gresyn oedd i E: *it was a pity that E*
yn ofer: *in vain*
ei ddwyn ei hunan: *to bring himself*
dogn go lew: *a substantial ration*
dan amod: *agreed terms*
yn ddigon anniddig: *rather irritable*
Gwarchod pawb!: *Goodness gracious!*

'Dim o gwbl, 'Nhad, na dim tebygolrwydd chwaith. Beth wnaeth i chi feddwl am y fath beth?' ebe Susi.

'Wel,' ebe'r Capten yn siomedig, 'nid oeddwn yn meddwl bod y peth yn amhosibl, nac yn annhebyg, ond gan mai fel yna mae pethau'n sefyll, iawn.'

'Mi geisiaf fy ngorau wneud yr hyn sydd yn iawn, 'Nhad, a'm penderfyniad ydi glynu wrthoch chi *to the bitter end*,' ebe Susi.

'*Bitter* a fydd, mae arnaf ofn, fy ngeneth,' ebe'r Capten, a gorffennodd y sgwrs, a diolchai Susi nad oedd ei thad wedi gofyn a oedd Enoc wedi ei gynnig ei hun iddi hi, oherwydd buasai rhaid iddi ddweud y gwir, a gwyddai y buasai ei thad yn gynddeiriog wedi clywed y gwir.

Meddyliodd y Capten gryn lawer y noson honno. Canmolai ei hun bob amser ei fod yn adnabod y natur ddynol yn lled dda, ond roedd yn gorfod cydnabod bod ei ferch yn ddirgelwch iddo. Buasai'n cymryd ei lw fod rhywbeth rhyngddi hi ac Enoc Huws, ond roedd wedi methu. Ac eto teimlai'n sicr yn ei feddwl fod gan Enoc fwriadau ar Susi. Os oedd wedi gosod ei fryd ar Susi, paham na ddywedai hynny wrthi, a darfod â'r peth?

'Oherwydd,' ebe'r Capten wrtho'i hun, 'fyddai hi ddim yn ddigon o ffŵl i'w wrthod o? Ac os byddai hi, mi'i crogwn hi. Eto i gyd, ydw i wedi fy nhwyllo fy hun am fwriadau Mr Huws? Hwyrach, wedi'r cwbl, fod deall hen lanc allan o'm lein i, er fy mod bob amser yn meddwl fy mod yn deall bron bob peth. A beth ddylwn i ei wneud? Mae'n ddrwg gennyf ysbeilio Mr Huws o'r holl arian yma, ac eto pe bawn i'n cau Coed Madog mi fyddaf ar y clwt. Roeddwn wedi meddwl y buasai Mr Huws wedi'i gynnig ei hun i Susi cyn hyn; yn wir buasent wedi priodi ac arbed yr holl drafferth i mi, achos mi gawswn felly fyw yn eu cysgod.

'Ond mi welaf erbyn hyn y bydd *rhaid* i mi drio ffurfio rhyw fath o gwmpeini i Goed Madog. Mae'n amhosibl i *un* dyn ddwyn yr holl gost, ac i minnau gael cyflog. Ac am Denman, druan, mae ef fel finnau cystal â bod *up the spout* unrhyw ddiwrnod. Does dim byd arall amdani ond ceisio codi cwmpeini a thyngu bod yng Nghoed Madog faint fyd fyw a fynnom o blwm, ond bod eisiau arian i fynd ato. Pe cawn i ryw ddeg neu

---

tebygolrwydd: *likelihood*
yn annhebyg: *unlikely*
glynu: *to stick*
yn gynddeiriog: *mad*
gryn lawer: *quite a lot*
Canmolai ei hun: *He praised himself*
natur ddynol: *human nature*
dirgelwch: *mystery*
Buasai'n cymryd ei lw: *He'd swear*
bwriadau: *intentions*
gosod ei fryd ar: *to set his sights on*

darfod: *to finish*
mi'i crogwn hi: *I'd hang her*
ysbeilio: *to plunder*
mi fyddaf ar y clwt: *I'll be done for*
mi gawswn: *I'd get*
yn eu cysgod: *in their shadow*
dwyn: *to bear, to carry*
cystal â bod: *as good as being*
tyngu: *to swear*
faint . . . fynnom: *as much as we want*
Pe cawn: *If I'd get*

ddeuddeg o bobl go gefnog, mi allwn gario ymlaen am blwc eto. Ond does yno fwy o blwm yng Nghoed Madog nag sydd ym mhoced 'y ngwasgod i. Petawn i'n gallu ffurfio cwmpeini fe fyddai hynny'n ysgafnhau dipyn ar faich Mr Huws, achos mae'n ddrwg gen i robio cymaint arno, p'un bynnag a briodith o Susi ai peidio.'

go gefnog: *quite rich*
am blwc: *for a while*
gwasgod: *waistcoat*

ysgafnhau dipyn: *to lighten a lot*
baich: *burden*
p'un . . . ai peidio: *whether he'll marry S or not*

166

39: AMRYWIOL

Aeth wythnosau lawer heibio, ac er i Sem Llwyd 'balu celwyddau' gymaint ag a allai am Waith Coed Madog, ac i'r Capten roi pob gewyn ar waith i geisio cael gan ei gymdogion ariannog gymryd *shares* yn y Gwaith, ni choronwyd eu hymdrechion â llwyddiant. Ac, erbyn hyn, ystyriai'r Capten fod y dyfodol yn edrych braidd yn dywyll.

Erbyn hyn, roedd Mr Denman wedi gorfod troi'n fethdalwr, wedi gorfod symud i dŷ bach hanner coron o rent, a chymryd lle fel cynorthwywr am ddeunaw swllt yr wythnos. Roedd Mrs Denman yn ei atgofio'n fynych fel roedd wedi cario popeth 'at yr hen Gapten felltith'. Roedd Mr Denman, druan, yn awr yn gorfod goddef yn ddistaw, ond yr hyn a'i blinai fwyaf oedd ei anallu i dalu ei ddyledion. Nid oedd ganddo obaith bellach am dawelwch a llonyddwch ond yn y bedd, i'r lle yr oedd yn prysur fynd. Ond trwy'r cwbl, roedd Mr Denman yn parhau i fynd yn gyson i'r capel, ac ymddangosai ei fod yn cael mwy o fwynhad yn y capel nag erioed; roedd yn bur amlwg ei fod wedi dod o hyd i'r 'perl gwerthfawr'.

Ni allai'r Capten lai na rhyfeddu bod Enoc Huws yn dal i wario arian ar Goed Madog, a hynny'n galonnog a siriol, a dywedodd wrtho ef ei hun yn aml:

'Mae rhaid bod Mr Huws yn gwneud busnes anferth i allu dal i wario cymaint. Mae'n greulondeb gadael iddo fynd ymlaen fel hyn. Ond beth a ddeuai ohonof i petai o'n rhoi *stop* arni?'

Ac ni allai'r Capten lai na sylwi bod Enoc yn ymddangos yn hapusach nag y gwelsai'r Capten ef ers blynyddoedd.

'Efallai,' meddai'r Capten, 'fod Mr Huws yn cael mwy o gysuron gartref gyda'r *housekeeper* newydd. Wn i ddim beth wnaeth iddo gadw yr hen Farged honno cyhyd. Ond y mae'r Miss Bifan yma yn ymddangos yn *superior*. Does gennyf ond gobeithio na phriodiff Mr Huws moni. Mae'r merched golygus yma yn gymeriadau peryglus fel *housekeepers* i hen lanciau.

---

palu celwyddau: *to heap lie upon lie*	yn fynych: *frequently*
gymaint ag a allai: *as much as he could*	goddef: *to suffer*
roi pob gewyn ar waith: *to put every sinew to work*	dyledion: *debts*
ni . . . eu hymdrechion: *their efforts were not crowned*	lai na rhyfeddu: *but be astounded*
methdalwr: *bankrupt*	beth a ddeuai ohonof i: *what would become of me*
hanner coron: *12½ pence*	cysuron cartref: *home comforts*
cynorthwywr: *assistant*	cyhyd: *so long*
deunaw swllt: *90 pence*	na phriodiff Mr H moni: *that Mr H won't marry her*

Synnwn i damaid nad dyna fydd y diwedd. Yn wir, mae rhywbeth hudolus yng ngolwg y ferch. Taswn i yn ŵr ifanc fy hun . . . wel.'

Roedd Enoc wedi cyflogi Miss Bifan heb holi dim am ei chymeriad, na gofyn iddi ym mha le bu'n gwasanaethu ddiwethaf.

Pan glywodd Jones, y Plismon, hyn chwarddodd o eigion ei galon, ac ni allai beidio ag edmygu diniweidrwydd Enoc. Ond ni orffwysodd Jones wedi hyn nes dod o hyd i holl hanes Miss Bifan, ac wedi ei gael nid oedodd hysbysu Enoc. Yn ôl Jones, unig ferch ydoedd i amaethwr gweddol barchus, oedd yn byw tua phedair milltir o Bethel. Roedd wedi ei dwyn i fyny yn grefyddol, wedi cael ychydig addysg, a phan oedd yn hogen wedi ennill amryw wobrwyon am ganu, darllen ac ateb cwestiynau mewn cyfarfodydd cystadleuol, a chyfrifid hi yn llawer mwy talentog na'i chyfoedion. Edrychid ar Miss Bifan hefyd, er yn lled ieuanc, fel yr eneth brydferthaf yn yr ardal, peth a barodd i'w chyfeillesau genfigennu ati, ac i'r hogiau gystadlu yn ei chylch.

Erbyn hyn, roedd Miss Bifan wedi bod yn gwasanaethu mewn amryw fannau, a chyda teuluoedd parchus, a'r unig gwynion a ddygid yn ei herbyn gan y teuluoedd hyn oedd – yn gyntaf, ei bod yn gwisgo'n rhy dda; yn ail, ei bod yn peri i'w merched hwy ymddangos yn gomon; yn drydydd, fod ganddi bob amser gariad, a'i bod bob amser yn ffefryn gan feibion y 'teuluoedd parchus'; ac yn olaf, fod ganddi ddwylo blewog.

'Wrth gwrs,' ebe Enoc, 'mae'r eneth yn gwisgo'n dda, ac nid busnes meistr na meistres ydyw dweud wrth y forwyn sut a be i'w wisgo, os bydd hi'n talu am ei gwisg. Ac mae'r eneth hefyd yn brydferth – does dim dowt – a mi greda i'n hawdd ei bod hi'n gneud i ferched y "teuluoedd" edrach yn gomon yn ei hymyl, a bod y meibion yn licio'i golwg hi. Beth oedd yn fwy naturiol? Dydi o ddim ond cenfigen sâl. A dydi o ryfedd yn y byd os oes gan yr eneth gariad. Ac yn aml iawn, Mr Jones, mi gaiff geneth fel Miss Bifan hanner dwsin o gariadon, tra fydd neb yn edrach ar ferched y "teuluoedd". Rydw i ar fy ngore glas yn cadw gwyliadwriaeth ar hogiau'r siop yma – maen nhw'n gneud rhyw esgus o hyd ac o hyd i ddŵad i'r tŷ – ac mi wn mai'r amcan i gyd ydi cael golwg

---

ar, a chael siarad gair â Miss Bifan. Ac am fod ganddi ddwylo blewog, chreda i byth mo hynny. Mae cannoedd o forynion, druain, yn cael cam ofnadwy. Pan fydd y mab wedi ponio ei *gold studs* i gael diod, O! y forwyn fydd wedi eu lladrata! Pan fydd y ferch wedi colli ei *brooch* neu ei chyffs wrth galifantio, y forwyn, druan, fydd wedi eu dwyn! Y forwyn ydi bwch dihangol y teulu! Yr *humbugs*! Mae Miss Bifan yn eneth *splendid*. Mr Jones, mae'r tŷ yma fel nefoedd o'i gymharu â phan oedd Marged yma.'

Gwrandawai'r Plismon ar Enoc yn ddistaw, gan edmygu ei ysbryd ffyddiog a difeddwl-ddrwg.

Roedd dedwyddwch ei gartref, yn ddiamau, yn gyfrifol i ryw raddau am sirioldeb Enoc. Ond eto i gyd, arhosai oddi yno hyd un ar ddeg o'r gloch y nos, bedair neu bum noson yr wythnos. Rhaid bod Enoc yn cael rhywfaint o ddifyrrwch yn Nhŷ'n yr Ardd i fod yno mor aml. Ac nid oedd Coed Madog – nad oedd erbyn hyn yn rhoi gwaith ond i ychydig o ddynion – yn galw ar Enoc i ymgynghori â Capten Trefor amryw weithiau yn ystod yr wythnos. Ac nid oedd y Capten, yn ddiweddar, ar gael yn Nhŷ'n yr Ardd *bob* noson ganol yr wythnos. Toc wedi marw Mrs Trefor, roedd y Capten wedi dechrau mynd i'r *Brown Cow* ar nosweithiau ganol yr wythnos. Tybiai rhai mai'r rheswm am hyn oedd ei fod, ar ôl colli Mrs Trefor, yn teimlo'n unig, a'i fod yn cael tipyn o help mewn 'cwmni' i fwrw ei hiraeth.

Ond ni chymerai Miss Trefor yr olwg yna ar bethau, a theimlai hi fod ei thad – mor fuan ar ôl claddu ei mam – yn ei gadael ar ei phen ei hun yn y tŷ hyd berfeddion nos, yn ymddygiad angharedig i'r eithaf, ac oni bai fod Enoc Huws mor feddylgar a hynaws ag ymweld â hi mor fynych, buasai ei hunigrwydd bron yn annioddefol.

Ers amser maith cyn marwolaeth ei mam teimlai Miss Trefor fod rhyw agendor rhyngddi hi a'i thad, a bod yr agendor yn ymledu drwy'r amser. Achosai hyn boen mawr iddi hi. Cofiai adeg pan edrychai ar ei thad gydag edmygedd diniwed, ac y meddyliai amdano fel rhywun uwch a gwell na dynion yn gyffredin. Roedd hyn yn ei golwg ymhell, bell, yn ôl, ac edrychai gyda chalon hiraethus ar y cyfnod hwnnw. Ond nid

---

yn cael cam ofnadwy: *are terribly wronged*
bwch dihangol: *scapegoat*
o'i gymharu â: *compared with*
gan edmygu: *admiring*
dedwyddwch: *contentment*
i ryw raddau: *to some extent*
sirioldeb: *cheerfulness*
rhywfaint: *some amount*
difyrrwch: *fun*
ymgynghori: *to consult*

yr olwg yna: *that view*
perfeddion y nos: *very late at night*
ymddygiad angharedig: *unkind behaviour*
i'r eithaf: *to the extreme*
mor feddylgar: *so thoughtful*
annioddefol: *intolerable*
agendor: *gap*
ymledu: *to widen*
edmygedd diniwed: *innocent admiration*

anghofiodd hi am foment ddau beth, sef ei fod ef yn *dad* iddi hi, a'i bod hi wedi gwneud llw y glynai wrtho tra byddai ef byw. Roedd hyn yn ychwanegu at ei phoenau wrth weld dirywiad cyson ei thad o'r dydd y bu farw ei mam, ac yn gwneud iddi hi sylweddoli maint y trueni oedd o'i blaen.

Ac eto, cofiai fod ganddi gyfaill – cyfaill hyd y carn – ac ni allai hi, bellach, beidio â gwobrwyo ei ddyfalwch. Credai, yn wyneb y newid oedd wedi digwydd yn ei bwriadau, mai ei dyletswydd oedd dweud wrth ei thad am y newid hwn. Roedd yn awr ers amser yn gwylio am gyfle i wneud hyn ond roedd y Capten, pan fyddai gartref, fel arfer mewn tymer ddrwg, a phan ddychwelai yn hwyr o'r *Brown Cow* yn rhy swrth iddi hi feddwl am ddweud wrtho.

---

gwneud llw: *to make an oath*
dirywiad cyson: *steady deterioration*
maint y trueni: *the size of the wretchedness*
hyd y carn: *to the hilt*
peidio â: *not*

gwobrwyo: *to reward*
dyfalwch: *persistence*
dychwelai: *he'd return*
yn rhy swrth: *too sullen*

40: *Y BROWN COW*

O'r diwedd roedd Miss Trefor wedi addo bod yn wraig i Enoc Huws, yr hyn a gododd Enoc i'r seithfed nef, ac a barodd i Miss Trefor ystyried ei bod yn ddyletswydd arni ddweud wrth ei thad.

Tafarndy oedd *Y Brown Cow*, hynod o hen ffasiwn, ar gwr y dref. Roedd yn dŷ mawr ac addas iawn i'r busnes ac yno, yn yr hen amser, y byddai'r porthmyn yn lletya noson o flaen y ffair. Yn y tafarn roedd dwy ystafell yn y ffrynt, a dwy yn y cefn. Ar yr ochr chwith wrth fynd i mewn roedd ystafell yr ysbrydion, neu'r bar. Ar yr ochr dde yr oedd y gegin fawr. Yn y gegin fawr y cyfarfyddai cwsmeriaid cyffredin *Y Brown Cow* – y mwynwyr, y cryddion, a'r teilwriaid, a'u tebyg.

Roedd dwy ystafell hefyd yn y cefn; yn un roedd y teulu'n byw, a chedwid y llall fel math o barlwr i'r dosbarth gorau o gwsmeriaid, megis masnachwyr, ac ambell grefyddwr a fyddai'n hoffi peint heb i neb ei weld. Yn yr ystafell hon hefyd y byddai'r lletywr parchus a ddigwyddai aros yno dros nos, os na byddai'n well ganddo fynd i'r gegin fawr er mwyn y cwmni.

I'r ystafell hon yr arweiniwyd Capten Trefor gan Mrs Prys, y dafarnwraig, pan ymwelodd gyntaf â'r *Brown Cow*. A rhaid dweud bod Mrs Prys yn ystyried bod presenoldeb Capten Trefor yn gryn anrhydedd i'w thŷ. Mawr oedd ffwdan Mrs Prys yn rhoi croeso i'r Capten, a mawr oedd ei llawenydd fod yn y parlwr – fel y digwyddai – gwmni parchus y tro cyntaf iddo ddod yno.

Mwynheuodd y Capten ei hun gymaint gyda'r cwmni fel y dywedodd, wrth ffarwelio â Mrs Prys, nad hwnnw fyddai'r tro olaf iddo ymweld â'r *Brown Cow*. Roedd Mrs Prys yn hen wreigan groesawus, ac yn ei ffordd garedig ei hun llusgodd hi'r Capten gerfydd ei law i'r bar, a gwnaeth iddo yfed ei hiechyd da â gwydraid o *mountain dew*, er mwyn cael ei farn arno. Canmolodd y Capten y chwisgi, a gan ei fod yn ei hoffi, gorfodwyd ef gan Mrs Prys i gymryd gwydraid arall er ei mwyn hi. Ufuddhaodd y Capten.

a barodd: *which caused*	lletywr parchus: *respected lodger*
porthmyn: *drovers*	yr arweiniwyd CT: *that CT was led*
lletya: *to lodge*	presenoldeb: *presence*
cyfarfyddai: *would meet*	cryn anrhydedd: *considerable honour*
mwynwyr: *miners*	ffwdan: *fuss*
cryddion: *shoemakers*	hen wreigan: *old woman*
teilwriaid: *tailors*	gerfydd ei law: *by his hand*
cedwid y llall: *the other one was kept*	Canmolodd y C: *The C praised*
masnachwyr: *business people*	gorfodwyd ef: *he was compelled*
crefyddwr: *religious person*	Ufuddhaodd y C: *The C obeyed*

Gan ei fod yn ddiddanwr campus, parodd ei ymweliadau â'r *Brown Cow* i gwmni'r parlwr gynyddu i bump, ac i hanner dwsin, ac weithiau mwy na hynny. Roedd y cwmni wrth eu bodd yn ei gwmni, a Mrs Prys yn mwynhau ei ymweliadau yn fwy na neb.

Bu'r Capten yn un â'i air, ac o'r noson honno ymlaen ymwelai deirgwaith, ac weithiau bedair gwaith yr wythnos â'r *Brown Cow*. Teimlai'r Capten, heb ymffrostio, ei fod ben ac ysgwydd yn uwch mewn gallu, doniau, gwybodaeth, ac yn enwedig dawn ymadrodd, na'r holl gwmni gyda'i gilydd, a gwyddai yr edrychid arno felly gan y cwmni. Mewn gwirionedd, oni bai ei fod yn ormod o ŵr bonheddig i ymostwng i hynny, ni buasai raid iddo wario dim am ddiod, oherwydd roedd y cwmni bron â chweryla am gael talu'r *shot*. Cymaint oedd y boddhad a roiai hyn i gyd iddo ef, fel yr aeth cwmni'r *Brown Cow* yn *angenrheidiol* iddo bob nos o'r wythnos.

Tawelai'r Capten ei gydwybod gyda'r syniad nad oedd iddo fwynhad mwyach yn ei gartref wedi colli ei annwyl briod. Roedd yn wir fod ganddo ferch, ond pa berthynas oedd rhwng yr ieuanc a'r hen – rhwng yr haf a'r gaeaf? Cyn iddo erioed ddechrau mynd i'r dafarn roedd y Capten yn yfwr trwm a chyson yn ei gartref, ac er na byddai un amser yn meddwi hyd nes methu cerdded, eto roedd effeithiau'r hir ddiota i'w gweld yn amlwg arno. Nid oedd, ers tro, mor drwsiadus a thaclus ei wisg; roedd ei ysgwyddau'n ymollwng, ei goesau'n mynd yn fwy ansicr bob dydd, a'i wyneb yn prysur fynd yn unlliw, heb wahaniaeth rhwng y gwefusau a'r bochau. Rhoddai'r Capten reswm gwyddonol am y lliw rhyfedd hwn i effeithiau rhyw *gases* tanddaearol y deuai ef, fel capten gwaith mwyn, i gyffyrddiad â hwy.

Ofnai Miss Trefor siarad ag ef ynghylch ei gyflwr, a gwyddai'n dda na fuasai ddim pwrpas i hynny. Gwelai'n eglur na allai ei thad ddal yn hir i gerdded y ffordd a gerddai, a hwyrach i hynny beri iddi hi fod yn barotach i wrando ar gais Enoc Huws ac, o'r diwedd, gytuno i'w briodi.

---

diddanwr campus: *excellent entertainer*
parodd ei ymweliadau: *his visits caused*
cynyddu: *to increase*
yn un â'i air: *as good as his word*
heb ymffrostio: *without boasting*
doniau: *talents*
dawn ymadrodd: *eloquence*
yr edrychid arno felly: *that he was looked upon like that*
ymostwng: *to lower*
boddhad: *pleasure*

angenrheidiol: *necessary*
cydwybod: *conscience*
mwynhad: *enjoyment*
hir ddiota: *long spell of drinking*
yn amlwg: *obvious*
ymollwng: *dropping*
tanddaearol: *underground*
i gyffyrddiad â hwy: *into touch with*
peri iddi hi: *to cause her*
yn barotach: *readier*

Fodd bynnag, teimlai mai ei dyletswydd oedd hysbysu ei thad am yr amod a wnaethai hi.

Bu am adeg yn gwylio am amser addas oherwydd ni wyddai hi sut y cymerai ef y newydd. Credai y byddai'r newydd yn dderbyniol ganddo, ond ofnai y byddai iddo fynd i natur ddrwg am nad oedd hi wedi ymgynghori ag ef cyn rhoi addewid mor bwysig, oherwydd roedd gan y Capten syniad uchel am ei urddas. Yn y boreau a'r prynhawniau, pan fyddai ef yn berffaith sobr, roedd ei dymer yn ofnadwy a'r tipyn lleiaf yn ei yrru yn gaclwm wyllt; ac yn y nos drachefn, wedi dychwelyd o'r *Brown Cow*, byddai'n swrth a chysglyd, ac nid ystyriai Miss Trefor ei fod yn beth gweddus sôn am y peth ar y Sul. Cynigiodd Enoc fwy nag unwaith siarad â'r Capten, ond gwrthodai Miss Trefor ei wasanaeth, am y credai mai ei dyletswydd hi oedd hysbysu ei thad.

Ond daeth y cyfle o'r diwedd. Un noson, pan aeth y Capten i'r *Brown Cow*, roedd yno ŵr dieithr yn eistedd ym mhen draw'r ystafell wrth fwrdd bychan, yn ysgrifennu. Buasai'r Capten yn tybio mai trafaeliwr ydoedd oni bai iddo weld ei fod yn hen ŵr â'i ben yn wyn fel eira. Wedi edrych arno unwaith ni feddyliodd mwy amdano. Aeth popeth ymlaen fel arfer, a bu'r cwmni yno hyd adeg cau, a gadawsant yr hen fonheddwr yn dal ati i ysgrifennu.

Roedd y gŵr dieithr yno y noson wedyn wrth ei fwrdd, ond yn darllen y noson honno â lled-ochr ei wyneb wedi ei throi at y cwmni, a heb ymddangos ei fod yn deall dim a ddywedai'r Capten a'i gyfeillion yn y pen arall i'r ystafell, nac yn cymryd unrhyw ddiddordeb ynddynt. Cyn gadael y *Brown Cow* y noson honno, gofynnodd y Capten i Mrs Prys pwy oedd yr hen fonheddwr. Ni allai Mrs Prys roi mwy o wybodaeth ynghylch y bonheddwr na'i fod yn Sais – yn dod o'r America, ac yn ôl pob argoelion yn gyfoethog iawn – yn bwriadu aros am ddiwrnod neu ddau – nad oedd yn yfed diod feddwol – yn dweud dim – ac yn darllen neu ysgrifennu o hyd.

Drannoeth, gwelodd y Capten yr hen fonheddwr ar yr heol yn siarad â Jones y Plismon, fel pe buasai yn holi am y peth hwn a'r peth arall. Safai'n syth a chadarn, er ei fod yn ŵr pymtheg a thrigain os nad ychwaneg. Roedd ei wisg yn dda, a *slouch hat* am ei ben, ac roedd wedi eillio ei fochau yn lân, gan adael ei farf ar ei wefus uchaf a'i ên. 'Real American,' ebe'r Capten.

---

dyletswydd: *duty*
amod: *promise*
urddas: *status*
yn gaclwm wyllt: *absolutely furious*
yn swrth: *sullen*

gweddus: *suitable*
trafaeliwr: *traveller*
bonheddwr: *gentleman*
argoelion: *signs*
Drannoeth: *following day*

Arhosodd yr hen fonheddwr yn y *Brown Cow* amryw o ddyddiau, a byddai yn ei gongl yn gyson yn darllen naill ai gylchgrawn neu lyfr. Gan mai Sais Americanaidd oedd, ac mai Cymraeg a siaradai'r Capten a'i gyfeillion, ni theimlai'r cwmni fod ei bresenoldeb yn cyfyngu ar eu rhyddid. Ond bob tro y byddai'r Capten yn siarad, gallesid gweld y bonheddwr yn cau ei lygaid, nid i fyfyrio, ond i wrando'n astud. Bryd arall, edrychai ar y Capten dros ymyl y llyfr neu'r papur a ddarllenai. Hyn a wnâi bob tro y siaradai'r Capten, ond ni sylwai neb arno.

Roedd y bonheddwr wedi bod yn y *Brown Cow* wyth niwrnod. Rhwng ei brydau bwyd, cerddai yma ac acw yn y gymdogaeth. Ni wnâi gyfeillion â neb, ac ni welwyd ef yn siarad â neb ac eithrio Jones y Plismon. Ond ni wyddai hyd yn oed Jones beth oedd busnes y bonheddwr yn y pentref, ac ni wyddai Mrs Prys hyd yn oed ei enw.

Un noson – nos Lun ydoedd – roedd y Capten braidd yn hwyr yn ymuno â'r cwmni yn y *Brown Cow*. Tra oedd ef yn ymddiheuro i'r cwmni ac yn esbonio mai gohebiaethau lluosog oedd ei reswm am fod yn hwyr, digwyddodd edrych i gyfeiriad yr Americanwr, a gwelodd ei fod yn syllu arno dros ymylon y llyfr a ddarllenai. Gostyngodd y gŵr dieithr ei lygaid ar y llyfr. Trawyd y Capten gan rywbeth, oherwydd petrusodd wrth siarad a chollodd ei huodledd, peth dieithr iawn iddo ef. Wrth weld y Capten yn edrych i gyfeiriad y bonheddwr, ac yn petruso, edrychodd pob un o'r cwmni i'r un cyfeiriad, ond gweld bod y bonheddwr wedi ymgolli yn ei lyfr.

Nid oedd y Capten fel ef ei hun y noson honno; roedd yn fwy tawedog, ac yn ymddangos fel pe buasai rhywbeth yn blino ei feddwl. Ymhen ychydig funudau dywedodd yn ddistaw wrth ei gyfeillion y byddai rhaid iddynt ei esgusodi y noson honno – fod rhywbeth wedi dod drosto ac nad oedd yn teimlo'n iach. Ychwanegodd fod yn rhaid ei fod wedi cael oerfel, neu ei fod wedi gweithio'n rhy galed y diwrnod hwnnw, 'oherwydd,' ebe ef, 'mewn ffordd o siarad, rwyf yn teimlo'n *quite* yn *faintish*'. Pan oedd yn gadael yr ystafell, edrychodd gyda chil ei lygad ar y bonheddwr, ond nid oedd ei ymadawiad yn effeithio dim ar yr hen ŵr –

---

presenoldeb: *presence*
cyfyngu ar: *to limit upon*
gallesid: *one could*
yn astud: *carefully*
y gymdogaeth: *the locality*
Ni wnâi gyfeillion: *He wouldn't make friends*
gohebiaethau lluosog: *numerous correspondences*
syllu: *to stare*
Gostyngodd y gŵr: *The man lowered*

Trawyd y C: *The C was struck*
petrusodd: *he hesitated*
huodledd: *eloquence*
yn fwy tawedog: *quieter*
esgusodi: *to excuse*
oerfel: *chill*
cil ei lygad: *the corner of his eye*
ymadawiad: *departure*

roedd ei lygaid yn syllu ar ei lyfr. Synnai Mrs Prys fod y Capten yn troi adref mor gynnar, a phan ddywedodd ef nad oedd yn teimlo'n iach, gwthiodd yr hen wreigan botel beint o *mountain dew* i'w boced, gan ei annog i gymryd 'dropyn cynnes cyn mynd i'w wely'.

'Rwyf yn ffŵl! Yn berffaith ffŵl! Dychymyg ydyw'r cwbl! Mae'n amhosibl! Mae fy ffansi wedi chwarae cast â fi heno. Ond doedd gen i mo'r help, er nad ydyw ond *nonsense* perffaith!'

Erbyn cyrraedd Tŷ'n yr Ardd roedd ei feddwl wedi ymdawelu, ac yn llwyr argyhoeddedig fod ei ddychymyg wedi chwarae cast ag ef; ac eto, teimlai'n awyddus i gael rhywun i siarad ag ef, oherwydd roedd yn gwmni drwg iddo ef ei hun y noson honno. Nid oedd Enoc Huws yn Nhŷ'n yr Ardd y noson honno, ond roedd Susi yno, a diolchai'r Capten am hynny – ni fu erioed mor dda ganddo am ei chwmni.

---

syllu: *to stare*
annog: *to urge*
Dychymyg: *imagination*
chwarae cast: *to play a trick*

wedi ymdawelu: *had quietened*
yn llwyr argyhoeddedig: *totally convinced*
yn awyddus: *eager*

41: CYDWYBOD EUOG

Roedd gweld ei thad gartref rhwng naw a deg o'r gloch y nos heb ddim arwydd diod arno, a'i gael yn fwyn a charuaidd ei ysbryd, yn rhywbeth na allai Miss Trefor ond prin ei gredu. Beth oedd wedi peri iddo ddod adref yn gynnar a sobr y noson honno? Beth oedd wedi ei wneud fel ef ei hun? Ni wyddai hi, ond dyheai am roi ei breichiau am ei wddf a'i gusanu, peth na wnaethai ers blynyddoedd lawer, lawer.

Bychan y gwyddai hi mai'r cynnwrf yn ei feddwl oedd wedi achosi iddo ddod adref yn gynnar a sobr, ac a roddodd iddo ei hen fwyneidd-dra. Nid oedd hyn i gyd ond awydd dwfn am rywbeth i yrru ei feddyliau oddi wrtho ef ei hun. Mewn gwirionedd, ni fu ar y Capten erioed y fath chwant am ddiod gadarn. Ond teimlai fod angenrheidrwydd tost yn gorchymyn iddo gadw ei ben yn glir nes iddo gael sicrwydd di-os nad oedd sail i'w ofnau, a'i fod wedi ei dwyllo gan ei ddychymyg.

Roedd Miss Trefor, fodd bynnag, yn hynod o hapus y noson honno, a meddyliai fod ei gweddïau yn dechrau cael eu hateb, ac y gallai ei thad, wedi'r cwbl, farw yn ddyn da a duwiol. Ond roedd ganddi beth arall yn pwyso ar ei meddwl ers wythnosau ac yn awr roedd ei thad mewn tymer y gallai hi fentro dweud wrtho, ac ebe hi yn ofnus:

''Nhad, mae gen i isio deud rhywbeth wrthoch chi; 'newch chi ddim digio, 'newch chi?'

'Digio wrthoch chi, fy ngeneth fach? Mi wn nad ydech wedi gwneud dim drwg,' ebe'r Capten.

'Mi obeithia nad ydw i wedi gwneud dim drwg,' ebe Susi, 'ond . . . rwyf wedi addo priodi Mr Enoc Huws.'

Edrychodd y Capten arni yn syn fel pe buasai'n methu credu ei glustiau, ac wedi edrych ac edrych arni mewn distawrwydd am hanner munud, ebe fe:

'Duw a'ch bendithio'ch dau! Pryd y darfu i chwi roi'ch addewid iddo?'

'Mae rhai wythnosau, os nad misoedd, erbyn hyn,' ebe hi.

'Hym,' ebe'r Capten. 'Nid wyf yn dweud dim yn erbyn y peth – does gennyf yr un gwrthwynebiad pwysig i chwi briodi Mr Huws. Ond, mewn

---

Cydwybod Euog: *guilty conscience*	gorchymyn: *to order*
caruaidd: *loving*	sicrwydd di-os: *undoubted certainty*
prin ei gredu: *hardly believe*	sail: *foundation*
dyheai: *she yearned*	'newch chi ddim digio: *you won't take offence*
cynnwrf: *agitation*	Duw . . . chi'ch dau: *God bless both of you*
mwyneidd-dra: *gentleness*	addewid: *promise*
angenrheidrwydd tost: *aching necessity*	gwrthwynebiad: *opposition*

ffordd o siarad, Susi, mi fuaswn wedi disgwyl i chwi ymgynghori â'ch tad cyn entro i gytundeb mor ddifrifol. Ond na hidiwch am hynny.'

'Roeddwn ar fai, 'Nhad,' ebe hi, 'ac mae'n ddrwg gen i na faswn i wedi siarad â chi'n gyntaf. Ond mae'r peth wedi ei wneud, a gobeithio y gwnewch chi fadde i mi, ac na wnewch chi ddim dangos dim gwrthwynebiad.'

'Duw â'ch bendithio, fy ngeneth,' ebe'r Capten, 'ond mi welais yr amser, do, mi welais yr amser y buasai'n gas gennyf i neb – pwy bynnag a fuasai – gael addewid gan ferch – unig ferch – Capten Trefor. Ond nid Capten Trefor yw Capten Trefor erbyn hyn. Ond mae Mr Huws yn ffortunus, mae yn rhaid i mi ddweud hynny yn eich wyneb, Susi, ydyw, yn ffortunus iawn.'

'Ddaru mi ddim bwriadu'ch brifo, 'Nhad, wrth beidio ag ymgynghori â chi. A hyd yn oed yn awr, mi alwaf f'addewid yn ôl, os ydech chi'n deud wrtha i am wneud hynny.'

'Beth?' ebe'r Capten, 'merch Capten Trefor yn torri ei haddewid? Na, fy ngeneth annwyl, pe buasech wedi rhoi'ch addewid i'r meinar tlotaf yng Nghoed Madog mi fuaswn yn eich gorfodi i'w chyflawni, pe buasai hynny o fewn fy ngallu. Nid ydyw torri addewid yn hanes Capten Trefor, nac yn deilwng o *prestige* ei deulu. Ond mae'n rhaid i mi ddweud eto fod Mr Huws yn ddyn lwcus, ac o dan yr amgylchiadau hwyrach na allasech wneud yn well. Fy ngeneth annwyl, rwyf, mewn ffordd o siarad, yn cymeradwyo'n fawr yr hyn rydech wedi ei wneud; yn wir, mae'n dda gennyf feddwl y cewch fywoliaeth – beth bynnag a ddaw ohonof i.'

'Dydw i ddim yn bwriadu'ch gadael, 'Nhad, mae hynny'n ddealledig rhwng Mr Huws a minnau. Cewch yr un fywoliaeth â minnau, ac mi wn y gellwch ddibynnu ar garedigrwydd Mr Huws. Yn wir, rwyf yn ystyried mai fi ac nid Mr Huws sydd yn lwcus,' ebe Susi.

'Ni bydd yn ddrwg gennyf edrych ar Mr Huws fel fy mab-yng-nghyfraith,' ebe'r Capten, 'ond beth ydyw'r rheswm, Susi, nad ydyw Mr Huws yma heno? Oherwydd ar ôl yr ymddiddan sydd wedi bod rhyngom, rwyf, mewn ffordd o siarad, yn teimlo rhyw fath o hiraeth am ei weld.'

'Roedd o'n dweud bod rhywbeth yn galw amdano, ac na allai ddŵad yma heno,' ebe Susi.

'Wel,' ebe'r Capten, 'does gennyf ond dweud, Duw â'ch bendithio.'

---

yn eich . . . chyflawni: *compelling you to fulfil it*
yn deilwng: *worthy*
amgylchiadau: *circumstances*
na . . . wneud yn well: *that you couldn't do better*

cymeradwyo: *to approve*
bywoliaeth: *livelihood*
yn ddealledig: *understood*

Y gwir oedd mai dyma'r newyddion gorau y gallai'r Capten ei gael. Hyn oedd wedi ei ddymuno ers llawer blwyddyn, ac roedd ef a Mrs Trefor wedi gwneud yr hyn oedd yn eu gallu i gyrraedd yr amcan hwn, sef dyweddïo Susi ac Enoc. Yn ddiweddar roedd y Capten yn disgwyl bob dydd i glywed Enoc yn dweud na wariai geiniog arall ar Goed Madog, ac yna, beth ddeuai ohono ef, y Capten?

Pwysai hyn mor ddwys ar ei feddwl weithiau nes byddai'n dyheu am fynd i'r *Brown Cow* i foddi ei bryder mewn *Scotch Whiskey*. Roedd y Capten yn adnabod Enoc Huws yn ddigon da i allu dibynnu, os oedd ef wedi addo priodi ei ferch, mai ei phriodi a wnâi, a rhoddai hyn y fath foddhad iddo na allai ei ddisgrifio, hyd yn oed iddo ef ei hun. Ystyriai'r Capten, erbyn hyn, mai ei ddyletswydd fel dyn gonest oedd dweud wrth Enoc mai gwastraff oedd iddo ef *ac yntau* wario ychwaneg o arian ar Goed Madog.

'Mi ddywedaf hynny wrtho yfory,' ebe'r Capten wrtho ef ei hun. 'Fy nyletswydd fel dyn gonest ydyw dweud wrtho, oherwydd mae o *a minnau* wedi gwario gormod yno yn barod. Mae'n dda gan 'y nghalon i fod pethau wedi diweddu mor dda. Ond nid ydyw hyn ond prawf arall fy mod yn adnabod dynion yn weddol – mi wyddwn ers blynyddoedd fod gan Mr Huws feddwl o Susi, a diolch i Dduw ei bod mor lwcus – roeddwn yn dechre pryderu beth a ddeuai ohoni, druan.'

Fel yna y siaradai'r Capten ag ef ei hun wedi i Susi fynd i'r gwely. Ond nid oedd ef yn ddedwydd – roedd rhywbeth gwirioneddol neu ddychmygol yn ei boeni. Edrychodd ar y cloc, nid oedd ond chwarter wedi deg. Cerddodd yn ôl a blaen hyd y parlwr am chwarter awr arall, yna safodd i wrando. Roedd Susi a Kit wedi cysgu ers meitin, meddyliai. Tynnodd ei slipanau a gwisgodd ei esgidiau, a rhoddod ei got uchaf amdano, a'r cap a wisgai o gwmpas y tŷ, am ei ben, ac aeth allan cyn ddistawed ag y medrai. Cerddodd yn gyflym a llechwraidd tua chartref Sem Llwyd. Roedd Sem Llwyd wedi mynd i'w wely, a phan glywodd rywun yn curo ar y drws, agorodd Sem y ffenestr a dododd ei ben allan, a chlamp o gap nos gwlanen wedi ei glymu dan ei ên. Pan ddeallodd mai'r Capten oedd yno, daeth i lawr ar ei union.

Bu cyngor rhwng y ddau am hanner awr – Sem yn eistedd ar ystôl isel, a'r Capten mewn cadair – un o boptu'r tân. Eto roedd y ddau'n

---

na wariai: *that he wouldn't spend*
dwys: *tense*
dyheu: *to yearn*
pryder: *worry*
diweddu: *to end*
pryderu: *to worry*

beth a ddeuai ohoni: *what would become of her*
yn ddedwydd: *contented*
gwirioneddol neu ddychmygol: *real or imaginary*
llechwraidd: *stealthily*
ar ei union: *immediately*

edrych yn ddifrifol. Siaradent yn ddistaw fel pe buasent yn ofni i neb glywed. Ar ôl ymgynghori, rhoddodd y Capten gyfarwyddyd pendant a manwl i Sem, ac yna aeth ymaith.

Dychwelodd y Capten yn gyflym i Dŷ'n yr Ardd, a buasai bron yn amhosibl ei glywed yn agor ac yn cau'r drws, ac yn mynd i'r parlwr. Wedi mynd i'r parlwr, y meddwl cyntaf a ddaeth iddo oedd estyn y botel chwisgi o'r cwpwrdd. Ond er ei fod wedi bod yn gaethwas i'r ddiod, roedd gan yr hen Gapten nerth ewyllys anghredadwy, ac ebe ef, rhyngddo ac ef ei hun:

'Na, nid heno, rhaid i mi gadw fy mhen yn glir, am dipyn beth bynnag. Yr un diferyn nes i mi gael sicrwydd i'm meddwl. Mi gaf glywed yfory beth ddywed Sem – fe wneith o benderfynu'r cwestiwn, mi wn. Mi af i 'ngwely – i beidio â chysgu winc, mi wn. Gobeithio gan Dduw nad oes sail i'm hofnau! Ond mae o'n debyg ofnadwy! Eto, rwyf bron yn sicr mai dychymyg ffôl yw'r cwbl. Peth dychrynllyd, wedi'r cwbl, ydyw cydwybod euog! Ond mi gaf weld beth ddywed Sem. Mae gennyf le i fod yn ddiolchgar – fydd ddim rhaid i mi bryderu mwy am Susi – mae hi'n saff – diolch i Dduw!'

Ni chysgodd y Capten winc y noson honno. Ond ni phrofodd ddiferyn o ddiod feddwol, er bod ganddo ddigonedd ohono yn y tŷ – roedd yn rhaid iddo gadw ei ben yn glir, a'i feddwl yn effro. Ond fe'i cysurai ef ei hun na byddai rhaid iddo ddioddef yr ansicrwydd hwn yn hir – byddai Sem Llwyd yn penderfynu'r peth y naill ffordd neu'r llall.

Nid aeth Sem at ei waith i Goed Madog drannoeth. Gwisgodd yn ei ddillad Sul, a gwelid ef yn gynnar yn y bore yn gwagsymera hyd y dref, ac yn ymdroi yng nghymdogaeth y *Brown Cow*. Yn wir, er bod Sem yn cymryd arno fod yn ddirwestwr, llithrodd fwy nag unwaith y bore hwnnw i'r *Brown Cow* am werth dwy geiniog pan nad oedd neb o'r Annibynwyr yn y golwg. Fel llifftenant i'r Capten Trefor roedd i Sem groeso mawr yn y *Brown Cow*, ac ymholai Mrs Prys yn garedig am ystad iechyd y Capten. Ysgydwai Sem ei ben yn ddoeth, ac awgrymai nad oedd iechyd y Capten yr hyn y buasai ef na neb o'r mwynwyr yn dymuno iddo fod, a rhoddai Mrs Prys ochenaid a gwerth dwy geiniog i Sem am ddim.

Ar ôl ymgynghori: *After consulting*
cyfarwyddyd: *instructions*
caethwas: *slave*
nerth ewyllys: *strength of will*
anghredadwy: *incredible*
sail: *foundation*
cydwybod euog: *guilty conscience*
pryderu: *to worry*

fe'i cysurai ei hun: *he'd comfort himself*
gwelid: *he'd be seen*
gwagsymera: *to dawdle*
ymdroi: *to loiter*
dirwestwr: *teetotaller*
ymholai Mrs P: *Mrs P inquired*
ochenaid: *sigh*

42: Y CAPTEN AC ENOC

Ni fedrai'r Capten brofi tamaid o frecwast, a chredai Miss Trefor fod ei thad yn gofidio fod Enoc Huws yn mynd i'w chymryd oddi arno, neu ei fod wedi cael tro ar fyd. Credai mai'r peth olaf oedd yn fwyaf tebygol, oherwydd ni welai hi y bore hwnnw ddim olion ei fod wedi bod yn yfed y noson cynt, wedi iddi hi fynd i'r gwely, fel y byddai'n gweld bron bob bore drwy'r flwyddyn. Meddyliai ei fod, o'r diwedd, wedi cael tro, ac roedd ei chalon yn llawn diolchgarwch, ond roedd yn ddrwg ganddi ei weld yn methu bwyta.

Bychan y gwyddai hi beth oedd wedi amharu ar ystumog y Capten. Dywedodd y Capten wrth ei ferch ar ôl brecwast fod ganddo lawer o waith ysgrifennu y bore hwnnw, gan awgrymu iddi hi fod arno eisiau'r parlwr iddo ef ei hun. Nid ysgrifennodd air. Cerddodd yn ôl a blaen hyd yr ystafell am oriau, gan edrych yn bryderus drwy'r ffenestr yn fynych am Sem Llwyd. Roedd yn agos amser cinio cyn iddo weld Sem yn y pellter yn cerdded yn frysiog tua Thŷ'n yr Ardd. Curai ei galon yn gyflym fel y gwelai Sem yn agosáu. Cyn i Sem agor llidiart yr ardd, roedd y Capten wedi agor drws y tŷ, ac yn ceisio dyfalu ar wyneb Sem beth fyddai ei adroddiad. Edrychai Sem yn llawen, ac esboniodd y Capten hynny fel arwydd dda. Wedi i'r ddau fynd i'r parlwr, a chau'r drws, ebe'r Capten, yn llawn pryder:

'Wel, Sem, beth ydech chi'n 'i feddwl?'

'Lol i gyd,' ebe Sem, 'dydi o ddim byd tebyg, ac eto mae yna rywbeth yn debyg ynddo. Ond nid y fo ydi o, mi gymra fy llw, Capten.'

'Ydech chi reit siŵr, Sem?' gofynnodd y Capten.

'Mor siŵr â 'mod i'n fyw,' ebe Sem. 'Dydi'r dyn yna fawr dros ddeg a thrigen, ac mi wyddoch nad hynny fase ei oed o. Dim peryg – peidiwch ag ofni – rhowch eich meddwl yn dawel. Mae o yn amhosibl. *Just* meddyliwch be fase ei oed o erbyn hyn.'

'Gwir,' ebe'r Capten, 'ond ydech chi'n hollol sicr, Sem?'

'Yn berffaith sicr, Capten. Fedr neb 'y nhwyllo i. Dydi o ddim ond dychymyg gwirion ddaeth i'ch pen chi,' ebe Sem.

'Yn ddiame, Sem,' ebe'r Capten, 'a diolch i Dduw am hynny. Rwyf

---

ei fod . . . ar fyd: i.e. *that he'd had a change for the better*
yn fwyaf tebygol: *most likely*
olion: *signs*
amharu: *to disrupt*
dyfalu: *to guess*

mi gymra fy llw: *I'll testify on oath i.e. I'm positive*
Fedr neb 'y nhwyllo i: *No one can deceive me*
gwirion: *silly*
Yn ddiame: *undoubtedly*

wedi cael digon o helyntion heb hyn. Rydych wedi symud baich mawr oddi ar fy meddwl i, Sem. Hwdiwch, cymerwch y goron yma, rŵan, ac ewch i'r Gwaith y prynhawn.'

Aeth Sem ymaith yn synfyfyriol, oherwydd nid oedd ef lawn mor sicr ei feddwl ag y cymerai arno wrth y Capten. Ond wrth weld y Capten mor bryderus, gwnaeth ei orau i roi tawelwch meddwl iddo.

Teimlai'r Capten yn ddyn gwahanol wedi cael adroddiad Sem Llwyd. Roedd wedi cymryd baich trwm oddi ar ei feddwl, a thybiai, erbyn hyn, y gallai gyda diogelwch gymryd glasaid o wisgi. Estynnodd y botel o'r cwpwrdd, ac yn hytrach nag i Susi gael gwybod ei fod yn ei gymryd drwy iddo alw am ddwr, penderfynodd ei gymryd yn net. Pan oedd ef wedi llenwi'r gwydr, ac ar fin ei lyncu, daeth Susi yn sydyn i'r ystafell i ofyn pryd dymunai ef ei ginio. Syrthiodd ei chalon ynddi pan welodd y botel ar y bwrdd, a'r gwydr wedi ei lenwi, ac ebe'r Capten – yn sylweddoli beth oedd yn rhedeg drwy ei feddwl:

'Dydw i ddim am ginio o gwbl, fy ngeneth, achos dydw i ddim yn teimlo yn hanner iach. A dyna'r rheswm fy mod yn cymryd tropyn o *whiskey* rŵan i edrych a fydda i dipyn gwell ar ei ôl. Mae'r doctoriaid gorau yn tystio ei fod yn beryglus i un sydd wedi arfer cymryd tropyn bach bob dydd, ei roi i fyny yn rhy sydyn. Erbyn hyn rwyf yn credu hynny, achos rwyf yn siŵr mai dyna sydd wedi dwyn yr anhwyldeb sydd arnaf heddiw. A chyda golwg ar y cinio, rwyf yn meddwl mai gwell i chwi wneud cwpanaid o goffi i mi; mae f'ystumog yn rhy ddrwg i gymryd dim arall. A petaech chwi'n ffrio tipyn o ham ac wy neu ddau – neu rywbeth arall, fy ngeneth.'

Gyda dweud 'O'r gorau,' aeth Miss Trefor ymaith yn drist a siomedig, ac yn gwbl hargyhoeddedig nad oedd y tro mawr wedi digwydd i'w thad eto. Ac roedd ei hargyhoeddiad yn berffaith gywir. Amser cinio, gofynnodd Miss Trefor i'w thad beth oedd achos ymweliad bore Sem Llwyd, ac ebe'r Capten yn barod ddigon:

'Dod â newydd drwg i mi oedd Sem, druan. Y gwir yw, Susi, mae Sem a minnau erbyn heddiw yn hollol argyhoeddedig na chawn blwm yng Nghoed Madog. Rydym wedi rhoi pob gobaith heibio erbyn hyn. Dyna'r penderfyniad y daeth Sem a minnau iddo'r bore heddiw. Sut i dorri'r newydd i Mr Enoc Huws, wn i ddim, ond rhaid ei wneud, a hynny ar unwaith. Ac yn wir, fedra i fy hun ddim fforddio gwario dim

---

helyntion: *problems*
yn synfyfyriol: *in deep thought*
ag y cymerai arno: *as he pretended*
tybiai: *he thought*

dwyn yr anhwyldeb: *to bring about the illness*
yn gwbl argyhoeddedig: *totally convinced*
argyhoeddiad: *conviction*
na chawn blwm: *that we won't get lead*

ychwaneg – rwyf yn teimlo ei fod yn dechre dweud ar f'amgylchiade. A fydde fo ddim niwed yn y byd, Susi, petaech chwi'n dweud gair wrtho hefyd.'

Roedd Susi yn gweld drwy bethau yn well o lawer nag y tybiai ei thad. Gwelodd ar unwaith mai'r hyn a ddywedodd hi wrtho y noson cynt oedd y rheswm dros roi Coed Madog i fyny. Roedd yn dda ganddi glywed hyn oherwydd credai ers llawer o amser na fyddent byth yn dod o hyd i blwm yng Nghoed Madog. Ac wrth feddwl y byddai hi ac Enoc ymhen ychydig wythnosau yn ŵr a gwraig, roedd penderfyniad ei thad i daflu'r Gwaith i fyny yn dderbyniol iawn ganddi, oherwydd gwyddai fod Enoc yn gwario llawer o arian bob mis ar y fentar.

Nid aeth Capten Trefor allan o'i dŷ y diwrnod hwnnw, am nad oedd ynddo awydd i fynd i'r *Brown Cow* oherwydd rhesymau arbennig, a hefyd am ei fod yn awyddus i siarad ag Enoc, a fyddai'n sicr o ymweld â Thŷ'n yr Ardd y noson honno. Pan ddaeth Enoc synnodd braidd pan ddywedodd Miss Trefor wrtho fod ei thad gartref, a bod arno eisiau siarad ag ef ynghylch y Gwaith, oherwydd anaml y byddai'r Capten gartref yn ddiweddar gyda'r nos. Pan aeth Enoc i'r parlwr, rhoddodd y Capten wedd bruddaidd ar ei wyneb, ac ebe fe:

'Rwyf wedi bod yn dymuno'ch gweld, Mr Huws, ers pythefnos, ac yn ofni eich gweld, ond rwyf wedi penderfynu mynd dros y garw heno.'

Chwarddodd Enoc, oherwydd roedd ef mewn tymer ragorol y dyddiau hynny.

'Beth yn y byd mawr all fod y rheswm eich bod yn ofni fy ngweld?' meddai.

'Mi ddywedaf wrthych chi,' ebe'r Capten, 'beth bynnag fydd y canlyniad. Rwyf yn gobeithio, Mr Huws, nad edrychwch arnaf fel dyn anonest neu dwyllodrus, oherwydd nid wyf na'r naill na'r llall. Rwyf yn meddwl eich bod yn f'adnabod yn ddigon da i goelio, petawn i'n gwneud camgymeriad, na fyddwn wedi ei wneud yn fwriadol. Mae'r hyn yr wyf ar fin dweud wrthych ydyw'r gofid mwyaf a gefais erioed. Chwi wyddoch fy mod yn gwybod am ofidiau lawer, ond hwn ydyw'r gofid mwyaf, coeliwch fi.'

'Ewch ymlaen, Capten Trefor,' ebe Enoc, yn sobr ddigon, oherwydd credai erbyn hyn fod y Capten yn mynd i ddweud nad oedd yn cytuno iddo gael Miss Trefor yn wraig.

---

f'amgylchiade: *my circumstances*
fydde fo . . . byd: *it wouldn't be any harm at all*
awydd: *desire*
yn awyddus: *eager*

synnodd braidd: *he was surprised rather*
gwedd bruddaidd: *sad look*
coelio: *to believe*

'Mr Huws, rydym yn gorfod eich hysbysu ein bod ni bellach wedi anobeithio dod o hyd i blwm yng Nghoed Madog. Ac wrth feddwl am yr holl bryder a'r helynt, ac mor sicr oeddwn yn fy meddwl y cawsem ni blwm yno, ac wrth feddwl am yr holl arian yr ydech chi a minnau wedi eu gwario, rwyf yn gorfod gwneud y cyfaddefiad fy mod wedi gwneud camgymeriad – yr *unig* gamgymeriad mewn *mining* a wneuthum yn fy oes. Ac erbyn hyn, Mr Huws, rwyf yn gorfod dod i'r penderfyniad mai gwastraff fyddai i ni wario ffyrling arall ar y Gwaith, ac mi hoffwn allu'ch perswadio chwithau i ddod i'r un penderfyniad.'

'Rydw i wedi ymddiried ynoch chi o'r dechre, fel y gwyddoch, Capten Trefor,' ebe Enoc, 'ac os ydych yn credu mai taflu'r cwbl i fyny fyddai ore, popeth yn iawn. Mae'r gore ohonon ni'n gwneud camgymeriadau, a rhaid i'r dyn sydd yn mentro edrych am siomedigaethau a cholledion weithiau. Does dim help, os fel yna mae pethau'n sefyll dydw i'n hidio yr un grot am roi'r Gwaith i fyny os nad oes obaith yno am blwm.'

'Rydych yn fy lladd â'ch caredigrwydd, Mr Huws,' ebe'r Capten, 'ond yr arian rydych wedi eu gwario, Mr Huws bach!'

'Does dim help am hynny,' ebe Enoc, 'a pheidiwch â gofidio, dydw i ddim wedi gwario'r cwbl eto.'

'Diolch i Dduw am hynny,' ebe'r Capten. 'Roedd dinistrio Denman, druan, yn ddigon heb eich dinistrio chwithau hefyd. Ond rwyf wedi bod yn onest ar hyd yr amser, Duw a ŵyr!'

'Does neb yn amau hynny,' ebe Enoc, 'oherwydd rydych wedi colli arian eich hun, ac mae'r siomedigaeth gymaint i chi ag i minnau.'

Roedd y Capten wedi cyrraedd ei amcan, ac ar ôl siarad cryn lawer gan ddatgan drosodd a throsodd ei ofid am fod ffawd wedi mynd yn ei erbyn, nes llwyr ennill cydymdeimlad Enoc, ebe fe pan oedd Enoc ar fin cychwyn adref:

'Mr Huws, mae Susi wedi dweud rhywbeth wrthyf eich bod wedi ymserchu yn eich gilydd, ac nid ydyw hynny yn beth i ryfeddu ato. Mae'n rhaid i mi ddweud bod y newyddion wedi fy llonni yn fawr oherwydd bydd gweld f'unig ferch yng ngofal dyn sobr, da, caredig, a chwbl alluog i'w chadw uwchlaw angen, a dweud y lleiaf, yn help i mi. Bydd yn dda gen i feddwl amdanoch fel fy mab-yng-nghyfraith a bod fy merch wedi digwydd bod mor lwcus.'

---

cyfaddefiad: *admission*
ymddiried: *to trust*
colledion: *losses*
grot: *4 old pence*
dinistrio: *to destroy*
gan ddatgan: *expressing*

ffawd: *fate*
nes llwyr ennill: *until totally winning*
cydymdeimlad: *sympathy*
ymserchu: *to fall in love*
uwchlaw angen: *above need*

'Diolch i chwi am eich syniadau da amdanaf,' ebe Enoc, 'mi wnaf fy ngore i fod yn deilwng ohonynt. Miss Trefor ydyw'r eneth ore yn y byd yn ôl fy meddwl i. A chyda golwg ar gael eich gadael yn unig, mae hynny allan o'r cwestiwn. Os bydd hynny yn dderbyniol gennych chwi, Capten Trefor, cewch gyd-fyw â mi weddill eich dyddiau, a mi wnaf yr hyn fydd yn fy ngallu i'ch gwneud yn ddedwydd.'

'Rydych, meddaf eto, Mr Huws, yn fy lladd â'ch caredigrwydd.'

Ar ôl treulio ychydig amser yng nghwmni Miss Trefor, aeth Enoc adref yn ddyn dedwydd, mor ddedwydd fel na wyddai sut i ddiolch digon am ei ddedwyddwch.

---

teilwng: *worthy*
gweddill: *remainder*

yn ddedwydd: *contented*
dedwyddwch: *contentment*

43: Y 'FENTAR' OLAF

Fore drannoeth, anfonodd y Capten air at Sem Llwyd, yn ei orchymyn i hysbysu gweithwyr Coed Madog y byddai'r Gwaith yn gorffen ddiwedd yr wythnos honno.

'Ond cofiwch,' ebe'r Capten, 'na chewch *chwi*, Sem, fod mewn angen tra bydd gennyf i geiniog.'

Ni wnaeth y Capten ddim am ddeuddydd ond cynllunio ar gyfer priodas ei ferch. Roedd yn benderfynol o drefnu priodas a roddai anrhydedd ar y digwyddiad yng ngolwg ei gymdogion. Nid oedd am arbed cost na thrafferth. Roedd ei sefyllfa ef ei hun ymhlith ei gymdogion yn gofyn rhoi urddas ar yr amgylchiad, ac roedd gan Mr Huws ddigon o arian i dalu'r gost. Roedd ef yn hynod o ddedwydd ac yn ei dretio ei hun yn fynych a gwydraid o wisgi – roedd hynny yn gweddu i'r amgylchiadau, ym marn y Capten.

Carasai fynd i'r *Brown Cow* at ei hen gyfeillion. Ond roedd am aros nes i'r dieithryn fynd ymaith, oherwydd roedd yn gorfod cyfaddef wrtho'i hun, fod wyneb y gŵr hwnnw yn ei atgofio am rywbeth y byddai'n well ganddo beidio â meddwl amdano. Gyda chryn aberth roedd y Capten wedi aros yn y tŷ am ddau ddiwrnod a dwy noson. Y drydedd noson daeth drosto'r fath hiraeth am gwmni'r *Brown Cow* fel na allai ei wrthsefyll, 'ac yn sicr,' ebe'r Capten, 'mae'r hen ŵr hwnnw wedi mynd bellach.' Ac i'r *Brown Cow* yr aeth, lle cafodd groeso cynnes, a mawr oedd yr holi am ei iechyd.

Ond er ei fawr siomedigaeth, roedd yr hen ŵr penwyn yn ei gongl ac, fel arfer, wedi ymgolli yn ei lyfr. Ar ôl cael tystiolaeth Sem Llwyd, ac, yn wir, wedi iddo ef ei hun ail edrych arno, nid oedd mor debyg ag y tybiasai'r Capten ei fod y tro cyntaf yr edrychodd arno. Eto roedd y gŵr dieithr yn ei atgofio am un arall, ac yn ei wneud yn anghyffordddus. Nid arhosodd y Capten yn hwyr yn y *Brown Cow* y noson honno, a phan ddaeth adref, sylwai Miss Trefor ei fod yn edrych yn brudd a phryderus – yn gwbl wahanol i'r hyn a fuasai ers deuddydd. Pan ofynnodd hi am achos ei brudd-der, ebe fe:

'Chlywsoch chi mo'r newydd, Susi?'

---

y fentar: *the venture*	cryn aberth: *considerable sacrifice*
anrhydedd: *honour*	gwrthsefyll: *to withstand*
urddas: *status*	er ei . . . siomedigaeth: *to his great*
gweddu: *to suit*	*disappointment*
barn: *opinion*	tystiolaeth: *evidence*
gorfod cyfaddef: *forced to admit*	prudd-der: *sadness*

'Pa newydd?' ebe hi.

'Mae'r hen Hugh Bryan, druan, wedi marw,' ebe'r Capten.

'Beth? Yr hen Hugh Bryan? O diar! O diar!' ebe Susi, a rhuthrodd Wil Bryan i'w meddwl. Ble roedd ef? A ddeuai ef adref i gladdu ei dad? Pa fath o ddyn oedd ef erbyn hyn? A oedd mor olygus? Sut y gallai hi ei wynebu?

Pan oedd y pethau hyn yn rhedeg drwy ei meddwl curodd rhywun ar y drws, ac aeth hithau i'w agor. Roedd yn noson leuad olau, a gwelai Susi, wedi iddi hi agor agor y drws, hen fonheddwr parchus a phenwyn. Eisiau gweld Capten Trefor oedd arno. Arweiniodd Susi ef i'r parlwr at ei thad, ac roedd yn dda ganddi fod rhywun wedi dod i holi amdano, er mwyn iddi hi gael amser i redeg i edrych am yr hen Mrs Bryan, oherwydd ni allai Susi anghofio'r amser gynt. Ac roedd yn dda hefyd ei bod yn meddwl fel hyn, neu fe fyddai'n sicr wedi sylwi, pan aeth yr hen fonheddwr i'r parlwr, fod wyneb ei thad wedi gwelwi fel y galchen, ac mai prin y gallai ei goesau ei ddal pan gododd i roi derbyniad iddo.

Cipiodd Susi glogyn, a thrawodd ef am ei phen fel na allai neb ei hadnabod, a rhedodd i edrych am Mrs Bryan yn ei helynt blin. Bu yno agos i awr a chyn iddi hi redeg yn ôl, clywodd ddigon gan yr hen wreigan i beri iddi hi deimlo'n anesmwyth. Ond roedd wedi rhoi ei haddewid i Enoc, ac ni allai dim ddigwydd i beri iddi hi dorri'r addewid honno.

Wrth iddi hi droi am gongl heol pan oedd yn prysuro adref, safodd yn sydyn – gwelodd ei thad a'r bonheddwr yn dod i'w chyfarfod. Gwelodd y ddau yn sefyll gyferbyn â Siop y Groes, ac wedi cryn siarad, ei thad yn troi adref heb gymaint ag ysgwyd llaw â'r bonheddwr, a'r olaf yn curo ar ddrws tŷ Enoc Huws. Eglurai hyn iddi'r nodyn a gawsai gan Enoc yn ystod y dydd, ei fod i gyfarfod â rhyw fonheddwr y noson honno. Cyflymodd Miss Trefor ffordd arall er mwyn bod adref o flaen ei thad. Ac nid gorchwyl anodd oedd hyn, oherwydd cerddai'r hen Gapten yn araf a'i ddwylo ar ei gefn, gan edrych tua'r llawr, fel pe buasai ei enaid wedi ei dynnu ohono. Cwrddodd Susi ag ef yn ddiniwed yn y lobi, a gofynnodd a oedd arno eisiau rhywbeth ganddi cyn iddo fynd i'w gwely.

'Nac oes, fy ngeneth,' ebe'r Capten, ac roedd ei eiriau fel pe buasent yn dod o'r bedd, ond ni sylwodd hi ar eu tôn – roedd ganddi ei meddyliau ei hun i'w blino. Oherwydd ei meddyliau o'i mewn, ni chysgodd Miss Trefor am rai oriau, ac er gwrando'n ddyfal ni chlywodd ei thad yn mynd i'r

---

gwelwi fel y galchen: *to become as white as snow (limestone)*
derbyniad: *reception*
helynt blin: *sad trouble*

i beri iddi: *to cause her*
gorchwyl: *task*
enaid: *soul*

gwely. Ar adegau dychmygai ei glywed yn cerdded yn ôl ac ymlaen hyd y parlwr, ond meddyliai wedyn mai dychymyg oedd y cwbl.

Drannoeth, cododd yn eithaf bore fel arfer – yn wir, roedd hi i lawr y grisiau o flaen Kit, y forwyn. Aeth yn syth i'r parlwr, a dychrynwyd hi'n enfawr gan yr hyn a welodd yno. Gorweddai ei thad ar y soffa, ac ymddangosai fel pe buasai'n cysgu'n drwm. Ar y bwrdd yn ei ymyl yr oedd dwy botel o *Scotch Whiskey* – yn wag. Gwelodd hefyd, y funud yr aeth i'r ystafell, lythyr ar y *mantelpiece* wedi ei gyfeirio iddi hi.

Dododd y llythyr yn ei phoced, ac ysgubodd y poteli gweigion o'r golwg, oherwydd nid oedd hi'n fodlon i hyd yn oed Kit wybod bod ei thad wedi bod yn yfed yn drwm yn ystod y nos. Wedi gwneud hyn, ni wyddai'n iawn pa un ai gadael ei thad i gysgu ei feddwdod ymaith ai ei ddeffro a fyddai orau. Aeth ato. Rhoiodd ei llaw yn ysgafn ar ei law ef, a chafodd ei bod cyn oered â darn o rew. Gosododd ei chlust wrth ei enau. Nid oedd yn anadlu.

Y foment y sylweddolodd fod ei thad yn gorff marw, rhoddodd sgrech dros yr holl dŷ, a syrthiodd i'r llawr wedi llesmeirio. Dygodd hyn Kit, ar hanner gwisgo amdani, i'r ystafell mewn eiliad, ac wrth weld yr olygfa ddieithr a thybied bod y Capten a Miss Trefor – y ddau fel ei gilydd – yn farw gelain, gwaeddodd hithau nerth esgyrn ei phen, a rhuthrodd allan gan barhau i weiddi. Daeth hyn ag amryw o bobl o'r tŷ ymhen ychydig funudau, a rhedodd rhywun am y meddyg.

Cyn i'r meddyg gyrraedd deallwyd mai llewygu yr oedd Miss Trefor wedi ei wneud, ond bod y Capten mewn gwirionedd wedi marw. Pan ddaeth y meddyg, roedd yr ystafell yn llawn o bobl awyddus i wneud unrhywbeth yn eu gallu, ond heb allu gwneud dim heblaw cyfyngu ar yr awyr iach yn yr ystafell. Wedi clirio pawb allan heblaw rhyw ddau, troiodd y meddyg ei sylw at y Capten, a phan oedd wrth y gorchwyl dechreuodd Miss Trefor ddod ati hi ei hun. Dywedodd y meddyg fod y Capten yn ddiamau wedi marw, ac ychwanegodd mai achos ei farwolaeth oedd clefyd y galon, wedi ei achosi gan orlafur y meddwl. Ac wedi holi tipyn ar Miss Trefor am yr amgylchiadau, ac iddi hi ddweud wrtho mai dyna sut y gwelodd hi ei thad, aeth y meddyg ymaith.

Yn y man aeth y cymdogion ymaith, a gadawyd Miss Trefor a Kit ar eu pennau eu hunain. Yn ei phrofedigaeth lem, meddyliodd Miss Trefor

---

gweigion: *empty*
wedi llesmeirio: *having fainted*
Dygodd hyn K: *This brought K*
golygfa ddieithr: *strange scene*
tybied: *thinking*
yn farw gelain: *stone-dead*

llewygu: *to faint*
cyfyngu: *to limit*
wrth y gorchwyl: *attending to the task*
gorlafur meddwl: *excessive labour of the mind*
amgylchiadau: *circumstances*
profedigaeth lem: *bitter tribulation*

am Enoc Huws, ac erfyniodd ar Kit fynd i alw arno, ac os nad oedd ef wedi clywed yn barod am iddi hi ddweud wrtho am y newydd difrifol mor gynnil ag y gallai. Tra oedd Kit yn mynd i Siop y Groes, cofiodd Miss Trefor am y llythyr, ac mewn pryder ac ofn agorodd ef a'i ddarllen:

Fy annwyl Susi, – Yr wyf yn ysgrifennu hyn o eiriau atoch rhag ofn na welaf mo'r bore, ac yn wir, nid wyf yn gofalu a gaf ei weld ai peidio, oherwydd erbyn hyn mae bywyd yn faich trwm arnaf. F'annwyl eneth, rwyf yn eich caru'n fawr, ond ni wn beth a feddyliwch am eich tad ymhen ychydig ddyddiau, ac mae arnaf awydd mawr cael fy nghymryd ymaith cyn gorfod eich wynebu ac wynebu fy nghymdogion – a gwell gennyf farw na gwneud. Mae hi yn y pen arnaf – mae fy anwiredd yn fawr ac atgas, a chwi synnech fy mod wedi gallu ei guddio cyhyd. Ond ni allaf ei guddio'n hwy – daw allan i gyd ar unwaith. Mae Duw yn fy erlid, ac nid oes gennyf le i ffoi. Y fath drugaredd fod eich mam wedi fy rhagflaenu. O na byddai'n bosibl i chwithau fy rhagflaenu cyn i hyn oll ddod i'r golau. Ni allaf byth ddisgwyl i chwi faddau i mi. Mae fy mywyd wedi bod yn un llinyn o dwyll a rhagrith, a'm syndod yw bod y byd mor hawdd i'w dwyllo. Rwyf wedi twyllo, do, hyd yn oed eich twyllo chwi, f'annwyl eneth. Yr unig ddaioni sydd wedi ei adael ynof, ers blynyddoedd, yw fy nghariad atoch chwi, f'annwyl Susi. Yr hyn sydd yn rhwygo fy nghalon waethaf ydyw na all Mr Huws, dan yr amgylchiadau a ddaw'n amlwg, mo'ch priodi. Mae hynny'n amhosibl, ac mae meddwl beth a ddaw ohonoch, f'annwyl Susi, yn rhoi fy enaid ar dân. Eto, rwyf yn gobeithio y bydd ef yn garedig atoch – ni all beidio. Duw â'i bendithio ef a chwithau. Wrth gwrs, os byddaf byw yn y bore, ac yn fy synhwyrau, ni chewch weld y llythyr hwn: ond os marw fyddaf – a gobeithiaf mai felly y cewch fi – darllenwch o i chwi eich hun, a chedwch ei gynnwys i chwi eich hun, a llosgwch o. Ac yn awr, f'annwyl Susi, ffarwel am byth, mi obeithiaf.

Eich tad drwg ac annheilwng,

Richard Trefor.

O.Y. Os cewch gyfle, ryw dro, wneud rhyw gymwynas i Sem Llwyd, gwnewch; bu'n ffyddlon iawn i mi. – R.T.

---

erfyniodd ar K: *she begged K*	trugaredd: *mercy*
mor gynnil: *as sensitively*	rhagflaenu: *to precede*
baich: *burden*	maddau: *to forgive*
anwiredd: *lie*	twyll a rhagrith: *deception and hypocrisy*
atgas: *despicable*	gwaethaf: *worst (of all)*
cyhyd: *so long*	a ddaw'n amlwg: *which will become apparent*
yn fy erlid: *pursuing me*	annheilwng: *unworthy*
ffoi: *to flee*	cymwynas: *favour*

Roedd llygaid Miss Trefor wedi pylu cyn iddi hi orffen darllen y llythyr, a heb yn wybod iddi hi ei hun bron, taflodd ef i'r tân. Roedd y llythyr yn fflamio pan ddychwelodd Kit i gael Miss Trefor ar ei hyd ar lawr, ac yn sibrwd yn drist: 'O! Mr Huws, lle mae Mr Huws, Kit bach?'

'Mae Mr Huws yn sâl iawn yn ei wely, a rhyw ŵr bonheddig a'r doctor wedi bod efo fo drwy'r nos,' ebe Kit dan wylo.

Ergyd arall i Susi, druan, ac er cymaint oedd ei hunanfeddiant fel arfer, daeth niwl dros ei llygaid ac ni ddaeth ati hi ei hun tan yn hwyr y prynhawn hwnnw yn ei gwely, a Kit a rhyw gymdoges yn ei gwylio.

Diwrnod prudd oedd hwnnw yn Bethel, fel yr adroddwyd gan Didymus yn y *County Chronicle* yr wythnos wedyn. Mewn un tŷ, gorweddai corff marw yr hen Huw Bryan – gŵr a fu unwaith yn fasnachwr parchus a llwyddiannus, ond wrth fentro am blwm a wariodd ei holl eiddo, a llawer o eiddo pobl eraill, ond wedi hynny, drwy ymroddiad a llafur mawr, a help ei fab caredig, a dalodd bob ffyrling o'i ddyledion.

Mewn tŷ arall, gorweddai'r enwog Capten Trefor – gŵr hynod am ei uniondeb, ei garedigrwydd, a'i ddylanwad, ac un a wnaethai lawer o les i'r ardal drwy hyrwyddo *speculations* a rhoi gwaith i bobl – gŵr yr oedd ei barch mewn rhai cylchoedd yn ddiderfyn, â disgwyliadau llawer o bobl yn hongian wrtho am flynyddoedd i ddod, ond a gymerwyd yn sydyn oddi wrth ei waith at ei wobr!

Drannoeth, o gryn bellter, roedd y trên yn cludo un person i Bethel.

---

wedi pylu: *had become dull*
ar ei hyd: *stretched out*
ergyd: *blow*
hunanfeddiant: *self-composure*
cymdoges: [*female*] *neighbour*
ei holl eiddo: *all his property*
ymroddiad: *devotion*
ffyrling: *farthing*
dyledion: *debts*
hynod: *remarkable*

uniondeb: *rightness*
a wnaethai: *who had done*
lles: *good*
drwy hyrwyddo: *by promoting*
yn ddiderfyn: *endless*
disgwyliadau: *expectations*
Drannoeth: *The following morning*
cryn bellter: *considerable distance*
cludo: *to carry*

44: YR AMERICANWR

Yn ystod ei arhosiad yn y *Brown Cow* roedd y gŵr dieithr yn arfer galw bron bob dydd yn Siop y Groes i brynu sigârs, a bu llawer sgwrs ddifyr rhwng Enoc ac yntau. Roedd hi'n eglur ei fod yn ŵr oedd wedi gweld cryn lawer o'r byd, a dysgai Enoc rywbeth ganddo bob tro y siaradai ag ef. Ond prif destun eu sgwrs bob amser fyddai'r America, 'gwlad fawr y Gorllewin'. Roedd efe wedi siarad cymaint am y wlad, a'i chanmol mor fawr, nes bod Enoc bron am drefnu mynd i'r America.

Yn gynnar fore'r diwrnod y bu'r hen fonheddwr yn ymweld â Chapten Trefor, roedd wedi mynegi dymuniad am gael awr o sgwrs ag Enoc ar bwnc o fusnes wedi iddo gau'r siop. Ystyriai Enoc hyn yn gryn anrhydedd, a gwahoddodd y gŵr dieithr i swper y noson honno, a derbyniodd yntau'r gwahoddiad yn ddiolchgar. Yn ôl gorchymyn Enoc paratodd Miss Bifan swper nad oedd eisiau ei well.

Aeth yr hen fonheddwr yn syth o Dŷ'n yr Ardd i Siop y Groes, ac yn ystod y swper sgwrsiai Enoc ac yntau am y peth yma a'r peth arall. Wedi gorffen y swper, ac i'r ddau danio eu sigârs, ebe'r bonheddwr – a dyma'r gair cyntaf o Gymraeg a glywsai Enoc ganddo, ac agorodd ei lygaid mewn syndod pan ddeallodd mai Cymro ydoedd:

'Gadewais Gymru flynyddoedd lawer yn ôl – ers mwy o flynyddoedd nag a ellwch chi gofio. Gyrrwyd fi o'r wlad gan amgylchiadau trist. Nid oeddwn yn dlawd – wel, yn wir, rwyf yn meddwl yr ystyrid fi dipyn yn gefnog. Roeddwn, cyn mynd i ffwrdd, wedi claddu fy rhieni, a'm hunig frawd a'm dwy chwaer. Roeddwn yn briod ers llawer o flynyddoedd, ac roedd gennyf un ferch, ac rwyf yn credu y gallaf ddweud nad oedd yn y gymdogaeth eneth brydferthach na mwy rhinweddol (yn y fan hon lleithiodd llygaid yr hen ŵr a daeth rhywbeth i'w wddf fel na allai fynd ymlaen am funud. Yn y man, ychwanegodd): Esgusodwch fi, Mr Huws, mae'r amser yn dod yn fyw iawn i'm meddwl. Ar ôl afiechyd byr bu farw fy ngwraig. Roedd hynny'n ergyd ofnadwy i mi – teimlwn fy mod yn mynd yn fwy unig bob dydd. Ond roedd gennyf fy merch, ac i mi y pryd hwnnw roedd yn fwy o werth na'r byd efo'i gilydd. Ac fel y dywedais o'r blaen, mor annwyl oedd hi yn fy ngolwg fel y tybiwn nad oedd ei bath yn unlle.

---

canmol: *to praise*
mynegi dymuniad: *to express a wish*
cryn anrhydedd: *considerable honour*
yr ystyrid fi: *that I'd be considered*
dipyn yn gefnog: *quite rich*

rhinweddol: *virtuous*
lleithiodd llygaid . . .: *the eyes of . . . dampened*
fel y tybiwn: *that I considered*
nad oedd ei bath: *that her type wasn't*

'Roedd fy musnes yn lled fawr, ond roedd gennyf ŵr ieuanc – wel, rhyw bymtheg mlynedd yn ieuangach na mi – clyfar a medrus. Ymddiriedwn y cwbl iddo, ac roedd yn fy nhŷ fel un ohonom. Bûm am ysbaid mewn iselder ysbryd ac nid oeddwn yn gofidio am bethau'r byd hwn. Ymhen amser – a diolch byth, mae amser yn gwella dyn – mi ddois ataf fy hun, a dechreuais edrych i mewn i'm llyfrau. Gwelais yn union nad oedd popeth wedi ei gario ymlaen fel y dylai, a gwelodd y gŵr ieuanc fy mod wedi darganfod hynny. Ni ddaeth ef i'r offis fore drannoeth, a phan wnes ymholiad amdano cefais ei fod wedi gadael y wlad. Cefais allan fod y gŵr ieuanc yr oeddwn yn meddwl bob amser cymaint ohono wedi fy nhwyllo o dri chant o bunnau. Wedi darganfod hyn roeddwn, fel y gellwch ddychmygu, wedi ffyrnigo a'm bwriad oedd rhoi'r achos yn llaw'r plismyn ar unwaith.

'Dywedais y cwbl wrth fy merch, oherwydd wrthi hi yn unig y gallwn siarad am y peth ar y pryd. Dychrynodd hi'n fawr, a rhoddodd ei breichiau am fy ngwddf a chrefodd hi dan wylo yn hidl am i mi beidio â sôn wrth neb am y peth – nad oedd tri chant o bunnau yn llawer i mi, ac am i mi gofio ei holl wasanaeth a'i ffyddlondeb. Gwrandewais arni, ond ychydig a wyddwn y pryd hwnnw y rheswm am ei ffyddlondeb iddo. Felly, wnes i ddim byd oherwydd ni allwn i wrthod unrhyw ddymuniad gan fy merch – hi oedd fy mhopeth yr adeg honno! Ond nid oedd cwpan fy ngofidiau wedi ei lenwi eto. Roedd y brofedigaeth chwerwaf yn fy aros.

'Ceisiwch ddychmygu fy nheimladau pan, un diwrnod, y deuthum i ddeall nad oedd lladrata tri chant o bunnau oddi arnaf yn ddigon; roedd hefyd wedi twyllo fy merch. Roedd ŵyr bach i mi wedi ei eni cyn i mi wybod na drwgdybio dim. Bu agos i mi ddrysu yn fy synhwyrau, a bûm yn diolch filoedd o weithiau nad oedd y dihiryn a achosodd yr holl ddrwg o fewn fy nghyrraedd, neu fe faswn wedi ei dagu. Nid edrychais ar fy merch ac ni siaradais â hi am fis. Roeddwn yn ynfyd.

'Yn wir, ni siaradais air â hi byth wedyn. Mi es i'w gweld ychydig o funudau cyn iddi hi farw; ac mor brydferth oedd hi hyd yn oed yng

---

Ymddiriedwn: *I trusted*
am ysbaid: *for a while*
mi ddois ataf fy hun: *I recovered*
darganfod: *to discover*
ymholiad: *inquiry*
wedi ffyrnigo: *had become enraged*
Dychrynodd hi: *She became frightened*
crefodd: *she begged*
dan wylo yn hidl: *to weep her eyes out*

y brofedigaeth chwerwaf: *the most bitter of tribulations*
drwgdybio: *to suspect*
drysu yn fy synhwyrau: *to become mentally deranged*
dihiryn: *scoundrel*
o fewn: *within*
wedi ei dagu: *have choked him*
yn ynfyd: *mad*

nghrafangau angau! Crefodd arnaf faddau iddi hi, a dywedodd eiriau eraill na all fy nheimladau – er bod tair blynedd ar ddeg ar hugain ers hynny – oddef i mi eu hadrodd.

'Roeddwn fel ffŵl, yn ystyfnig! Ond cusanais hi ddwywaith, ac rwyf wedi diolch i Dduw filoedd o weithiau am i mi wneud hynny.

'Fy unig gysur, erbyn hyn, ydyw hynny. Cymerodd fy merch hyn fel arwydd fy mod yn maddau iddi hi – ymdaenodd gwên nefol dros ei hwyneb annwyl, ac ehedodd ei hysbryd ymaith.

'Am beth amser roeddwn fel dyn gwallgof, ac yn fy ngwallgofrwydd gwerthais bopeth oedd gen i. Wedi rhoi'r plentyn dan ofal rhyw hen wreigan, a rhoi rhywbeth iddi hi am ei thrafferth – dim chwarter digon – euthum i'r America. Ond methais adael fy ngofidiau ar ôl yng Nghymru – roeddent gyda mi yno yr un fath yn union. Gwelais mai'r unig feddyginiaeth i mi oedd ymroi i fusnes – roeddwn wedi arfer bod â'm holl fryd mewn busnes. Roedd gennyf dipyn go lew o arian yn mynd i'r America, a gwnes lawer yno gyda'm busnes. Tua naw mis yn ôl, rhoddais y busnes heibio – roedd fy oed yn galw am i mi wneud hynny. Roeddwn yn bwriadu byw ar fy arian yn gyfforddus. Ond ni fedrwn; ac er gwneud popeth nid oeddwn yn hapus. Roeddwn yn cael mwy o amser i feddwl am yr hen bethau.

'O'r diwedd, penderfynais ddychwelyd i Gymru i ymholi am fy ŵyr, os oedd o'n fyw. Meddyliwn mai dyna'r unig ad-daliad a allwn ei wneud am fy ffolineb. Penderfynais na châi neb f'adnabod nes i mi ddod o hyd i'r ŵyr, ac os byddai'n werth ei gydnabod yn ŵyr, y gwnawn i ef yn etifedd. Ar ôl dau fis o ymchwiliad distaw rwyf wedi dod o hyd iddo, ac wedi ei gael yn ddyn parchus ymhlith ei gymdogion – yn ddyn na bydd rhaid i mi gywilyddio ohono pan ddaw gyda mi i'r America i fod yn gwmni i mi yn fy hen ddyddiau ac i etifeddu yr hyn sydd gennyf.'

'Diolch i Dduw,' ebe Enoc o waelod ei galon. 'Ond sut y daethoch o hyd iddo?'

'Caf ddweud hynny wrthoch rywdro eto, Mr Huws. Y chi eich hun ydyw fy ŵyr, myfi ydyw eich taid,' ebe'r hen fonheddwr.

---

yng nghrafangau angau: *in the claws of death*
maddau iddi hi: *to forgive her*
goddef . . . hadrodd: *to allow me to say them*
ymdaenodd gwên nefol: *a heavenly smile spread*
gwallgofrwydd: *madness*
meddyginiaeth: *remedy*
ymroi: *to apply oneself*
â'm holl fryd: i.e. *totally committed*

rhoddais y . . . heibio: *I packed up the business*
ad-daliad: *repayment*
na châi neb : *that no one would be allowed*
os . . . yn ŵyr: *if it would be worth recognising him as [my] grandson*
etifedd: *heir*
cywilyddio ohono: *to feel ashamed of him*
etifeddu: *to inherit*

Prin bod angen dweud i Enoc gael ei syfrdanu, ac roedd yr amgylchiad yn fwy nag y gallai ddal. Yn y man, ychwanegodd y taid:

'Ond dydw i ddim wedi dweud ond hanner yr hanes. Pan ddeuthum yn ôl i Gymru nid oeddwn yn dychmygu nac yn dymuno dod o hyd i'ch tad. Roeddwn yn credu y buasai'r diafol wedi gwneud pac ohono ef ers talwm. Eich tad ydyw'r dyn sydd yn ei alw ei hun yn Capten Trefor. Nid dyna ydyw ei enw bedydd. Ei wir enw ydyw Enoc Huws, ac ar ei enw ef y galwyd chwithau gan yr hen Mrs Amos. Adnabûm i o y noson gyntaf y deuthum i'r *Brown Cow*. Ond er mwyn bod yn sicr, cymerais amser i holi ac i sylwi yn fanylach arno. Ef ydyw eich tad, mae'n ddrwg gennyf ddweud; un o'r *scoundrels* gwaethaf ar wyneb y ddaear, fel y dywedais wrtho heno yn ei dŷ ei hun. Mae hyn, mi wn, yn ergyd ofnadwy i chwi, er fy mod yn edrych arno fel peth hynod Ragluniaethol i mi ddod yma i'ch atal chwi rhag priodi eich chwaer.'

Teimlai Enoc ei fod wedi ei drywanu yn ei galon. Bu raid iddo orwedd ar y soffa, ac edrychai mor sâl nes peri tipyn o fraw i'w daid. Canodd y gloch am Miss Bifan, a gofynnodd iddi gyrchu meddyg yno ar unwaith. Cariwyd Enoc i'w wely, a bu ei daid, a Miss Bifan, a'r meddyg, yn gweini arno drwy'r nos.

E gael ei syfrdanu: *that E was shocked*
amgylchiad: *event*
enw bedydd: *Christian name*
Adnabûm i o: *I recognised him*
Rhagluniaethol: *providential*
atal: *to stop*

wedi ei drywanu: *had been stabbed*
nes peri: *until causing*
braw: *fright*
cyrchu: *to fetch*
yn gweini arno: *attending to him*

45: YR OLWG OLAF

Fore drannoeth, teimlai Enoc ychydig yn well, ac yn sicr buasai'n abl i adael ei wely oni bai i Miss Bifan ddod i'r ystafell a'i hysbysu eu bod wedi cael y Capten Trefor yn farw ar y soffa y bore hwnnw. Roedd hyn yn ail ysgytiad i'w deimladau, ond derbyniodd Mr Davies, ei daid, y newydd gyda syndod a gwên.

Am Susi y meddyliai Enoc o hyd, ac er bod ei serch ati – ar ôl deall mai ei chwaer ydoedd hi – wedi newid ei nodwedd, nid oedd ronyn yn llai. Roedd ei galon bron â thorri o gydymdeimlad â hi yn ei thrallod, ac amryw weithiau yn ystod y dydd hwnnw yr anfonodd ef Miss Bifan i Dŷ'n yr Ardd, i ymholi yn ei chylch. Yr hyn a arteithiai Enoc oedd sut y gallai ef hysbysu Miss Trefor am eu perthynas, ac am yr hyn a ddywedwyd wrtho gan ei daid. Deallodd ei daid ei helynt, ac ebe fe:

'Gadewch hynny i mi, fy machgen. Mi wn eich bod mewn trafferth a helbul blin, ond wedi claddu'r Capten Trefor yna fe awn o gwmpas y mater. Mae popeth yn siŵr o orffen yn dda, oherwydd nid yw hyn i gyd ond ffordd Duw o ddod â phethau i'r amlwg. Rwyf yn teimlo'n fwy dedwydd y funud hon nag y bûm ers tair blynedd ar ddeg ar hugain.'

Ni allai Enoc, druan, deimlo fel y teimlai ei daid. Edrychai arno gyda theimladau cymysg – roedd wedi dwyn arno brofedigaeth lem, ac eto ni allai beidio â meddwl mor rhagluniaethol oedd ei ddyfodiad i Fethel. Petai wedi aros fis neu ddau yn hwy heb ddod, y fath drychineb ofnadwy fuasai wedi digwydd. Tawelwyd cryn lawer ar feddwl Enoc pan ddywedodd ei daid wrtho:

'Nid oes un creadur byw yn gwybod am yr amgylchiadau hyn, fy machgen, ac mae *Y Capten*, chwedl pobl yr ardal yma, wedi tewi am byth, ac er eich mwyn chi ac er mwyn ei ferch rhaid i ni gadw y cwbl i ni ein hunain. Wrth gwrs, ni allwn beidio ag egluro rhyw gymaint mewn ffordd ddoeth i Miss Trefor – a rhaid i ni wneud rhyw ddarpariaeth ar ei chyfer

---

Yr Olwg Olaf: *The Final Look*
abl: *capable*
ail ysgytiad: *second shock*
nodwedd: *characteristic*
nid . . . gronyn yn llai: *it wasn't any less*
cydymdeimlad: *sympathy*
trallod: *tribulation*
ymholi: *to inquire*
a arteithiai: *which tortured*
helbul blin: *sad trouble*
claddu: *to bury*

i'r amlwg: *to the fore*
wedi dwyn arno: *it had brought upon him*
profedigaeth lem: *bitter tribulation*
rhagluniaethol: *providential*
ei ddyfodiad: *his coming*
yn hwy: *longer*
trychineb: *disaster*
wedi tewi: *has silenced*
darpariaeth: *provision*
ar ei chyfer: *for her*

oherwydd y cysylltiad sydd wedi bod rhyngoch chi a hi. Mae'n dda gennyf ddeall ei bod yn eneth gall, a'i bod yn gwybod sut i ymateb pan ddaw i ddeall pethau, os nad ydyw ei thad wedi ei hysbysu amdanynt eisoes wedi i mi fod yno neithiwr.'

Ceisiodd Enoc wella er mwyn mynd i gysuro Miss Trefor, a gwnâi ei daid hefyd ei orau iddo oherwydd, erbyn hyn, yn Siop y Groes yr arhosai'r hen ŵr. Methodd Enoc â bod yn ddigon cryf i fynd allan hyd ddydd claddedigaeth y Capten. Ond ni adawyd Susi yn unig. Roedd yno ŵr ieuanc arall ers deuddydd yn bur ofalus ohoni, ac er ei fod wedi dod adref ar amgylchiad galarus iddo ef, roedd wedi rhoi llawer o gysur iddi hi. A oedd Susi'n anffyddlon i Enoc? Dim perygl. Roedd ei gair cystal â chyfraith. Ond roedd Wil mor garedig, ac mor deg ei olwg, a chanddo gymaint i'w ddweud, ac mor, mor, mor, etc., etc.

Y bwriad oedd claddu'r Capten a Hugh Bryan yr un dydd, ond oherwydd bod y cyntaf yn 'chwyddo', bu raid ei gladdu ddiwrnod yn gynt. Gan adael ei daid gyda bocs o sigârs yn ei ymyl ym mharlwr Siop y Groes, ymlwybrodd Enoc gydag anhawster i Dŷ'n yr Ardd erbyn adeg y cynhebrwng. Wrth gwrs, gyda theimladau newydd a rhyfedd yr aeth ef yn ei flaen i edrych am Miss Trefor, ac ni synnwyd ef yn fwy yn ei fywyd na phan gafodd ef hi yn y parlwr bach yn eistedd ar y soffa fel delw â'i llaw yn llaw Wil Bryan, a eisteddai wrth ei hochr hi. Cyn gynted ag y daeth Enoc i mewn, tynnodd Susi ei llaw yn rhydd, ac edrychodd yn syth yn ei wyneb, fel petai'n ceisio dweud:

'Peidiwch ag amau, Mr Huws, rwyf yn dal yn ffyddlon i chi.'

Gwasgodd ei law yn dynn a thorrodd i wylo'n hidl, ac ebe hi, dan hanner tagu, gan gyfeirio at Enoc:

'Wil, dyma'r dyn gore yn y byd.'

Ysgydwodd Enoc a Wil ddwylo'n garedig, oherwydd, erbyn hyn, nid oedd dim eiddigedd ym mynwes Enoc at Wil, ac roedd Wil yntau yn ddigon o fonheddwr, wedi clywed gan ei fam fod Susi ac Enoc yn mynd i briodi, i deimlo yn dda a chynnes ato. Ond cyn iddynt gael siarad ychydig eiriau, dyna gythrwfl a thrwst cario'r arch i lawr o'r llofft, a rhywun yn nôl cadeiriau, a Mr Brown y Person gyda'i lyfr wrth y drws.

---

cysylltiad: *link*
ymateb: *to respond*
cysuro: *to comfort*
dydd claddedigaeth: *burial day*
amgylchiad galarus: *mournful occasion*
mor deg ei olwg: *so handsome*
ymlwybrodd E: *E made his way*

cynhebrwng: *funeral*
fel delw: *like an idol*
torrodd i wylo'n hidl: *she started to weep her eyes out*
cythrwfl: *commotion*
trwst: *noise*

Cerddai Wil ac Enoc gyda'i gilydd yn y cynhebrwng, a theimlai Enoc mor eiddil a diolwg oedd ef yn ochr Wil, a chymaint gwell *match* i Susi fuasai Wil nag ef. Meddyliai Wil am yr hen Gapten. Teimlai Wil yn sicr mai'r peth cyntaf a wnâi yr hen Drefor yn y byd arall fyddai ceisio perswadio rhywun i speciletio. Ystyriai Wil yn onest y byddai gwell siawns gan ei dad, a oedd yn cael ei gladdu drannoeth, am *promotion* nag i'r Capten.

Drannoeth, ar ôl claddu Hugh Bryan, aeth Enoc a'i daid i Dŷ'n yr Ardd. Ymgymerodd y taid â'r gorchwyl annifyr o egluro i Miss Trefor am ei pherthynas ag Enoc. Cyn mynd yno roedd Enoc a'i daid, er mwyn arbed teimladau Miss Trefor, wedi penderfynu peidio â sôn dim am anonestrwydd ei thad tra oedd ef yng ngwasanaeth Mr Davies, oherwydd nid oedd un amcan da yn cael ei gyrraedd wrth gicio ceffyl marw. Parhaodd y cyfarfod am rai oriau a bu llawer o wylo ac ocheneidio. Gwnaeth Enoc un peth yno nad oedd wedi ei wneud o'r blaen – cusanodd Miss Trefor.

Wedi rhai dyddiau gwerthodd Miss Trefor ddodrefn Tŷ'n yr Ardd a phopeth a berthynai i'w thad, ac aeth i fyw i Siop y Groes gan gymryd Kit gyda hi. Parhaodd Mr Davies i fyw gydag Enoc, ac roedd Wil Bryan yn rhannu ei amser rhwng cysuro ei fam weddw a difyrru teulu Siop y Groes. Ymhen ychydig fisoedd dechreuodd Mr Davies anesmwytho am ddychwelyd i Chicago, ac eto nid oedd yn fodlon i wneud hyn cyn gweld pethau wedi eu rhoi ar dir diogel a pharhaol. Prysurwyd yr amgylchiadau. Un bore, heb fod neb o'r cymdogion yn gwybod dim am y peth, gwnaethpwyd Wil a Susi yn ŵr a gwraig yn hen eglwys y plwyf. Gweithredai Enoc fel gwas a Miss Bifan fel morwyn briodas, a thaid Enoc yn 'rhoi' y briodasferch. Pan oedd y seremoni drosodd, cychwynnodd Wil a Susi ymaith, ond gwaeddodd Mr Brown a Mr Davies ar unwaith:

'Arhoswch! Dydyn ni ddim wedi darfod eto.' Ac ebe Enoc:

'Mae tro da yn haeddu un arall.'

Trawsffurfiwyd Wil yn was a Sus yn forwyn, a phriodwyd Enoc a Miss Bifan yn y fan a'r lle. Roedd hyn wedi ei gadw yn gyfrinachol hollol rhwng

---

eiddil: *weak*
diolwg: *ugly*
Ymgymerodd y taid: *The grandfather undertook*
gorchwyl annifyr: *unpleasant chore*
Parhaodd y cyfarfod: *The meeting continued*
cysuro: *to comfort*
difyrru: *to amuse*

anesmwytho: *to be restless*
Prysurwyd yr amgylchiadau: *The events were hastened*
Gweithredai E fel: *E acted as*
haeddu: *to deserve*
Trawsffurfiwyd W: *W was transformed*

Mr Brown, Mr Davies, Enoc, a'i gariad newydd. Dychwelodd y cwmni, a Mr Brown gyda hwynt, i Siop y Groes i fwynhau brecwast rhagorol.

Aeth y ddau gwpl priod, a Kit a Mr Davies gyda hwynt, ymaith gyda'r trên ganol dydd. Ymhen yr wythnos dychwelodd Wil a'i wraig i Siop y Groes, ond ni welwyd Enoc a'i wraig, na Mr Davies, na Kit, byth mwy ym Methel.

Teitlau eraill yn y gyfres

ISBN 0 86383 076 5
£2.95

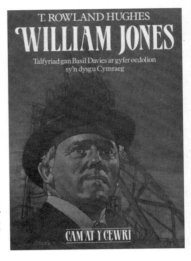

ISBN 0 86383 250 4
£5.25

ISBN 0 86383 399 3
£5.95

ISBN 0 86383 513 9
£5.75

ISBN 1 85902 060 7
£5.25

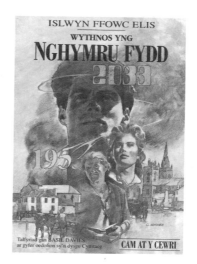

ISBN 1 85902 109 3
£5.75

ISBN 1 85902 522 6
£5.95

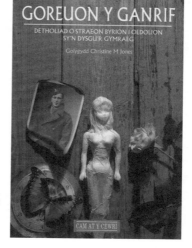